Dead Hearts Can't Die

J. M. Weimer

J. M. WEIMER

DEAD HEARTS CAN'T DIE

IMPRESSUM:
Lektorat:
Mira Manger – Herzgestein Lektorat
Cover Design © www.fantastical-ink.com
1. Auflage
Copyright © 2022 J. M. Weimer
Stellinger Chaussee 27a, 22529 Hamburg
j.m.weimer@gmail.com
Alle Rechte vorbehalten.
Herstellung und Verlag: BoD – Books on Demand,
Norderstedt
ISBN: 9783753494982

Sie finden mich auf Instagram: j.m.weimer_autorin

Für die verlorene Seele

Playlist

I WANNA BE YOUR SLAVE – Maneskin

DRIVEBY – Blackout Problems

Seize the Power - YONAKA

Talk to Me – Apocalyptica, Lzzy Hale

Nowhere Generation – Rise Against

Game of Survival - Ruelle

Beggin' - Maneskin

Made For This – City Wolf

BLAME IT ON THE KIDS - AViVA

Death Grip – Watt White

Army - Besomoprh, Arcando, Neoni

Sweet Dreams – Besomorph

Solo – Prismo

Killer – The Ready Set

Heroes – Zayde Wolf

I'm Not Afraid – Tommee Profitt, Wondra

Prolog

Loyalität! Das war alles, was für ihn zählte! Loyalität und absoluter Gehorsam. Doch mit jedem Auftrag, den er für den Ältesten ausführte, setzten sich mehr und mehr Zweifel in seinem Herzen fest, stellten alles infrage.

Er war dazu erzogen worden, zu gehorchen, Befehle auszuführen und ein perfekter Sohn zu sein, und wo hatte es ihn hingebracht? Verstoßen von seinem eigenen Vater. Von einer Abhängigkeit in die nächste und am Ende war er in einer Schlangengrube voller notorischer Lügner gelandet. Für Quinton würde er nie genug sein, genauso wie er es nie für seinen Vater hatte sein können – auch für ihn war er bloß ein Ballast, eine Bürde gewesen, die er tragen musste. Dieses Gefühl verfolgte ihn, jagte ihn und bescherte ihm Albträume. Er wollte aus diesem Karussell ausbrechen, sich seiner Bande lösen und frei sein. Aber das war ihm nicht vergönnt.

Wut kochte in ihm hoch. Loan Ryder hatte es geschafft, er war ausgebrochen, indem er den Ältesten überlistete und sich seine Freiheit erkaufte. Kurz warf er einen Blick nach unten auf seinen Schoß. Dort ruhte das Buch, das Ryders Leben vollumfänglich verändert hatte. Er war wieder ein Mensch geworden, dem Zirkel entkommen und hatte die Stadt verlassen. Wie hatte es dieser Wurm bloß geschafft? Seit Jahren suchte er nach einer Möglichkeit, den Rat zu infiltrieren und Quinton von seinem Thron zu stoßen. Und nun war es ein einfacher Mensch gewesen, der dies vollbracht hatte? Wieso nicht er?

Damian schüttelte den Gedanken ab, wie lächerlich. Wer wollte ein schwächlicher Mensch sein, wenn man auch ein Vampir sein konnte? Er ballte seine Hand zur Faust und spürte die Kraft in ihm. Sie floss durch seine Adern und machte ihn stärker. Jahrhunderte voller Entbehrungen und Blut hatten das mit sich gebracht und er wollte es nun nicht mehr missen.

Freiheit. Danach sehnte er sich. Freiheit und … Macht. Doch stattdessen saß er nun hier in diesem Wagen, die Heizung blies trockene Luft in den Innenraum, die nicht bis in sein Innerstes vordrang, und hielt dieses Buch in den Händen. Das tückische Ding, weshalb ihn der Älteste Quinton dem jämmerlichen Menschen hinterhergeschickt hatte. Er wusste nicht, worum es sich dabei handelte, nur dass es verdammt wichtig war, es zu vernichten.

Aus Langeweile blätterte er durch die Seiten. Das Pergament fühlte sich unter seinen Fingern rau und dick an. Die Schrift war schnörkelig und leicht verblasst. Noch immer hatte er Schwierigkeiten, die Worte zu entziffern. Auch nach Jahrhunderten hörte er die Stimme seines Vaters, wenn er zum Federkiel griff: »Du bist nicht mein Sohn! Du bist ein Krüppel, ein Taugenichts, ein Niemand.«

Seine Finger zitterten leicht, während er sich auf die Buchstaben konzentrierte, die sich langsam zu Sätzen bildeten.

In seinem Kopf zeichneten sich Bilder ab, die das Geschriebene wiedergaben. Je mehr er las, desto mehr verstand er den Inhalt. Ab und an blieb er an einem Wort hängen, brauchte einen Moment, um es zu entziffern. Fassungslos starrte er auf die Seiten vor sich und hielt sich das Buch noch näher vor die Augen.

Wie konnte das sein?, fragte er sich. Wie konnte das der Wirklichkeit entsprechen, wenn der Älteste Quinton doch etwas anderes behauptete?

Nach einer weiteren Seite schloss er das Buch und starrte wie paralysiert aus dem Fenster. Er nahm schon nichts mehr von der sich veränderten Landschaft wahr. Seine einzigen Gedanken galten der Tatsache, dass ihr Schöpfer Asrath nicht von Vampirjägern getötet worden war, so wie der Älteste es behauptet hatte. Er hatte geliebt und er hatte gelebt. Wahrlich gelebt! Ein Mensch! Er war wieder zu einem Menschen geworden. Genau wie …

Die Erkenntnis traf ihn wie einen Hieb in den Magen. Deshalb wollte der Älteste den Schwächling aus der Welt schaffen, deshalb musste das Buch zerstört werden. Es und dieser menschgewordene Vampir waren der Beweis dafür, dass er sie jahrhundertelang angelogen hatte. Und nun dämmerte es ihm. Diese Offenbarung würde die gesamte Gemeinschaft der Vampire umkrempeln. Man müsste dem Ältesten Rat nun nicht mehr folgen. Man müsste nicht mehr dienen. Sie hätten keine Kontrolle mehr über die Vampire, weil es eine Alternative gäbe.

Eine, die für ihn sicher nie infrage käme, mochte er das kalte Leben eines Vampires, trotz der Unannehmlichkeiten wie das Trinken von menschlichem Blut. Als Untoter besaß er Macht, Kontrolle und war unsterblich – auch wenn er am Ende des Tages der Rolle des ungeliebten Sohnes nicht entwachsen war, entsprach dieses Leben doch eher seiner Vorstellung. Für nichts auf dieser Erde würde er all dies eintauschen wollen. Nun verstand er auch, warum es so wichtig war, dieses Schriftstück zu vernichten. Wenn dieser Umstand ans Licht käme, würden die Vampire das Herrenhaus und somit auch den Zirkel reihenweise verlassen. Quinton und der Rat würden ihre Macht verlieren, ihre Untertanen und wären am Ende nur noch Herrscher über Grund und Boden.

Der Thron ist nur so massiv wie die Säulen, auf denen er erbaut worden ist.

Sein erster Impuls war es, das Buch sofort zu zerreißen, jede einzelne Seite zu verbrennen und nie wieder darüber zu reden. Er umfasste es fester und spürte das alte Leder unter seiner Haut. In letzter Sekunde hielt er sich zurück, besann sich eines Besseren. Er starrte auf seine Hände, seine Finger hielten das Schriftstück verkrampft fest und die Knöchel traten weiß hervor. Es durfte nicht zerstört werden. Noch nicht! Nicht bevor Quinton seine Macht abgetreten hatte und er frei war. Die Vampire brauchten einen neuen Anführer, einen, der in der Lage war, sie unter Kontrolle zu halten und dieses Geheimnis weiterhin zu hüten. Doch das würde nicht Quinton sein.

Eine Idee wuchs in ihm heran, verwandelte sich in einen Gedanken und entwickelte sich zu einem diabolischen Plan, der nur darauf wartete, umgesetzt zu werden. Der Älteste Quinton würde schon sehen, was er davon hatte, ihn zu benutzen, anzulügen, ihn kleinzuhalten – seinen treuesten Anhänger und Hüter. Seine Macht würde fallen, schneller, als er es für möglich halten würde.

Er rückte seinen Hut zurecht und grinste in sich hinein. Wusste er doch nur zu gut, was das bedeuten würde: Krieg. Süßer, bösartiger und köstlicher Krieg. Wie sehr er sich darauf freute.

Kapitel 1

Der Wind peitschte mir meine Haare ins Gesicht, ließ mich trotz der sommerlichen Temperaturen frösteln. Ich spürte den muskulösen Körper des Pferdes unter meinen Schenkeln und die Kraft, mit der es voran preschte.

Die Erde vibrierte von den Dutzenden Rindern, die ich vor mir hertrieb. Ihr Muhen klang mir in den Ohren, ging mir durch Mark und Bein. Viele hatten ihre Augen vor Panik weit aufgerissen und liefen verängstigt geradeaus.

Ich hörte ein Bellen hinter mir und musste grinsen. Das war Alec, unser Hütehund. Ich kannte ihn erst seit ein paar Monaten, hatte den Vierbeiner aber mit seiner drolligen und treuen Art bereits lieb gewonnen. Auch mich konnte er gut leiden, zumindest wedelte er immer freudig mit dem Schwanz, wenn er mich sah. Zusammen waren wir ein unschlagbares Team und trieben gemeinsam die Herde für die Nacht in den Stall.

Normalerweise übernahmen das Tony, Sophias Vater, und ihre Brüder. Heute galt mir die Ehre allein. Mir war klar, dass es sich dabei um eine Probe handelte. Er testete mich, ob ich das Zeug zu einem

Farmer hatte, und ob ich gut genug für seine Tochter war.

Meine Phi, die mir mein altes Leben zurückgegeben und mein jetziges um tausend Prozent verbessert hatte. Nur dank ihr schlug mein Herz wieder. Nur dank ihr musste ich mich nicht mehr von Blut ernähren und konnte wieder schmecken. Das war das größte Geschenk, das mir jemals jemand gemacht hatte, und dafür liebte ich sie.

»Heia!«, rief ich dem Pferd zu und gab ihm noch einmal die Sporen. Wir mussten an die Spitze der Herde kommen, um sie durch das offene Tor zu treiben. Die Tiere durften sich nicht am Zaun entlang verteilen, das würde bloß weitere Zeit kosten, die ich nicht hatte. Es wurde langsam dunkel und Tony ungeduldig. Das konnte ich daran sehen, wie er am Gatter lehnte und mit seinem Fuß wippte. Je näher ich ihm und seinen Söhnen kam, desto besser konnte ich seine verkniffenen Gesichtszüge erkennen.

Wir verstanden uns gut, von der ersten Sekunde an, aber wenn es um seine Tochter oder um seine Tiere ging, wurde er ernst. Familie wurde bei ihm großgeschrieben und der Zusammenhalt war ihm wichtig. Wenn ich zu den Millers gehören wollte, musste ich mich beweisen. Und das würde ich! So etwas, was Sophia mit ihrer Mutter, ihrem Vater und den drei Brüdern hatte, kannte ich nicht. Als Waisenjunge im siebzehnten Jahrhundert hatte ich wie elterliche Fürsorge oder Geschwisterliebe nie erlebt. Ich beneidete sie darum und hoffte daher, irgendwann gut genug zu sein, um von Tony und den anderen als vollwertiges Mitglied respektiert zu werden.

Ein Lichtblitz blendete mich und ich kniff die Augen zusammen. Ich drehte meinen Kopf Richtung Waldrand und der Lichtstrahl verschwand. Ich suchte die umstehenden Stämme und Büsche ab, um herauszufinden, woher das grelle Licht gekommen war. Doch ich entdeckte etwas anderes. Eine dunkle Gestalt trat aus dem Schatten des Waldes und zog seinen Hut wie zum Gruß.

»Scheiße«, murmelte ich. Kälte kroch mir den Nacken hinab. Sie hatten mich gefunden.

Ein Wiehern erklang und das Pferd zog an den Zügeln. Das riss mich aus meiner Konzentration und ich verlor das Gleichgewicht. Im nächsten Moment sah ich die Erde auf mich zu rasen und der Schmerz folgte nur Millisekunden später. Ich fiel hart auf meine Schulter, explosionsartig schoss er durch meinen Körper, ließ meine Wirbelsäule knacken und mich aufschreien. Dann wurde alles schwarz und ich konnte nichts mehr sehen.

Mein Kopf fühlte sich schwer an, wie in Watte gepackt, aus der ich nicht wieder herauskam. Ein Bellen erklang aus weiter Ferne. Ich öffnete und schloss meine Augen, nichts veränderte sich, die Welt blieb schwarz. Etwas zerrte an meinem Geist, wollte mich in die Schwärze hinabziehen, doch ich wehrte mich dagegen. Ich durfte nicht das Bewusstsein verlieren! Ich musste Phi beschützen. Ich musste hier weg, *wir* mussten hier weg. Waren nicht mehr sicher.

Endlich kam das Licht zurück. Kleine Sterne tanzten in meinem Sichtfeld und ich erkannte Umrisse. Jemand kniete über mir. Ein rundes Gesicht mit Bart und grünen Augen. Die Lippen bewegten sich, aber nur ein Brummen drang bis zu mir durch. Etwas Pelziges rückte in mein Sichtfeld und eine raue Zunge leckte mir über das Gesicht. Ich verzog es und augenblicklich verschwand sie wieder.

Mit einem Mal prasselten alle Sinneseindrücke auf mich ein und lähmten mich. Jemand brüllte meinen Namen, rüttelte an mir. Steine drückten sich in meine Seite und den Rücken. Die linke Schulter pochte und fühlte sich heiß an. Als ich sie kreisen ließ, schoss ein Schmerz bis zu meinem Nacken hinauf und ließ mich aufstöhnen.

»Beweg dich nicht, Junge. Du bist schlimm gestürzt!« Endlich verstand ich die Worte, die mir Tony entgegen brüllte. »Wieso hast du nicht aufgepasst?« Vorwurf war aus seiner rauen Stimme herauszuhören, keine Sorge oder Ärger. Er klang wie ein Vater, der seinen Sohn ausschimpfte, weil er vom Honig genascht hatte und von der Biene gestochen worden war.

Ein Lächeln legte sich auf meine Lippen ob des Gedankens. Wie sehr hatte ich mir doch einen Vater gewünscht, der genau das für mich tat.

»Jetzt grins nicht so dumm. Bist du auf den Kopf gefallen?«

Ich schob ihn leicht von mir und richtete mich auf. Mein Schädel brummte und die verletzte Schulter kribbelte. Vorsichtig tastete ich mich ab, bewegte alle Gelenke durch und stellte am Ende glücklich fest, dass nichts gebrochen schien.

Die Gestalt!

Ruckartig sprang ich auf die Füße, strauchelte bei dem Versuch, schaffte es am Ende irgendwie, und humpelte auf das Farmhaus zu.

»Hey, Junge! Wo willst du hin? Du blutest!«

Ich fasste mir an die Stirn und stellte überrascht fest, dass er recht hatte. Doch es war bereits geronnen und nicht sehr viel. Das würde schnell heilen, in ein paar Minuten wäre sicher nichts mehr zu sehen.

Shit! Das stimmt ja nicht mehr, dachte ich und musste mich selbst korrigieren. Seit ich ein Mensch war, verheilten meine Wunden langsamer. Vermutlich war es eine normale Geschwindigkeit, aber weil ich mich an die Zeit vor meinem Vampirdasein kaum mehr erinnerte, kam es mir anders vor.

»Ryder! Wo willst du hin, gottverdammt?«

»Ich lasse mich von Abigail verarzten«, rief ich, ohne mich umzublicken. Ich musste hier schnell weg, bevor sie kamen. Denn wo er war, waren die anderen nicht fern. Er kam selten allein.

Alec begleitete mich ein kleines Stück, sprang aufgeregt an mir hoch und machte mir das Weiterkommen schwer. »Ich habe keine Zeit dafür, Hund!« Ich drängte mich an ihm vorbei, nur lief er mir immer wieder zwischen die Beine und um mich herum. Hinter mir erklang ein Pfiff und Alec schoss von dannen. Endlich kam ich vorwärts, ohne über den Schäferhund zu stolpern.

In Gedanken war ich bereits bei der Flucht. Am besten packten Phi und ich nur das Nötigste, nahmen den Truck und fuhren einfach los. Egal wohin, Hauptsache weg von ihnen.

Was ist mit ihrer Familie?, meldete sich eine Stimme in meinem Kopf, die womöglich mein Gewissen war. Auch sie waren in Gefahr, ab der ersten Sekunde, in der sie mich ins Haus gelassen und mir Unterschlupf geboten hatten. Niemand von ihnen wusste, wer — oder besser gesagt *was* — hinter mir her war. Ich hatte es auch Phi bisher nicht erzählt. Wie sollte ich erklären, dass ich von Vampiren gejagt wurde und früher selbst einer gewesen war, ohne dass ich verrückt klang und in der nächsten Psychiatrie landete?

Aber vielleicht würde gerade das sie schützen? Weil sie und ihre Familie nichts über meine Vergangenheit oder das Buch wussten, waren sie für die Vampire nutzlos. Ich entschied, dass ihnen keine Gefahr drohte. Die Vampire hatten es auf mich abgesehen und vermutlich auch auf Phi, weil sie mich geheilt hatte. Egal was die Ältesten nun von mir wollten, es konnte nichts Gutes bedeuten, dass sie *ihn* geschickt hatten, um mich zu suchen. Er war der beste Hüter und sicher auch Quintons Liebling. Und gerade mit dem hatte ich es mir verscherzt.

Ich brauchte viel zu lange, um endlich an der Haustür anzukommen. Sogleich stieß ich sie auf, humpelte den Flur entlang bis zur Treppe und krauchte sie hinauf. Oben angekommen, steuerte ich unser Zimmer an und hievte den Koffer unter dem Bett hervor. Dabei zog es in meiner verletzten Schulter, doch ich ignorierte den Schmerz. Mit meiner gesunden Hand, die nur ein paar Schürfwunden abbekommen hatte, griff ich in den Schrank, in die Schubläden und warf das Nötigste in den Koffer. Als dieser bereits bis zur Hälfte gefüllt war, tauchte

Sophia im Türrahmen auf und sah mich mit gerunzelter Stirn an.

»Was machst du da?«, fragte sie und kniff die Augen zusammen. Ihre Haare hatte sie wie immer zu einem Pferdeschwanz zurückgebunden, jedoch hatten sich einige Strähnen daraus gelöst und umrahmten nun ihr gerötetes Gesicht. Sie machte einen wilden und entschlossenen Eindruck auf mich.

»Wir müssen weg«, erklärte ich kurzangebunden.

»Wie, wir müssen weg?«

»Wir müssen verschwinden. Sofort!« Ohne sie zu beachten, warf ich weiterhin Kleidungsstücke in den Koffer und eilte kurz darauf ins Badezimmer, um unsere Hygieneartikel zusammenzusammeln.

»Was ist denn los? Loan! Hör auf und rede mit mir!«

»Verdammt, Phi. Wir haben keine Zeit dafür, sie haben uns gefunden!«

»Sie? Heilige, Loan! Du hast mir immer noch nichts von ihnen erzählt. Ich weiß noch nicht einmal, ob sie echt sind. Mama hat mir gesagt …«

»Du hast mit deiner Mutter darüber gesprochen?« Ich hielt inne und starrte sie schockiert an. Das hatte ich nicht erwartet. Ich hatte sie um Stillschweigen gebeten und ihr versprochen, es ihr irgendwann zu erklären. Das war zwar schon Monate her, aber … Wie hätte ich ihr es schon erzählen können? Ich hatte doch keine andere Wahl!

»Natürlich! Sie ist meine Mutter und du willst ja nicht mit mir darüber reden.« Sophia stemmte ihre Hände in die Hüften und sah mich wütend an. »Jetzt spuck es endlich aus. Wer ist hinter dir her? Die Mafia?«

Ich schüttete den Kopf.

»Die Polizei?«

Erneut ein Kopfschütteln meinerseits.

»Eine Ex-Frau?«

Perplex sah ich sie an. »Was? Nein! Ich war nie verheiratet.«

Sie zuckte mit den Schultern. »Woher soll ich das denn wissen? Du erzählst mir ja nichts.«

Ich atmete kontrolliert ein und aus, dann schloss ich den Koffer und trat auf Phi zu. Instinktiv machte sie einen Schritt zurück und hob abwehrend die Hände. Mein Herz verkrampfte sich und ich musste schlucken. »Vertraust du mir?«, flüsterte ich.

Sie musterte mich aus ihren blauen Augen, kniff die Lippen zusammen. Zu lange zögerte sie und ein Stechen machte sich in meiner Brust bemerkbar.

Ein Geräusch ließ mich aufhorchen und die Luft anhalten. Es klopfte an der Tür.

»Ist jemand zu Hause?«, hörte ich eine mir viel zu bekannte Stimme rufen.

»Ich komme«, flötete Abigail und mir wurde heiß und kalt zugleich.

»Nicht aufmachen!«, brüllte ich, ließ den Koffer auf die Erde fallen und Phi stehen. Sie rief mir aufgebracht etwas hinterher, aber das war mir in diesem Moment egal. Sie waren da und besaßen die Dreistigkeit, meine Familie zu belästigen. Keiner von ihnen war sich der Gefahr bewusst. Nur ich kannte ihr wahres Wesen und ihre Absicht.

Als ich endlich den Treppenabsatz erreichte, war es bereits zu spät. Eine schwarz gekleidete Person schob sich in diesem Moment an der freundlich lächelnden Abigail vorbei und lüftete ihren Hut.

»Oh, Loan! Gut, dass du da bist. Du hast Besuch.« Unschuldig sah Abby zu mir hoch und ihr Lächeln wurde noch eine Spur breiter. Ich war in diesem Moment wütend auf sie, obwohl sie nichts dafür konnte. Ich war es gewesen, der diese Teufelsbrut in ihr Heim gelockt hatte. Ohne mich würden alle auch weiterhin in Sicherheit leben. Doch nun war es zu spät und es lag an mir, das Unheil von ihnen abzuwenden.

»Hallo, Damian.«

Kapitel 2

Damians Grinsen würde mich noch bis in meinen Tod verfolgen. Wie er so vor mir stand und ich seinen Triumph an den Lippen ablesen konnte. Er hatte mich gesucht und gefunden. Und nicht nur das, er hatte direkt den Ältesten Rat mitgebracht. Oder zumindest einen Teil davon.

»Loan Ryder, es ist schön, dich so lebendig zu sehen, Bruder«, begrüßte mich die Älteste Eugenia.

Ich wusste nicht, was ich darauf antworten sollte. Sie zu bestätigen, dass ich geheilt war, erschien mir als unklug. Und sie zu korrigieren, könnte mein Todesurteil bedeuten. Außerdem stand Abigail immer noch mitten unter uns und meine seltsame Aussage könnte auch bei ihr Fragen auslösen. Fragen, die ich ihr nicht beantworten könnte. Fragen, die sie in Gefahr bringen würden.

Daher erwiderte ich nichts, nickte bloß höflich und fragte dann: »Was kann ich für euch tun?« Ich hoffte, dass mir die Älteste meine unhöfliche Anrede nicht krummnehmen würde.

Ihr Mundwinkel zuckte und kurz sah ich etwas wie Unmut in ihren Augen aufflackern. Es war schnell wieder verschwunden und stattdessen lächelte sie mich warm an. »Ich würde sehr gern mit dir und deiner Freundin unter vier Augen sprechen.«

»Nein!«, schoss es wie aus einer Pistole aus mir heraus.

»Loan! Sei nicht so unhöflich«, schalt mich Abigail, was mir in dem Moment egal war.

Sophia schwebte in Lebensgefahr und ich würde den Teufel tun, sie direkt in das offene Messer laufen zu lassen.

»Was wollt ihr denn von uns?«

Ich drehte mich ruckartig um und starrte Sophia panisch an. Wann war sie hinuntergekommen?

Verzweifelt versuchte ich, ihr mit den Augen klarzumachen, dass sie wieder nach oben gehen soll. Ich ruckte sogar einmal mit dem Kinn in Richtung Treppe, doch sie reagierte einfach nicht.

»Welch eine Freude, dich kennenzulernen.« Eugenia trat an mir vorbei und auf Phi zu.

Ein Schauer lief mir den Rücken hinunter und die altbekannte Kälte kehrte zurück. Wie in Zeitlupe beobachtete ich, wie die Älteste Phi ihre Hand reichte, die sie nach kurzem Zögern ergriff. Als Eugenia fest zupackte, zuckte Phi erschrocken zusammen. In mir spannte sich alles an und ich überlegte fieberhaft, wie ich sie beschützen könnte.

Ich wusste, dass Tony irgendwo auf der Farm eine Waffe versteckte. Vermutlich in einem Tresor in seinem Arbeitszimmer. Aber ich wusste weder, wo genau, noch den Code. Also wäre das keine Möglichkeit. Die Küche war nicht weit. Ich könnte mir ein Messer schnappen, doch das würde zu lange dauern. Hier im Flur gab es nichts, was ich hätte gebrauchen können, bis auf einen ausgestopften Hirschkopf mit prächtigem Geweih. Aber wen wollte ich damit bedrohen?

»Freut mich auch«, erwiderte Phi verunsichert und ließ kurz darauf die Hand der Ältesten los. Endlich bewegte sich alles wieder in Echtzeit, machte die ganze Sache jedoch nicht besser. Ich hatte immer noch nichts, um uns zu verteidigen, und wenn ich ehrlich war, hätte ich mit oder ohne Waffe eh keine Chance gegen die Älteste. Ihre Augen waren von einem so tiefen Rot, das man nur bekam, wenn man über Jahrhunderte hinweg Vampirblut trank. Dementsprechend waren nicht nur ihre Sinne geschärft, sondern auch ihre körperliche Kraft. Trotz ihrer zierlichen Figur und ihres Alters – das ein normaler Mensch wohl auf Mitte fünfzig geschätzt hätte – würde sie selbst gegen einen Bären ankommen und ihn besiegen. Daher blieb ich lieber wachsam und überlegte weiterhin im Stillen, wie ich sie loswerden könnte, ohne dass einer von uns Schaden nahm.

»Faszinierend«, flüsterte die Älteste und drehte sich wieder zu mir. »Können wir irgendwo unter vier Augen sprechen?«

»Natürlich. Hier entlang.« Ich deutete auf die Tür in die Wohnstube direkt neben mir und Eugenia setzte sich in Bewegung. Als sie an mir vorbeiging, bedeutete ich Phi, wieder nach oben zu gehen und funkelte sie wütend an.

»Sie kommt mit.« Die kalte Stimme der Ältesten ließ mir das Blut in den Adern gefrieren.

Mit geweiteten Augen und klopfendem Herzen sah ich Phi an, die wenig von meiner Panik mitzubekommen schien. Viel mehr wirkte sie neugierig, ja fast wissbegierig. Sie schob sich an mir vorbei, nicht ohne mir mit ihrem Ellenbogen einen Stoß in die Seite zu verpassen, den ich nicht zu deuten wusste. Ich packte sie am Arm und zog sie zurück. Doch Phi wand sich aus meinem Griff und formte mit den Lippen: »Ich will Antworten.« Ohne, dass ich etwas dagegen unternehmen konnte, folgte sie Damian und Eugenia in das Zimmer.

Mit hängenden Schultern kam ich nach und bemerkte erst jetzt, dass noch ein dritter Vampir anwesend war. Ich kannte ihn nicht, seine braunen, toten Augen sahen emotionslos zu mir hinunter. Er war muskulös und schlank zugleich. Seinem Aussehen nach schätzte ich, dass es sich bei ihm um einen von Damians Schlägern handeln musste. Warum der wohl mitgekommen war?

Ich blieb im Türrahmen stehen und drehte mich in Richtung Flur um. »Abigail, kannst du bitte Tony holen gehen?«, fragte ich Phis Mutter. Sie schien noch immer nichts von der ernsten Situation zu bemerken und lächelte mich nur freundlich an.

»Sehr gern«, erwiderte sie strahlend und wandte sich zur Tür, hielt inne und drehte sich zu mir um. »Deine Schwester wirkt sehr nett, aber auch etwas verklemmt. Bleiben sie zum Essen? Ach, ich decke einfach für sie mit auf.« Damit verschwand sie und mir blieb keine Zeit, ihr zu widersprechen.

Meine Schwester? Verwirrt runzelte ich die Stirn. Dann fiel mir wieder ein, wie Eugenia mich angesprochen hatte – *mein Bruder.* Daher konnte ich es Abby nicht übelnehmen, dass sie eine Verwandtschaft zwischen uns vermutete. Ich schüttelte den Kopf, schloss die Tür und drehte mich zu Phi und den Vampiren um. Misstrauisch beäugte ich einen nach dem anderen. Mir gefiel es nicht, dass Sophia bei uns war. Denn wer wusste schon, wann unsere ungebetenen Gäste zum letzten Mal etwas getrunken hatten? Hoffentlich würden sie ihr Anliegen vortragen und dann wieder verschwinden. Notfalls müsste ich ihnen drohen, auch wenn das in meiner Position eher wenig wirksam wäre. Schließlich waren sie in der Überzahl und wenn sie mich finden konnten, dann auch John und Tom.

Nachdem ich mich etwas gesammelt hatte, richtete ich meine Worte an Eugenia und fragte mit so gleichgültiger Stimme wie möglich: »Was wollt ihr?«

»Wieso so unhöflich, Ryder? Willst du uns nicht einander vorstellen?«, witzelte Damian und sah mich dabei wie immer spöttisch an. Oh, wie sehr ich ihn hasste. Ich könnte es nicht einmal in Worte fassen.

»Sophia Miller.« Phi kam mir zuvor und reichte nun auch Damian die Hand. Dieser sah sie von oben herab an und ließ dann den Blick über ihren Körper gleiten. Ein hungriger Ausdruck erschien in seinen braun-roten Augen und er wirkte wie ein Raubtier, das seinen nächsten Snack musterte. An ihrem Holzfällerhemd blieb er – für meinen Geschmack – zu lange hängen und endete in ihrem Gesicht. Sie lief rot an und senkte schnell die Hand. Ihr war es sichtlich unangenehm, so unverhohlen von dem Hüter gemustert zu werden.

»Damian McSullan, zu Ihren Diensten.« Er verbeugte sich tief vor ihr und ich könnte schwören, ihn kichern zu hören.

Ich ballte meine Hand zur Faust und würde ihm damit am liebsten sein selbstgefälliges Grinsen aus dem Gesicht wischen. Eugenia schien sein Betragen ebenfalls auf den Magen zu schlagen, denn sie schubste ihn unsanft zur Seite und warf ihm einen warnenden Blick zu. Dann wandte sie sich mit einem süßen Lächeln an Phi und erklärte: »Bitte entschuldige das schreckliche Benehmen meines Bruders. Er hat leider keine guten Manieren beigebracht bekommen.«

»Ihr seid Geschwister?« Phis Gesicht leuchtete mit einem Mal auf und ihre Mundwinkel hoben sich. »Wie schön, euch kennenzulernen. Loan hat mir nichts über euch erzählt, nur dass eure Eltern bei einem Brand ums Leben gekommen sind.«

Sei still, zischte ich sie in meinen Gedanken an, blieb jedoch stumm. Angst schnürte mir die Kehle zu und ich hasste mich dafür, dass ich in alte Muster fiel. Ich hatte mich doch geändert, mir vorgenommen, mutiger zu sein. Aber nun stand ich hier und konnte mich kaum bewegen, so sehr lähmte mich die Panik. Und das Schlimmste war, dass ich Phi nicht warnen konnte, ohne sie in Gefahr zu bringen.

Ich starrte zu Damian, der großes Interesse an Sophia zu hegen schien. Sein Gesicht zierte ein seliges Lächeln und ich wollte lieber nicht wissen, was ihm gerade durch den Kopf ging. Eine Sekunde später war der Ausdruck verschwunden und stattdessen kehrte sein typisches Grinsen zurück.

Ein zartes Glucksen riss mich von Damian los und ich schenkte der Ältesten meine volle Aufmerksamkeit zu. Sie stand in ihrer prächtigen, roten, ausladenden Robe vor uns und schien darin förmlich zu versinken. Ein höhnischer Ausdruck lag auf ihrem Gesicht und sie spitzte die Lippen. »Wir sind keine Geschwister, meine Liebe.«

Ein enttäuschter Laut drang aus Phis Mund und ihr Strahlen erlosch.

»Viel mehr sind wir Verbündete im Herzen.«

»Das verstehe ich nicht.« Phi runzelte die Stirn und fragte dann geradeheraus: »Wer seid ihr?«

Eugenias brennender Blick landete auf mir und sie hob einen Mundwinkel. »Du hast es ihr nicht erzählt?«

»Was erzählt?«, platzte es aus Phi heraus und sie sah mich ihrerseits scharf an.

Ich – immer noch zu keiner verbalen Antwort im Stande – schüttelte bloß den Kopf.

»Was meint sie? Loan! Sag mir bitte endlich die Wahrheit!« Phi klang mit jedem Wort, das aus ihrem hübschen Mund drang, wütender. Sie trat auf mich zu und blieb eine Armlänge vor mir stehen. Ihre blauen Augen bohrten sich in meine und schienen nach Antworten zu graben, die ich ihr nicht geben konnte. »Sag mir endlich, vor wem du fliehen musstest! Bist du nun mit denen verwandt, oder nicht? Sind meine Eltern in Gefahr? Und wenn sie nicht deine Geschwister sind, wer in Gottesnamen sind die dann?« Dabei deutete sie mit einer Hand auf die drei Vampire, die sich bedrohlich vor uns aufbauten.

Mein Mund war immer noch wie zugeklebt und meine Zunge wollte sich nicht vom Gaumen lösen.

Ich betete, dass sie endlich schwieg. Sonst würde sie alles nur noch schlimmer machen.

»Liebes, ich kann dir sehr gern all deine Fragen beantworten.« Eugenias Worte ließen uns beide aufblicken. Sie hatte ihre Hände vor dem Körper gefaltet und sah uns mit einer Geduld an, die mir eine Gänsehaut verpasste.

»Nicht«, presste ich zwischen zusammengebissenen Zähnen hervor. Meine Stimme klang kratzig, als hätte ich sie schon länger nicht mehr benutzt.

Phi schnaubte und würdigte mich keines Blickes. Stattdessen verschränkte sie die Arme vor der Brust und ruckte mit dem Kopf, der ihren Pferdeschwanz zum Schwingen brachte. »Da bin ich aber gespannt.«

Eugenia holte Luft und öffnete den Mund. »Dein guter Loan hier ist ein Vampir, obwohl ich jetzt wohl eher sagen sollte, er *war* einer.«

Keine Reaktion.

Eugenia fuhr fort. »Wir alle«, dabei zeigte sie auf sich und die zwei anderen Blutsaugern im Raum, »sind es noch immer. Doch du musst dich nicht vor uns fürchten, wir werden dir oder deiner Familie nichts tun. Ich bin bloß gekommen, um mich davon zu überzeugen, dass Damian die Wahrheit sprach.«

Stille.

»Dein geliebter Loan gehörte einst zu uns. Doch er hat es aus einem mir unergründlichen Grund geschafft, wieder ein Mensch zu werden. Laut Damian bist du dieser Grund und ich wollte selbst sehen, was an seiner Geschichte dran und an dir so besonders ist.«

Noch immer reagierte Phi nicht und selbst Eugenia schien ihr Schweigen zu verunsichern. Kurz sah sie über ihre rechte Schulter zu Damian, der nur eine Augenbraue hochzog. Ich fragte mich, was ihn dazu bewogen hatte, sich der Ältesten anzuvertrauen. War der doch eigentlich Quintons Schoßhündchen und hörte bloß auf seine Befehle.

Schlagartig lachte Phi los, schüttelte sich und konnte sich kaum mehr auf den Beinen halten. Sie keuchte etwas, das ich nicht verstand. Sie schien Eugenia nicht zu glauben. Das konnte gut, aber auch unglaublich mies sein. Als sich Phi halbwegs beruhigt hatte, gluckste sie bloß: »Guter Witz, und wer seid ihr jetzt wirklich?«

»Mein Name ist Eugenia Darkworth, ich gehöre dem Ältesten Rat der Vampire an und zähle zu den sieben ersten Kindern Asraths, unseres Schöpfers. Das sind Damian, der sich dir bereits vorgestellt hat, und Grag, unser Fahrer. Beide gehören ebenfalls der Vampirgesellschaft an, sind Hüter unserer Geheimnisse und Bewahrer unserer Regeln.«

Stille. Erneut und vollumfänglich. Nach einer gefühlten Ewigkeit drehte sich Phi zu mir um und sah mich mit hochgezogenen Augenbrauen fragend an. Da ich immer noch nicht Herr meiner Stimme war, nickte ich bloß einmal. Sophia fiel die Kinnlade hinunter. Dann machte sie den Mund wieder zu, um ihn gleich darauf erneut zu öffnen. Das wiederholte sie ein paar Mal, wobei sie aussah wie ein Fisch auf dem Trockenen. Schlussendlich schüttelte sie den Kopf, hielt sich die Hände an die Stirn, als hätte sie Kopfschmerzen, und rieb sich über die Schläfen.

»Das kann doch nur ein schlechter Witz sein. Vampire gibt es nicht – außer in Romanen und in Filmen.«

»Oh, ich kann dir versprechen, Liebes, Vampire sind genauso real wie du und deine Familie. Und drei davon stehen direkt vor euch.«

Ruckartig machte Phi einen Schritt zurück und kam mir näher. Aus einem Instinkt heraus schloss ich sie in die Arme, aber sie stieß mich von sich. Etwas in meinem Inneren zerbrach, als ich die Panik in ihren Augen erblickte.

»Loan, sag mir, dass das nicht wahr ist. Sag … sag mir, dass ich träume.« Hilflos starrte sie mich an, atmete hektisch durch den Mund und wirkte panisch.

»Es ist wahr.« Meine Stimme kratzte mir im Hals und klang rauer als sonst. Trotzdem musste sie mich verstanden haben, denn sie schüttelte erneut den Kopf und drehte sich von mir weg.

»Das ist bloß ein Traum, das kann nicht real sein.«

»Wir können es dir beweisen«, sagte Damian und eine kalte Hand umklammerte mein Herz.

Wie auf ein geheimes Signal hin bleckten alle drei die Zähne und mit Erschrecken beobachtete ich, wie sich ihre Schneidezähne verlängerten. Ihre Gesichter verzerrten sich, sie sahen nicht länger aus wie Menschen, sondern viel mehr wie die Monster, die sie in Wahrheit waren.

Dies löste mich aus meiner Starre, ich sprang vor und stellte mich schützend vor Phi. »Nein! Ihr tut ihr nichts an!«, brüllte ich und war selbst überrascht, wie fest meine Stimme klang. Doch anstatt, dass sie auf uns zukamen und ihre Zähne in unsere Hälse schlugen, schlossen sie ihre Münder wieder und Damian fing an zu lachen.

Das brachte das Fass zum Überlaufen und ich explodierte. »Verschwindet! Ich habe euch nichts zu sagen! Ihr seid hier nicht erwünscht, also haut einfach ab!« Meine laute Ansprache schien sie nicht zu interessieren, sie sahen mich immer noch ausdruckslos und leicht amüsiert an.

»Das können wir erst, wenn wir haben, was wir wollen«, erklärte Eugenia mit schneidender Stimme.

»Und was wäre das?«

»Dich!« Damian stand blitzschnell vor mir, schlug schnell wie eine Schlange zu und etwas stach in meinen Hals.

Ich schrie auf, wollte ihn von mir stoßen, doch da gaben meine Knie bereits nach und ich stürzte zu Boden. Nebel umhüllte mich, ließ mein Blickfeld verschwimmen.

»Phi. Sophia«, murmelte ich und war erschrocken, wie matt meine Stimme mit einem Mal klang.

Ein grinsendes Gesicht beugte sich über mich und ich hätte am liebsten zugeschlagen. Vielleicht sähe Damian dann nicht mehr so perfekt aus mit seiner geraden Nase, den markanten Wangenknochen und den blonden Haaren. Na ja, zumindest für kurze Zeit. Stattdessen verhöhnte er mich nicht nur mit seinem Blick, sondern auch mit seinem Lachen.

»Nimm ihn mit und lass uns von hier verschwinden. Ich will nicht mehr Aufsehen erregen als nötig.«

»Was ist mit dem Mädchen?«

Nein, Phi, tut ihr nichts, wollte ich schreien, doch kein Laut drang über meine Lippen. Mein Blickfeld schrumpfte in sich zusammen, bis nur noch ein kleiner Punkt zu sehen war. Das strenge Gesicht der Ältesten. Sie sah auf mich hinab wie auf ein Stück Dreck.

»Lasst sie. An ihr ist nichts Besonderes.«

Doch, das ist sie, wollte ich erwidern. Ich wollte so viel sagen, konnte es aber nicht. Die Müdigkeit überrollte mich und eine letzte Frage tauchte in dem Schleier meiner Gedanken auf: Wo war Sophia?

Sophia

Übelkeit stieg in mir auf, Panik packte mich und schnürte mir die Kehle zu. Mein Atem ging keuchend und mein Herzschlag dröhnte mir in den Ohren.

Ich hatte es auf der Farm nicht länger ausgehalten. Bis zum Schluss hatte ich mich an den Gedanken geklammert, dass alles nur ein schlechter Scherz war, dass sie mich nur verarschten und gleich mein Vater hinter einem Schrank hervorsprang und *April, April* rief. Aber dem war nicht so. Stattdessen bleckten diese Fremden die Zähne und ich hatte mit Erschrecken beobachten müssen, wie sich ihre Eckzähne verlängerten. Damit war meine Blase geplatzt, die Realität stürzte wie kaltes Wasser auf mich nieder und ich war geflohen.

Zielstrebig war ich in den Wald gelaufen und nun peitschten mir Äste ins Gesicht und der unebene Untergrund machte mir nur allzu deutlich, dass das hier kein Traum war. Egal wie mein Verstand dagegen ankämpfte, wusste mein pochendes Herz doch bereits, dass es stimmte.

Meine Schritte wurden langsamer und stockender. Ich rang um Atem, bekam kaum noch Luft. Weiße Punkte tanzten in meinem Sichtfeld und die Ränder wurden schwarz. Ich hielt an, stützte mich an einem Baum ab, spürte die raue Rinde unter meinen Fingern und konzentrierte mich auf die Atmung. Tief ein und durch die Nase wieder aus. Ein – und aus.

Mit jedem Atemzug beruhigte sich mein Herz und der Puls raste nicht mehr. Ich nahm mir einen Moment Zeit, um mich umzusehen. Bisher war ich blind drauflosgelaufen, hatte sogar meine Eltern und Alec links liegen gelassen. Letzter war mir bellend gefolgt, doch als das Blätterdach immer dichter wurde, war er verschwunden. Vermutlich zurück zur Farm gelaufen.

Grünes Licht umgab mich, von der Straße, auf der ich zu Anfang noch gelaufen war, war nichts mehr zu sehen. Bäume und Büsche standen dicht an dicht und ich konnte Vögel singen hören. Ich legte den Kopf in den Nacken, starrte hinauf zu den Baumkronen und beobachtete die Äste dabei, wie sie im seichten Wind hin und her wiegten. Wäre ich nicht so aufgewühlt, könnte ich diesen Anblick genießen. Liebte ich die Natur doch über alles und würde einen Wald zu jeder Zeit einer Großstadt vorziehen.

Als mein Herz endlich wieder in einem gesunden Tempo schlug, drehte ich mich im Kreis, um mir einen Überblick darüber zu verschaffen, wo ich mich befand. Eichen und Kiefern umgaben mich, bildeten eine geschlossene Einheit, dazwischen kleine Büsche, an denen wilde Beeren hingen. Irgendwo hörte ich es rascheln, vielleicht von einem Kaninchen oder einem Hirsch.

Eine plötzliche Gänsehaut überzog meine Arme. Ich war allein im Wald, wusste nicht, wo ich hergekommen war, noch wohin ich nun laufen sollte. Die Sonne war nicht zu erkennen, somit auch nicht die Himmelsrichtungen. Nur wenig Moos war an den Stämmen der Bäume zu entdecken, die vielleicht Rückschlüsse auf meine Position hätten bieten können. Und das Schlimmste war, dass ich mein Handy nicht bei mir trug.

»Mist!«, fluchte ich leise und wischte mir mit meinem Ärmel über die Stirn. Von meinem spontanen Marathonlauf war ich völlig durchgeschwitzt, mein Hemd klebte mir am Rücken und die Jeans fühlten sich enger an. Als würde sie sich an meinen Beinen festsaugen. Es war ein unangenehmes Gefühl. Zum Glück trug ich noch immer die Gummistiefel. So waren meine Füße wenigstens geschützt.

Ein weiteres Mal drehte ich mich im Kreis. Suchte die Bäume und Äste mit den Augen ab, hoffte, dass ich dort irgendetwas entdeckte, was mir helfen könnte. Vielleicht ein Haar von mir, oder ein Stück Stoff, das sachte im Wind wehte. Doch ich bemerkte nichts dergleichen. Panik keimte erneut in mir auf und drohte, die Kontrolle zu übernehmen. Ich presste sie vehement zurück, konnte mir nicht erlauben, meinen klaren Verstand zu verlieren.

Im Kopf ging ich die wichtigsten Punkte durch, die mir mein Vater zum Überleben in der Wildnis beigebracht hatte.

Erstens: Wasser suchen.

Da ich nicht davon ausging, dass ich länger als ein paar Stunden in diesem Wald verweilen würde, war das Auffinden einer Wasserquelle eher nebensächlich.

Zweitens: Sicherer Unterstand.

Auch das war eher nebensächlich. Ich schüttelte leicht den Kopf und schlug mir mit der Hand gegen die Stirn. Warum brachte mein Verstand nichts Brauchbares zustande? Ich hatte mich im Wald verlaufen, das war eine ernste Situation! Jetzt musste ich zusehen, dass ich nach Hause kam und mit Loan sprach. Er hatte mir noch einiges zu erklären.

Ich ging den letzten Punkt der Liste durch, nur der Vollständigkeit zuliebe.

Drittens: Spurensuche.

Ja! Das könnte mir helfen! Ich hatte zwar nie die Spuren von einem Kojoten und einem Hund auseinanderhalten können, aber zur Jagd auf ein Reh hatte es gereicht. Daher senkte ich schnell den Kopf, ging in die Knie und suchte den Boden nach Fußabdrücken ab.

In einem kleinen Kreis um mich herum war das Laub aufgewühlt, sicher weil ich mich mehrmals um mich selbst gedreht hatte. Erst jetzt fiel mir auf, wie dumm das von mir gewesen war, kein Wunder, dass ich die Orientierung verloren hatte.

Nach nur wenigen Sekunden entdeckte ich Spuren, die von mir wegführten. Da musste ich hergekommen sein!

Hoffnung glomm in mir auf, wärmte mich leicht von innen und vertrieb die Panik, jedoch nicht zur Gänze. Ich straffte die Schultern und folgte der Spur. Wenn ich mich ranhielt, könnte ich bis heute Abend wieder zu Hause sein. Denn, auch wenn ich die Sonne durch die Blätter nicht sehen konnte, erkannte ich an den Schatten der Bäume, dass sie tief stand. Ich hatte mein Zeitgefühl beim Laufen verloren und daher wohl nicht mitbekommen, wie spät es eigentlich war. Das rächte sich nun.

Ein Zittern packte mich. Nicht nur wegen der Aufregung und der leisen Angst, nicht wieder nach Hause zu finden. Sondern eher, weil der Schweiß auf meinem Hemd trocknete und es im Wald um mehrere Grade kühler war als auf der Weide. Doch davon wollte ich mich nicht aufhalten lassen. Ich schlang meine Arme um den Brustkorb und rieb mir über den Oberarm. So versuchte ich, mich zu wärmen, was auch so halbwegs klappte.

Nach wenigen Sekunden schlugen meine Zähne aufeinander und verursachten ein gruseliges Geräusch. Zum Glück war es im Wald nicht still, so kam mir das Klappern nicht so laut vor. Ich konnte das Zirpen von Vögeln hören, der Wind blies durch die Blätter und es raschelte zu meinen Füßen. Zu einer anderen Zeit hätte ich die Geräuschkulisse genossen, die Augen geschlossen und vielleicht etwas gedöst. Aber unter den aktuellen Umständen konnte ich mir das nicht erlauben.

Ich folgte meiner Spur einige Meilen, bis das Sonnenlicht so weit gewichen war, dass alles um mich herum nicht mehr grün, sondern grau in grau wirkte. Die Kälte war mir tief in die Knochen gekrochen, sodass ich das Schlottern nicht mehr unterdrücken konnte. Es war schon seltsam, gerade der heutige Tag war wohl der heißeste in diesem Jahr, doch im Wald fühlte es sich wie in der Arktis an. Oder ich bildete mir das nur ein und mein nasses Hemd war schuld. Egal, was es war, ich würde das Problem jetzt und sofort nicht beheben können. Stattdessen freute ich mich auf ein heißes Bad.

Je dunkler es wurde, desto schwerer konnte ich den Spuren folgen. Teilweise waren sie auch schon verwischt, als ein wildes Tier meinen Weg gekreuzt hatte. Langsam schritt ich in gebückter Haltung voran, scannte jeden Zentimeter des Bodens ab, um die Schuhabdrücke ja nicht aus den Augen zu verlieren.

Ein Geräusch ließ mich hochschrecken und ich richtete mich blitzschnell auf. Ich hielt den Atem an und spitzte die Ohren. Die Vögel waren weitestgehend verstummt, der Wind hatte sich gelegt und eine unheimliche Stille umfing mich. Gerade wollte ich mich wieder entspannen, als ich das Geräusch erneut hörte. Mein Kopf ruckte in die Richtung, aus der es gekommen war, doch ich entdeckte nichts. Es klang nach einem Ast, der unter einem schweren Gewicht zerbrochen war. Die Tiere bewegten sich meistens leichtfüßig und besonnen durch den Wald. Wer oder was da auch immer im Unterholz auf mich lauerte, musste ein Mensch sein. Einer, der sich nicht sehr häufig in der Natur befand. Der nicht wusste, wie man sich ungesehen und ungehört an jemanden heranschlich.

Für eine Sekunde hoffte ich, dass es mein Vater war. Ich hatte den Mund bereits geöffnet, um nach ihm zu rufen. Dann kam mir ein Gedanke: Warum rief er nicht nach mir? Wieso bellte Alec nicht? Er hätte ihn doch sicher mitgenommen. Dies brachte mich dazu, den Mund wieder zu schließen.

Erneut knackte es im Unterholz, dieses Mal aber hinter mir. Ich drehte mich ruckartig um, riss die Augen auf, um besser sehen zu können. Doch das war vergebene Liebesmüh. Die Schwärze hatte sich über den Wald gelegt, der Halbmond am Sternenhimmel gab zwar sein Bestes, viel brachte es jedoch nicht.

Rückwärts wich ich zurück, mein Kopf ruckte von links nach rechts. Wenn sich da tatsächlich jemand oder etwas an mich heranschlich, wollte ich nicht überrumpelt werden. Ich würde mich wehren, ich würde schreien.

Etwas löste sich aus der Dunkelheit, schoss an mir vorbei und verpasste mir fast einen Herzinfarkt. Ich schrie panisch auf und rannte los. Mir war es in dem Moment egal, dass ich nicht wusste, wohin ich lief. Ich stolperte über Wurzeln, schlug Äste zur Seite, kämpfte mich immer weiter vorwärts. Einmal drehte ich mich um und blickte zurück, aber da war nichts. Bloß Finsternis.

Als ich wieder nach vorn sah, war es zu spät. Ich rannte mitten in eine Silhouette hinein und mein Lauf wurde ruckartig gestoppt.

»Na, wohin denn des Weges, Rotkäppchen?«, fragte mich der Schatten höhnisch, seine Stimme klang glatt wie Eis und ließ mich schaudern.

»Was?«, keuchte ich, da ich nicht zu mehr in der Lage war. Ich rang ein zweites Mal an diesem beschissenen Tag um Atem und mein Gehirn war umnebelt.

»Da läufst du dem Wolf einfach so in die Arme«, spöttelte er und ich verstand immer noch nicht, was er meinte. Er packte mich am Arm und zog mich fest an sich. Ich keuchte auf ob der groben Behandlung. »Ich hab' sie«, rief der Typ und ein Schauer überlief mich.

Im schummrigen Licht konnte ich nur wenig erkennen, bloß, dass er lockiges Haar hatte. Sein Gesicht lag im Schatten und er trug auch keine Lampe bei sich, sodass es mir möglich wäre, mehr zu sehen.

»Lass mich los«, rief ich und wand mich in seinem Griff. Doch seine Hand schloss sich nur fester um meinen Oberarm und Schmerz schoss mir die Schulter hinauf. »Aua, du tust mir weh!«, schrie ich und Tränen stiegen mir in die Augen, die ich schnell fortblinzelte.

Geräusche von Schritten um uns herum wurden lauter. Adrenalin schoss durch meine Adern und schnürte mir die Kehle zu. Egal, wer mich da gerade gefunden hatte, allein an seiner kalten Ausstrahlung konnte ich erahnen, dass er nichts Gutes im Schilde führte.

Zwischen den Bäumen rechts von mir tauchten zwei weitere Schatten auf. Einer war kleiner und hatte eine seltsame Kopfform. Als dieser etwas nähertrat, erkannte ich, dass es sich dabei um eine Frau handelte, die einen Irokesenhaarschnitt hatte.

»Sehr gut. Dann lass uns verschwinden.«

»Was …?«, fragte ich verzweifelt und der Rest des Satzes blieb mir in der Kehle stecken. Mein Kopf schoss nach links. Dort erkannte ich die Silhouette eines großgewachsenen Mannes. Auch er lag im Schatten, aber etwas Bedrohliches ging von ihm aus.

»Was wollt ihr von mir? Hat euch mein Vater geschickt?«, stammelte ich und trat einen Schritt zur Seite, wollte etwas Abstand zwischen mich und die fremden Leute bringen.

Doch der Lockenkopf hatte mich noch immer am Arm gepackt und zog mich erneut zu sich. Erschrocken keuchte ich auf.

»W-wer seid ihr?« Ich hasste es, wie meine Stimme zitterte, aber ich konnte nichts dagegen tun.

»Warum sind deine Augen so groß?« Ein fieses Grinsen zierte die Lippen des Lockenkopfes, sodass seine weißen Zähne aufblitzten. Erst jetzt verstand ich die Anspielung. Ich war das Rotkäppchen und er der böse Wolf.

Kapitel 4 

Kälte und Nässe umgab mich. Ein modriger Geruch drang in meine Nase und ich rümpfte sie. Dabei bewegte ich meine Schultern und stieß auf einen Widerstand.

Meine Sinne kehrten langsam zurück und ich nahm Stimmen um mich herum wahr. *Wo bin ich?*, wollte ich fragen, doch meine Zunge klebte an meinem Gaumen fest. Erneut bewegte ich meine Schultern, die sich verspannt anfühlten. Dabei rieb etwas gegen mein Handgelenk und ein Schmerz zuckte den Arm hinauf. Schnell begriff ich, dass ich gefesselt war und riss die Augen auf. Immer noch blieb alles schwarz. Hektisch drehte ich meinen Kopf hin und her, aber nichts veränderte sich.

Die Stimmen verstummten und ich hörte Schritte näherkommen. Meine Atmung beschleunigte sich und das Blut rauschte mir in den Ohren. Jemand packte mich am Kopf und ich wollte schreien, erneut kam kein Ton heraus.

Licht drang an meine Augen, blendete mich. Ich kniff sie zusammen, drehte mein Gesicht fort von der hellen Quelle und blinzelte mehrmals, bis ich mich traute, aufzuschauen. Verschwommen nahm ich eine schwarze Gestalt wahr. Sie stand mit dem Rücken zur Lichtquelle, wodurch ich nur Umrisse wahrnehmen konnte.

Die Person beugte sich zu mir vor und endlich konnte ich etwas erkennen. Harte Gesichtszüge, bernsteinfarbene Augen.

»Damian«, krächzte ich.

Er packte mein Kinn und zwang mich dazu, ihn anzusehen. »Es scheint so, als hättest du die Dosis gut weggesteckt. Dein Glück. Ich wusste nicht, wie viel so ein mickriges Menschlein wie du verträgt.« Er ließ ruckartig los und ich entzog mich ihm. Dabei nahm ich schmerzhaft wahr, dass ich auf einem unbequemen Stuhl saß. Meine Beine waren ebenfalls gefesselt und ich verzog das Gesicht, als ich meine Arme auch nur leicht bewegte. Sie waren mir auf den Rücken gebunden worden und ein Seil schnitt in meine Haut.

Mit einem Mal fiel mir alles wieder ein. Eugenia und Damian, wie sie plötzlich bei uns auftauchten. Sophia, die erfuhr, was ich wirklich war und die Flucht ergriff.

»Sophia!«, krächzte ich. »Was hast du mit ihr gemacht?«

Er lachte gehässig und wandte sich von mir ab. Dabei fiel mein Blick auf den Tisch hinter ihm, auf dem ein Dutzend Kerzen standen, die den kleinen Raum erhellten. Ich starrte in die finsteren Gesichter von mir unbekannten Vampiren, bis ich Eugenias rote Augen fand.

»Er ist wach und ansprechbar. Die Pupillen sind noch leicht geweitet, aber ansonsten geht es ihm wohl gut«, berichtete Damian ihr und sie nickte emotionslos. Dann richtete sie ihre Aufmerksamkeit wieder auf die Vampire im Raum.

»Hier ist euer Beweis.« Dabei deutete sie auf mich. »Ihr kennt ihn, habt vielleicht sogar von seinem Blut getrunken. Das ist Loan Ryder, ein Vampir und Bruder unserer Gemeinde. Doch seht ihn euch an.« Sie machte eine Pause und rote Augen richteten sich auf mich. Hunger zeichnete sich in manchen Gesichtern ab, ein weiblicher Vampir sah mich neugierig an, als wäre ich ein medizinisches Phänomen, das es zu ergründen galt – was ich vermutlich auch war.

»Geht nur hin, überzeugt euch davon, dass sein Herz schlägt, seine Haut warm und rosig ist und er die Luft zum Atmen braucht.«

Das ließen sich die Anwesenden nicht zweimal sagen und fünf Vampire traten auf mich zu. Dabei verdeckten sie das Licht und ich konnte bloß noch ihre Silhouetten erkennen. Adrenalin schoss mir durch die Adern und meine Hände wurden feucht. Unruhig rutschte ich auf dem Stuhl hin und her, rieb mir die Handgelenke an dem Seil auf und kam doch nicht frei. Ich befürchtete schon, dass mir gleich einer von ihnen seine Zähne in den Hals rammen würde. Aber dem war zum Glück nicht so.

Neugierig ließen sie ihre Hände über meinen Körper gleiten, Finger fuhren durch mein Haar, das in den letzten Monaten gewachsen war und mir nun bis zum Kinn reichte. Wanderten hinunter zu meinem Hals, Luft wurde durch die Zähne gesogen, als mein Puls hart gegen deren Fingerkuppen pochte. Eine blonde Frau mit braunen Augen strich mit ihren Händen über meinen Bauch, zeichnete jeden einzelnen Muskel nach, der sich unter dem Shirt abzeichnete, und musterte mich lüstern.

Ich wich ihrem Blick aus, wollte sie nicht sehen, schämte mich dafür, was ihre Berührungen in mir auslösten. Meine Haut kribbelte, die Haare im Nacken stellten sich auf und mir wurde schlagartig heiß und kalt.

Ein Druck baute sich in mir auf, ein Gefühl, losbrüllen zu müssen. Fest presste ich die Lippen aufeinander, unterdrückte die Wut. Ich war umzingelt, selbst als Vampir hätte ich hier keine Chance. Aber als Mensch? Ich war ihnen ausgeliefert, ob ich es wollte oder nicht.

»Glaubt ihr mir jetzt?« Die Stimme der Ältesten befreite mich aus meiner Lage. Die Hände verschwanden und ich stieß den angehaltenen Atem aus.

Ich entließ die Scham und sah zu der blonden Frau auf. Noch immer lag ihr Blick auf mir, sie hatte sich aufgerichtet und ein Mundwinkel hob sich. Ich schluckte, wollte nicht wissen, was gerade in ihrem Kopf vorging.

»Loan Ryder ist der lebende Beweis dafür, dass eine Heilung möglich ist. Nun könnt ihr nicht mehr bestreiten, was ich euch seit Wochen zu erklären versuche. Quinton hat uns belogen, uns hintergangen und er tut es noch immer!«

»Ich kenne ihn.« Ein Mann mittleren Alters mit schwarzem Haar und markanten Wangenknochen richtete das Wort an die Älteste. »Ich war bei seiner Blutstrafe dabei und kann bestätigen, dass er zu dieser Zeit ein Vampir war.«

Ein Raunen ging durch den Raum. Die Vampire flüsterten ihren Nachbarn etwas zu und richteten dann wieder ihren Blick auf mich.

Wie paralysiert saß ich auf dem Stuhl. Mein Kopf konnte das Gesagte nicht richtig einordnen, ich verstand nicht, was diese Szene zu bedeuten hatte. Am liebsten wäre ich aufgesprungen und schreiend davongelaufen, aber die Fesseln saßen zu stramm.

»Also ist das Gerücht wahr. Wir können wieder leben«, sagte nun eine etwas jüngere Frau, die mindestens einen Kopf kleiner als ihr Vorredner war.

»Ja.« Alle Augenpaare richteten sich wieder auf die Älteste. Sie drückte ihren Rücken durch und Damian trat wie zu ihrem Schutz an ihre rechte Seite. Er wirkte nicht zufrieden, sah immer wieder zu mir und jedes Mal verhärtete sich sein Blick. Erst jetzt fiel mir der Vampir an Eugenias linker Seite auf. Es war derselbe, der ebenfalls bei Sophia auf der Farm gewesen war.

Sophia! Was war mit ihr? War sie in Sicherheit? Hielten sie sie hier auch gefangen? Ging es ihr gut? Die Fragen überschlugen sich in meinem Kopf und ich bekam nur noch Bruchstücke von der Unterhaltung mit. Mein Herz verkrampfte sich bei dem Gedanken, dass meine Liebste irgendwo blutleer auf einer Wiese oder im Wald lag. Wenn sie ihr auch nur ein Haar gekrümmt hätten, würde ich sie dafür bluten lassen. Sie würden sich wünschen, niemals verwandelt worden zu sein.

»… Asrath ereilte dieses Schicksal.«

Erst bei der Erwähnung des Namens unseres Schöpfers lenkte ich meine Aufmerksamkeit wieder auf die Unterhaltung. Obwohl ich mich jetzt wohl ausklammern musste.

»Ich besitze ein Tagebuch, das belegt, dass er sich verliebt hat und wie Loan wieder zu einem Menschen wurde. Quinton hat uns diese Information vorenthalten und ein Lügenkonstrukt erschaffen.« Eugenias Stimme klang fest und sie reckte das Kinn stolz in die Höhe.

Verwirrt runzelte ich die Stirn. Ich wusste, von welchem Tagebuch sie sprach, hatte ich es doch vor ein paar Monaten noch selbst besessen und es am Ende an Damian ausliefern müssen. Aber warum war es in Eugenias Hände gefallen? Quinton hatte seinen Schoßhund doch höchstpersönlich losgeschickt, um es an sich zu nehmen. Niemals hätte dieser die Befehle des Ältesten einfach ignoriert und wäre wie ein gepeinigter Köter mit eingezogenem Schwanz zu Eugenia gelaufen. Es ergab alles keinen Sinn. Warum sie bei uns aufgetaucht waren, warum sie mich mitgenommen hatten.

»Das heißt, unser Schöpfer ist gar nicht von …« Die Blonde beendete ihren Satz nicht, doch jeder wusste, was sie meinte.

»Richtig, er ist vermutlich an Altersschwäche gestorben. Genau kann ich das nicht sagen, da das Tagebuch nach dem Verschwinden unseres Schöpfers aus unseren Kreisen endet. Aber ich gehe davon aus, dass er als Mensch gestorben ist.«

»Wie ist er zu einem Menschen geworden?« Der Schwarzhaarige meldete sich erneut zu Wort.

»Wir vermuten, dass es die Liebe war. Genau kann ich es nicht sagen. Für eine ausführliche Untersuchung und Forschung hat die Zeit bisher nicht gereicht.«

»Was wisst Ihr denn überhaupt?«, fauchte er. »Ihr wollt, dass wir unser Leben riskieren, uns gegen Quinton stellen, bloß aufgrund von Vermutungen?« Er schnaubte laut und einige stimmten verhalten mit ein.

Sich gegen Quinton stellen? War das hier etwa der Anfang einer Revolution? Mein Interesse war geweckt und ich hörte weiterhin aufmerksam zu.

»Sind euch das denn nicht genug Beweise? Ein Mensch, der vorher ein Vampir war! Das Tagebuch unseres Schöpfers!«

Der Schwarzhaarige sah zu mir hinüber und unsere Blicke trafen sich. Seine Augen funkelten bedrohlich rot auf und ließen mir das Blut in den Adern gefrieren. Mit einem Mal fühlte ich mich wehrloser und einsamer als jemals zuvor in meinem kümmerlichen Leben. Als Vampir hätte ich mich wenigstens noch behaupten können, aber mit der weichen Haut, den schwachen Muskeln und dem Drang nach Luft war ich ihnen mehr als schutzlos ausgeliefert. Ich war ein Opfer, eine Mahlzeit, die ihnen auf dem Silbertablett präsentiert wurde. Wenn auch nur einer von ihnen seinen Durst nicht unter Kontrolle hatte, oder sich einfach nur dazu entschied, von mir zu kosten, konnte das meinen Untergang bedeuten. Wer wusste schon, ob man nach einer Heilung wieder ein Vampir werden konnte? Vielleicht würden sie dies auch gar nicht erst herausfinden wollen, sondern würden mich direkt töten.

Bei der Vorstellung lief mir ein eiskalter Schauer über den Rücken. Endlich wandte der Vampir den Blick von mir ab.

»Aufgrund Eurer schlechten Beweislage sehe ich mich vorerst gezwungen, mich zurückzuhalten. Findet heraus, wie die Heilung möglich ist, und stützt Euch nicht bloß auf Vermutungen. Wenn Ihr dies geschafft habt, bin ich gern bereit, mir Eure Ergebnisse anzuhören.« Mit diesen Worten wandte er sich vom Tisch ab und eilte auf die Tür hinter ihm zu, die mir bisher nicht aufgefallen war. Die kleine Frau, die neben ihm gestanden hatte, löste sich ebenfalls aus dem Kreis und folgte ihm. Ich vermutete, dass es sich dabei um seine Gefährtin handelte.

»Ich sehe es wie Brandon. Ihr verlangt von uns, dass wir uns gegen den Ältesten stellen. Seine Führungskraft infrage stellen und ihn stürzen. Wir riskieren dabei unser Leben, das werde ich nicht so einfach hergeben. Sucht das Heilmittel, anstatt uns nur einen Fleischsack zu überreichen, der noch nicht Beweis genug ist. Dann können wir uns wieder sprechen.« Die Blondine wandte sich ebenfalls zum Gehen, nicht ohne mir noch einen interessierten Blick zuzuwerfen.

Nach und nach verschwanden auch die anderen Vampire und übrig blieben Damian, die Älteste und der stumme Kerl an ihrer Seite.

Eugenia beugte sich erschöpft nach vorn, stützte sich auf dem Tisch ab und senkte den Kopf. Ihre dunkelroten Haare, die bei diesem Licht fast schwarz wirkten, legten sich wie ein Vorhang vor ihr Gesicht und verbargen so ihre Gefühle. Nach ein paar Minuten hörte ich sie tief durchatmen – was sicher etwas Spirituelles als etwas Notwendiges an sich hatte – und sie richtete sich wieder auf.

Dann lenkte sie ihre Aufmerksamkeit auf mich und augenblicklich versteifte ich mich. Meine Muskeln zitterten vor Anspannung und ich presste die Kiefer fest aufeinander.

»Nun gut, Loan Ryder. Jetzt ist es an dir, uns das Geheimnis deiner Heilung zu verraten.«

»Wieso sollte ich?«, fragte ich sie verkniffen.

Langsam kam sie auf mich zu. Bei jedem Schritt bewegte sich ihre lange Robe mit. Ihre Arme hatte sie vor dem Körper verschränkt und die Hände in dem jeweils anderen Ärmel vergraben. Als sie bei mir angekommen war, beugte sie sich zu mir hinab.

»Weil ich dich sonst mit den Verlorenen im Gewölbe einsperre, bis dich ihre Schreie um den Verstand bringen.«

Ich musste schlucken. Das war ein Argument, das musste ich ihr lassen.

Kapitel 5

»Und mehr weißt du wirklich nicht?« Die Älteste musterte mich kritisch von oben herab. Dabei hatte sie ihre linke Augenbraue erhoben und ihr Mund war verkniffen. Sie machte auf mich den Eindruck einer strengen Lehrerin. Fehlte nur noch der Rohrstock, mit dem sie mir auf die Finger schlug – nicht, dass ich jemals etwas Ähnliches erlebt hätte. Viel mehr stellte ich mir es so vor.

»Mehr weiß ich nicht. Es kam irgendwie plötzlich. Ich verliebte mich und als ich Sophia das erste Mal geküsst habe, fühlte ich einen Schmerz in der Brust und mein Herz schlug wieder. Das ist alles«, fasste ich meine Erzählung noch einmal zusammen.

Ich war schweißgebadet und mein Atem ging stoßweise. Auch wenn mir die drei nichts angetan hatten, glich ihre bloße Anwesenheit psychischem Druck. Schließlich ging es hier nicht mehr nur um mich – wäre mir mein Leben früher doch bedeutungslos erschienen –, nun waren da auch noch Sophia und ihre liebevolle Familie. Niemals könnte ich es mir verzeihen, wenn ihnen etwas zustieße. Und der Vampirclan wusste nicht nur, wo sie sich gerade aufhielten, sondern kannten auch Mittel und Wege, jemanden spurlos verschwinden zu lassen.

»Und du lügst mich nicht an?« Sie kniff die Augen zusammen.

Ich seufzte laut und verneinte.

»Dann sind wir genauso schlau wie vorher. Es könnte der Kuss sein, die Liebe selbst, eine chemische Reaktion oder etwas an dieser Sophie.«

»Sophi-A!«, korrigierte ich sie unwirsch.

»Wie auch immer.« Sie winkte ab. »Wir werden sie wohl doch brauchen, um es herauszufinden.«

»Nein!«, stieß ich panisch aus. »Tut ihr nichts! Ich sage auch alles, was ihr wissen wollt.«

Damian schob sich in mein Blickfeld, nahm den Hut vom Kopf und grinste mich wie immer schief an. »Aber du kannst uns ja nicht sagen, was wir wissen wollen. Uns bleibt also nichts anderes übrig, als von deinem kleinen Mädchen zu probieren.«

»Nicht! Ich habe nie …«, setzte ich an, wurde aber von einer schallenden Ohrfeige am Weitersprechen gehindert. Damians Handrücken traf mich an der Wange und ließ meinen Kopf zur Seite rucken. Blendender Schmerz explodierte in meiner rechten Gesichtshälfte und vor meinem inneren Auge tanzten Sterne. Ein metallischer Geschmack breitete sich in meinem Mund aus und ich leckte mir über die Unterlippe. Sie tat weh und war aufgeplatzt. Der Puls pochte hart in ihr und ich konnte bereits spüren, wie sie anschwoll.

»Hör auf! Wir brauchen ihn noch!«

»Ein paar blaue Flecken werden ihm nicht schaden. Wir brauchen ihn ja nur lebendig, von unversehrt war nie die Rede.« Sein breites Grinsen ließ mich frösteln. Ich hatte schon vorher gewusst, dass er seine Aufgabe als Hüter und seine damit verbundenen Privilegien genoss, aber ihn nun vor mir stehen zu sehen und ihm ausgeliefert zu sein, war das Beängstigendste, was ich jemals erlebt hatte.

»Damian!«, sagte die Älteste scharf und etwas in ihren Augen flackerte auf. War es Unsicherheit? Merkte sie auch langsam, dass Damian unkontrollierbar war? Ihre Reaktion verstärkte nur meinen Verdacht, dass mit Damian etwas nicht stimmte. Wieso sollte er sich gegen Quinton verschwören, wenn er durch ihn seine Macht und seinen Einfluss generierte? Ohne Quinton wäre er nur ein weiterer Hüter, der sich um das niedere Volk kümmerte. Der die Regeln durchsetzte und Verstöße meldete. Quinton hatte ihm so etwas wie einen Handlungsspielraum eingeräumt – mehr Freiheiten für ihn und seine Mitläufer. Wieso sollte er das alles für mich und eine Handvoll Menschen aufs Spiel setzen? Wir waren für ihn doch so gut wie nichts wert.

Nach kurzem Zögern richtete er sich wieder auf, verbeugte sich im Scherz vor der Ältesten und trat zurück.

Ich könnte schwören, sie aufatmen zu hören. Es hätte sich dabei genauso gut um mich handeln können, schließlich war ich hier das einzige Lebewesen, das Sauerstoff zum Atmen und nicht nur zum Sprechen brauchte.

»Vielleicht helfen ein paar Stunden in den Zellen seinem Gedächtnis auf die Sprünge«, sprach die Älteste gleichgültig und wandte sich von mir ab.

»Nein!«, keuchte ich. Sie würde mich doch nicht wirklich zu den Verlorenen bringen, oder?

Eugenia drehte sich zu mir um. »Außer du hast uns noch etwas zu sagen?«

Fieberhaft dachte ich darüber nach, was ich in den letzten Monaten herausgefunden hatte. Toms Cousin, der vermutlich geheilt, jedoch von Quinton aus dem Weg geschafft worden war. Sophia, die es geschafft hatte, mein Herz wieder zum Schlagen zu bringen. Das Tagebuch, das der Beweis dafür war, dass Asrath nicht von Vampirjägern getötet worden war. Quinton, der mich darüber aufklärte, wie eine chemische Reaktion in unserem Hirn die Heilung auslösen sollte.

»Das dachte ich mir.«

Starke Arme packten mich, lösten meine Fesseln und zogen mich auf die Füße. Meine Schulter schmerzte noch immer von dem Sturz, meine Knie waren weich und mir schwindelte es. Sicher eine Nachwirkung von dem Medikament, das Damian mir verabreicht hatte.

Doch dann fiel mir etwas ein. Die alte Frau! Sie war mir mehrmals begegnet und auch Sophia kannte sie.

»Da ist noch was«, stieß ich panisch hervor und die Männer hielten inne.

Eugenia stand bereits im Türbogen, stoppte bei meinen Worten aber und drehte sich zu mir um. Sie legte fragend den Kopf schief. »Was?«

»Da war eine alte Frau mit einer Narbe im Gesicht«, stammelte ich los und verhaspelte mich regelmäßig. »Sie ahnte etwas von meiner Verwandlung.

Sagte kryptische Dinge wie, dass es bald besser werden würde.«

»Das könnten auch die Worte einer Verrückten sein.« Die Älteste winkte Damian und dem stummen Typen zu und sie schleiften mich weiter.

Panik packte mich, umklammerte mein Herz und ließ meinen Puls rasen. »Sophia! Sophia kannte sie auch!«

Erneut hielten wir inne. Erneut drehte sie sich zu mir um, kam auf mich zugeeilt und ihre kalten Hände legten sich wie ein Schraubstock um meinen Hals. Sie drückte nur leicht zu, doch das reichte, um mir die Luft abzuschnüren und mich zum Röcheln zu bringen.

»Das Tagebuch«, krächzte ich. Weiße Lichtblitze tanzten vor meinen Augen und mein Sichtfeld wurde am Rand schwarz. Plötzlich ließ sie los und ich sog gierig die Luft in meine Lunge.

»Was hast du gesagt?«, fragte sie entgeistert.

Ich hustete ein paarmal, bis ich meine Stimme wiederfand. »Sophia. Sie war auf einem Flohmarkt. Da war diese Frau. Als sie sie mir beschrieb, erkannte ich sie sofort wieder.«

»Eine alte Frau, die ihr ebenfalls begegnet ist, besaß das Tagebuch?« Eugenia trat so nah an mich heran, dass ich ihren Atem riechen konnte. Sie stank nach Blut und kaltem Kaffee. Ich wollte lieber nicht wissen, was sie als Letztes gegessen, oder besser gesagt, *getrunken* hatte.

Ich nickte heftig, räusperte mich, da ich immer noch mit Halsschmerzen zu kämpfen hatte.

»Das könnte ein nützlicher Hinweis sein. Weißt du, wie sie heißt?«

Ich schüttelte den Kopf.

Sie schnalzte mit der Zunge. »Wofür bist du überhaupt gut? Als Vampir warst du nutzlos und als Mensch erst recht.«

Ich ließ den Kopf hängen, wollte ihr nicht zeigen, wie sehr sie mich mit diesen Worten getroffen hatte. Mein ganzes Vampirdasein hatte ich mit mir selbst und meinen Zweifeln zu kämpfen gehabt. Ich hatte mich und meinen Anblick gehasst. Hatte das ein oder andere Mal darüber nachgedacht, mein Leben einfach zu beenden, und war am Ende doch zu feige gewesen. Jetzt, mit meiner neuen Chance, fühlte ich mich besser als je zuvor. Mein Körper veränderte sich von Tag zu Tag. Ich wurde muskulöser, war sogar noch ein paar Zentimeter gewachsen und meine Haare wurden länger. Das erste Mal in meinem Leben fühlte ich mich wohl in meiner Haut. Das alles hatte sie gerade mit nur einem Satz zerstört. Sofort fiel ich wieder in das Loch, aus dem ich es nur dank Sophia herausgeschafft hatte. Ich war nichts wert und niemand würde mich vermissen, wenn ich spurlos verschwand. Außer vielleicht … Sophia. Unter der Voraussetzung, dass sie mir meine Lügen und die Heimlichtuerei verzieh.

»Wo wohnt sie?«, bohrte Eugenia weiter nach und erneut schüttelte ich den Kopf. Eine Träne stahl sich aus meinem Augenwinkel und lief mir die Nase hinab. Wie sehr ich mich in diesem Moment hasste.

»Könntest du sie finden?«

Verwirrt blickte ich auf. Meine Augen brannten und ich sah dank der Tränen nur verschwommen. Trotzdem konnte ich die Gesichtszüge der Ältesten ohne Probleme lesen. Sie meinte es ernst, machte keinen Scherz oder mir falsche Hoffnungen.

Ich nickte. Keine Ahnung, ob ich sie wirklich finden würde. Aber sicher würde sie *mich* finden. So wie sie es bisher immer getan hatte.

»Gut! Dann nützt du uns am Ende wohl doch noch etwas.« Die Älteste wandte sich endgültig von mir ab und bedeutete mir damit, dass das Gespräch beendet war. Wie es jetzt weiterging, konnte ich nicht sagen. Nur hoffen, dass sie mir glaubte und ich so Sophia und ihre Familie schützen konnte.

Selbst wenn es meinen Tod bedeutete, würde ich alles für Phi tun. Das war ich ihr nach der ganzen Sache einfach schuldig.

Sophia

Stimmen drangen an mein Ohr. Sie klangen nah, aber doch so fern. Ich wollte meine Augen öffnen, aber nichts geschah. Es blieb weiterhin dunkel.

»Sie ist es nicht! Dieser Loan, ihn suchen wir. Sie ist nur ein Mittel zum Zweck. Sie würde uns nur ein paar Jahre bringen. Wir brauchen den Wiedergeborenen, nicht *sie*.«

»Wir werden ihn schon kriegen. Du kennst doch die Wiedergeborenen. Sie sind alle gleich. Verliebt bis über beide Ohren und rennen ihrem Unglück blind entgegen.«

Mein Schädel brummte und das sicher nicht nur aufgrund der kryptischen Worte der Fremden. Wiedergeborene? Was sollte das bedeuten und wen meinten sie damit?

Ein Stöhnen drang aus meinem Mund und endlich erlangte ich die Kontrolle über meinen Körper wieder. Vorsichtig streckte ich mich, kam jedoch schnell an meine Grenzen. Ich blinzelte, weißes Licht explodierte vor mir. Es war so hell, dass es mir in den Augen stach. Aus Reflex rollte ich den Kopf zur Seite, wich der Helligkeit aus, und spürte kaltes Plastik an meiner Wange.

»Wo bin ich?«, murmelte ich und verstand mich selbst kaum.

»Ach, sieh mal einer an. Dornröschen wacht auf«, höhnte eine weibliche, kratzige Stimme.

Was haben die bloß alle mit Märchen?, dachte ich und vertrieb etwas den Nebel in meinem Kopf. Verwirrt drehte ich mich der Stimme entgegen, blinzelte mehrmals, denn noch immer hatten sich meine Augen nicht an die Lichtverhältnisse gewöhnt. Ich kämpfte weiterhin gegen die lähmende Müdigkeit an, bewegte alle meine Finger, dann zuckte ich mit den Füßen, bis ich schlussendlich begriff, dass ich auf einer Art Podest lag. Der Untergrund war hart und fühlte sich unter meiner Haut warm an.

Ein stechender Schmerz explodierte hinter meinen Augen. Ich hob die Hand und wurde augenblicklich gestoppt. Mit gerunzelter Stirn richtete ich mich so weit auf, wie ich die Kraft dazu fand, und sah an mir hinab. Panik erfasste mich. Ich war gefesselt.

»Was zum …« Schlagartig war ich hellwach und richtete mich vollends auf. Meine Hände waren stramm an die Platte unter mir befestigt, das Seil lief unterhalb des Tisches hindurch und war somit für mich außer Reichweite. Ich sah zu meinen Beinen hinab, die ebenfalls gefesselt waren und die ich kaum bewegen konnte.

»Na, nicht zu hektisch, Rotkäppchen.« Die Stimme kannte ich und ließ mir einen Schauer über den Rücken laufen.

Ich löste meinen Blick von den Fesseln und sah mich um, suchte den Lockenkopf. In einem Umkreis von zwei Metern war alles erhellt und schnell begriff ich, dass das an einem Dachfenster direkt über mir lag. Dieser Umstand machte es mir schwer, etwas zu erkennen. Bloß einzelne Regale schälten sich aus dem Dämmerlicht und ich erkannte eine große Fensterfront, die offen war und zu einer Art Galerie führte. Der Rest lag im Schatten, sodass ich meine Entführer nicht sehen konnte – denn das waren sie, meine Entführer. Ich war entführt worden!

Diese Erkenntnis prasselte wie ein Hagelsturm auf mich ein und meine Atmung beschleunigte sich. »Was wollt ihr von mir?«, fragte ich atemlos in den Raum hinein. Als mir keiner antwortete, hakte ich weiter nach. »Wo zur Hölle bin ich?«

»Im *Port Bay Place*.«

Die Stimme kam von der anderen Seite und ich zuckte zusammen. Mein Kopf schoss herum und mit den Augen scannte ich die Umgebung ab. Es war schwierig, in der angrenzenden Dunkelheit etwas zu erkennen.

»Wer seid ihr?«, fragte ich daher. Mein Herz galoppierte in meiner Brust, mein Puls rauschte mir in den Ohren.

Ein Schatten löste sich von der Wand und trat auf mich zu. Mit jedem Schritt, den er näher kam, lehnte ich mich weiter zurück. Wäre ich nicht mit den Händen und Füßen an den Tisch unter mir – oder was das auch immer war – gefesselt, wäre ich schon längst von der Platte gefallen.

Als der Schatten in den Lichtkegel trat, löste er sich in Farben auf und ich erkannte den Lockenkopf aus dem Wald.

»Wir sind die Vanatoren«, sagte er mit rauer Stimme. Sie passte nicht zu seinem Äußeren. Denn sein lockiges Haar umrahmte ein jugendliches Gesicht, weshalb ich ihn auf höchstens achtzehn Jahre geschätzt hätte. Sein Körperbau war sportlich und er war hochgewachsen. Eine feine Narbe zog sich von seiner rechten Wange hin zur Nase, doch sie tat seiner Erscheinung keinen Abbruch. Ganz im Gegenteil, er sah dadurch nur noch gefährlicher und attraktiver aus.

Attraktiver? Himmel, Sophia, was ist denn los mit dir? Ich schüttelte den Gedanken ab und zwang mich dazu, auf einem Punkt hinter ihm zu starren.

Geschmeidig wie eine Katze bewegte er sich auf mich zu. Er trug schwarze, unauffällige Kleidung. Sie sah funktional aus, besaß viele Taschen, Metallringe und Riemen, deren Sinn sich mir nicht erschloss.

»W-was ist denn ein Vanator?« Schon wieder zitterte meine Stimme und ich würde mir am liebsten auf die Zunge beißen.

»Ein Jäger, ist doch klar«

»Und was jagt ihr?«, fragte ich, starrte ihn dabei mit großen Augen an und fürchtete mich vor seiner Antwort.

»Tote.«

Seine Erwiderung verwirrte mich mehr als alles andere. Als das Wort langsam bis in meinen Verstand hindurch gesickert war, begriff ich. »Vampire«, flüsterte ich.

Ein Mundwinkel hob sich und er grinste mich schief an.

»Sie ist klüger, als sie aussieht.« Eine Frauenstimme meldete sich zu Wort und mein Kopf ruckte in die Richtung, aus der ich sie wahrgenommen hatte.

Mein Blick wanderte durch den Raum, der verdächtig nach einem ehemaligen Kleidungsgeschäft aussah, bis er an einer Silhouette hängen blieb, die sich an eine Säule lehnte. Kaum fanden meine Augen sie, da schälte sie sich aus der Schwärze und trat vor. Es war die Frau mit dem Irokesenhaarschnitt. Sie hatte sie rotgefärbt und mit Gel zu dieser fürchterlichen Frisur geknetet. Genau wie der Lockenkopf trug sie schwarze Kleidung, die mehr als einen Zweck zu erfüllen schien. Das Top reichte ihr knapp bis unter die Brust und ein Bauchnabelpiercing blitzte fröhlich auf.

»Wenn du über Vampire Bescheid weißt, dann ist dir sicher bekannt, warum wir sie jagen.« Sie trat an mich heran, stützte ihre Arme auf dem Tresen ab, auf dem ich lag. Ich vermutete, dass es sich dabei um die Kasse gehandelt hatte.

Tatsächlich hatte ich keine Ahnung. Aber der Grund lag auf der Hand. Die Guten jagten die Bösen, so war es schon immer gewesen. In Büchern und Filmen verfolgten und töteten die Jäger die Vampire, weil sie blutrünstige Monster waren, die kein Gewissen besaßen. Dennoch, ich konnte mir das bei Loan nicht vorstellen. Auch wenn er mir viel verheimlicht hatte, hätte ich doch wohl bemerkt, wenn er ein blutdürstiges Wesen gewesen wäre. Er war nicht so, da war ich mir sicher! Schließlich hatte er mir nie etwas getan oder mich gar gebissen. Zumindest erinnerte ich mich nicht daran.

Um ihre Frage zu beantworten, riet ich ins Blaue hinein. »Weil sie sich von unserem Blut ernähren?«

Gelächter schallte mir entgegen. Nicht nur von Lockenkopf und Irokesenfrisur. Zwei weitere Stimmen mischten sich dazu. Eine hohe und verächtliche und eine tiefe, ruhige.

Ich sah mich erneut um und endlich entdeckte ich die zwei weiteren Personen, die an der Wand links von mir saßen und metallisch glitzernde Geräte polierten. Bei diesem Anblick musste ich schlucken. Ich erkannte sofort Skalpelle, Klemmen, Scheren und als mein Blick auf das letzte Werkzeug fiel, stockte mir der Atem. Nur dank *Grey's Anatomy* wusste ich, dass es sich bei dem großen, scherenähnlichen Ding um einen Rippenspreizer handelte. Was hatten sie damit bloß vor?

»Lasst es uns lieber jetzt tun, bevor sie uns zu nerven beginnt«, erklärte die junge, weibliche Stimme.

Meine Augen weiteten sich vor Schock. »Ich bin kein Vampir! Ihr habt die Falsche!«, kreischte ich und bäumte mich in meinen Fesseln auf. Doch sie hatten sorgfältig gearbeitet. Das Seil saß fest an meinen Gelenken, fixierte so nicht nur meine Arme und Beine, sondern auch mich auf der Platte.

»Wir wissen, was du bist. Erlöserin!« Sie spie das letzte Wort aus, als wäre es Gift.

»Ich weiß nicht, was du meinst. Ich habe nichts und niemanden erlöst«, quietschte ich und meine Stimme schoss eine Oktave höher.

»O Gott, kann ihr bitte jemand das Maul stopfen? Sie geht mir jetzt schon auf die Nerven und ich brauche noch etwas, bis die Instrumente bereit für sie sind«, ätzte die junge Frau auf dem Boden. Von allen sah sie am normalsten aus. Vielleicht etwas zu jung, um eine Landstreicherin und Entführerin zu sein. Sie hatte dunkelbraunes Haar, genauso dunkle Augen und einen genervten Gesichtsausdruck, der ihr Markenzeichen zu sein schien.

»Samantha, sei nicht so voreilig!« Die scharfe Stimme der Frau mit der Irokesenfrisur zerschnitt die Stille im Raum und kurz flackerte Ärger in Samanthas Augen auf, bevor sie sich dann wieder dem Skalpell in ihrer Hand widmete.

»Von mir aus, aber wir sollten es bald tun, sonst töte ich sie vielleicht noch aus dem Affekt heraus«, murmelte sie laut genug, dass ich sie hören konnte.

»Warum so unhöflich, Sam? Sie ist unser Gast«, belehrte sie ihr Sitznachbar, der offenbar indigene Wurzeln hatte. Er schien eine positive Auswirkung auf die zickige Teenagerin zu haben, denn diese schnaubte bloß und rollte mit den Augen.

»Gast«, tönte ich und musste fast lachen. »Behandelt ihr so eure Gäste?«, fragte ich etwas lauter. Meine Stimme zitterte leicht, sicher stand mir die Angst ins Gesicht geschrieben.

Sam öffnete den Mund, um eine Antwort zu erwidern, doch der Mann neben ihr hob den Arm und sie schloss ihn wieder. Ächzend stand er auf und trat einen Schritt auf mich zu. Das Oberlicht traf auf sein Gesicht und warf harte Schatten darauf. Plötzlich sah er nicht mehr so ruhig und freundlich aus, eher gruselig und entschlossen. Er stützte sich mit den Armen neben mir auf dem Tresen ab und sah auf mich hinab. In seinen braunen, fast schwarzen Augen erkannte ich mein Spiegelbild.

Mein Gesicht war vor Angst verzerrt, meine sonst strahlend blauen Augen wirkten trüb und ich hatte einen ungesund-blassen Teint angenommen. Egal wie sehr ich mich auch bemühen würde, cool rüberzukommen, konnte man mir noch immer meine Emotionen an der Nasenspitze ablesen.

Der Fremde schwieg mich einfach an, löste dabei nicht den Blick von mir und mit jeder Sekunde fühlte ich mich unwohler.

»Kai! Lass sie in Frieden.« Die Stimme der Punker-Frau ließ ihn aufschauen und endlich trat er einen Schritt zurück.

Ich entließ die Luft aus meiner Lunge und lockerte meine verkrampfte Haltung etwas. Zu Anfang war er mir als der harmloseste meiner Entführer erschienen, doch es stimmte, was man sagte: Stille Wasser sind tief. Mich würde es nicht wundern, wenn er die wenigsten Skrupel besaß. Auch wenn er mich aktuell beschützte, sollte ich bei ihm dennoch besonders vorsichtig sein.

Jemand trat an meine andere Seite und ich drehte den Kopf. Die Frau mit dem Irokesenschnitt kam auf mich zu, beugte sich weit zu mir vor, drängte mich so immer weiter zurück auf den Tresen, bis sich unsere Nasenspitzen fast berührten. Ich konnte ihren Atem riechen, der nach Pfefferminz und nach etwas anderem roch, das mich die Nase rümpfen ließ. Erst jetzt fiel mir auf, dass sich Falten um ihre Augen und den Mund abzeichneten, die sich wie Furchen durch ihre Haut zogen. Sie war älter, als ich zu Anfang gedacht hatte, nun schätzte ich sie eher auf Ende vierzig.

»Du bist so lange unser Gast, wie du uns nützlich bist. Ab dem Moment, wo du es nicht mehr bist, überlasse ich dich Samantha«, erklärte sie mir mit kalter Stimme.

Mein Blick huschte kurz zu der zierlichen Gestalt, die ich aus dem Augenwinkel kaum ausmachen konnte. »Aber ich bin kein Vampir! Ich bin ein Mensch«, wiederholte ich meinen anfänglichen Protest. Sie hatten die Falsche, die drei Vampire hatten sich zur selben Zeit im Haus befunden. Warum hatten sie sie nicht entdeckt? Oder waren sie schon längst verschwunden? Und was war dann mit Loan?

Panik keimte in mir hoch. Ich war diesen vier Vanatoren – wie sie sich selbst nannten – hilflos ausgeliefert und verstand die Welt nicht mehr. Bis vor wenigen Stunden hatte ich Vampire noch für ein Ammenmärchen gehalten, für Monster aus einem Buch. Nun stellte sich heraus, dass nicht nur sie echt waren, sondern auch die Vampirjäger – denn um nichts anderes handelte es sich bei den Vanatoren. Ich wollte das alles nicht glauben, wollte es als einen Albtraum abtun und schloss meine Augen. Jedoch zeigten mir die Fesseln, die viel zu echt in meine Haut schnitten, und die vier Jäger in diesem Raum, dass alles real war. Sie waren echt! Und wenn sie echt waren, dann waren es die Vampire auch!

»Wir wissen, *was* du bist, Mensch«, spuckte mir die Punkfrisur entgegen. »Wir sind auch nicht hinter dir her. Zumindest warst du nicht unser primäres Ziel. Vorerst bist du nur der Mittel zum Zweck. Und jetzt sei still, bevor ich meine Geduld verliere und dich doch schon jetzt an Samantha übergebe.« Sie drehte sich um und entfernte sich von mir. Sobald sie aus dem Lichtkegel des Dachfensters trat, wurde sie von der Dunkelheit verschluckt und ich konnte sie kaum mehr erkennen.

»Ich verstehe nicht, ich bin kein Vampir. Was wollt ihr denn von mir? Ich wusste bis vor kurzem nicht einmal, dass es sie gibt«, erklärte ich mich und meine Stimme wurde mit jedem Wort höher. Mein Herz schlug mir bis zum Hals und die Panik engte mir die Brust ein. Ich hatte das Gefühl, überzuschnappen und war kurz vor einem Nervenzusammenbruch. »Ihr müsst mich gehen lassen! Ich kann euch nicht helfen! Bitte, ihr habt die Falsche!«

»Samantha, sie gehört dir. Mach, dass sie endlich still ist«, erklärte die Punkerin.

Das ließ sich die Teenagerin nicht zweimal sagen. Samantha stand auf und murmelte: »Na, endlich.«

Als sie näherkam, sah ich, dass sie ein Tuch in der Hand hielt. Ich flehte sie panisch an, mich in Ruhe zu lassen, versicherte ihr weiterhin, dass ich nicht die richtige Person wäre, doch es half nichts. Sie band mir das Tuch um den Hals, stopfte mir einen Knoten in den Mund und dämpfte so meine Schreie.

Noch gab ich nicht auf, warf meinen Kopf hin und her, zerrte an den Fesseln. Sie zog den Knebel in meinem Nacken stramm und der Stoff schnitt mir unangenehm in die Mundwinkel. Tränen rannen mir heiß die Wange hinab und ich schluchzte. Ein Schrei drang aus meiner Kehle, der in meinen Ohren widerhallte.

Hoffnungslosigkeit packte mich. Ich war allein, gefesselt und geknebelt. Mich würde niemand hören, mich würde niemand suchen, mich würde niemand finden. Und wer wusste, was sie am Ende des Tages mit mir vorhatten? Die Instrumente blitzten vor meinem inneren Auge auf und ich sah mich bereits mit offenem Bauch auf diesem Tresen liegen. Vielleicht waren sie nicht nur Jäger, sondern auch Organhändler? Oder noch schlimmer, Kannibalen?

Die Verzweiflung zog an meinen Nerven, sodass ich mich minutenlang nicht beruhigen konnte. Als ich hektisch durch die Nase atmete, weil ich sonst keine Luft mehr bekam, konzentrierte ich mich endlich darauf, wieder einen klaren Kopf zu bekommen. Nachdem mein Puls halbwegs in einem normalen Tempo schlug, sah ich mich um. Meine Entführer waren nirgends zu entdecken. Sie waren einfach verschwunden, ohne dass ich es bemerkt hatte. Nun war ich wirklich allein.

Mein Blick wanderte an die Decke. Das Licht blendete mich, trotzdem starrte ich weiterhin das Dachfenster an, bis ich kaum noch etwas sehen konnte. Eine Träne rann mir aus dem Augenwinkel und ich spürte die Feuchtigkeit in mein Haar sickern.

Ich bin verloren, schoss es mir durch den Kopf.

Kapitel 7

Es war seltsam, wieder in New York City zu sein. Noch komischer kam es mir vor, im Central Park zu sitzen. Das Gras wirkte grüner, die Luft wirkte frischer, die Blumen bunter und ich hatte das Gefühl, den Sommer riechen zu können. Würde Damian nicht neben mir sitzen, würde ich um den See spazieren und die Enten darauf beobachten. Aber leider saßen wir zusammen auf der Bank nahe des Zoos und beobachteten die Leute.

»Und du bist dir sicher, dass sie auftauchen wird?«, knurrte Damian und rückte seinen Hut zurecht. Ich verstand nicht, warum er ihn immer noch trug. Es herrschten fast tropische Temperaturen und trotz meines dünnen Hemdes und der Jeans – die ich mir beide von dem Hüter hatte leihen müssen – schwitzte ich aus allen Poren.

Schweiß war so eine Sache, die ich am Menschsein nicht vermisst hatte. Die Kleidung klebte dann immer so unangenehm an der Haut und wenn man Pech hatte, stank man auch.

»Hier habe ich sie zuletzt gesehen«, erklärte ich ihm und überging damit seine Frage.

Als Antwort brummte er bloß und knöpfte sich seinen schwarzen Parker auf.

Unruhig wippte ich mit dem Fuß. Ich hatte keinen blassen Schimmer, ob wir sie hier wirklich treffen würden. Viel mehr versuchte ich damit, etwas Zeit herauszuschlagen. Nichts lag mir ferner, als nur noch eine Minute in den Gedärmen des Herrenhauses zu verbringen. Es war dort dunkel, kalt und muffig. Ganz zu schweigen von den seltsamen Geräuschen, die ich des Nachts vernommen hatte.

»Wie geht es Sophia?«, fragte ich beiläufig und wich seinem Blick aus. Er sollte nicht darin lesen, wie sehr mir diese Frage auf der Seele gebrannt hatte.

Damian schnaubte bloß. »Ich habe dir doch gesagt, dass wir sie nicht haben. Sie war nicht von Wert für uns. Zumindest so lange, wie du nützlich für uns bist.«

Ich schluckte und knetete meine Hände. Einerseits war es gut zu hören, dass sie nicht in den Fängen der Vampire war. Andererseits beunruhigte es mich, zu wissen, dass ihr Wohlergehen von meinen Ergebnissen abhing. Nur wenn ich den Vampiren das gab, was sie wollten, würden sie Sophia in Ruhe und mich vielleicht freilassen. Das machte die ganze Sache doppelt schwierig. »Und was passiert mit ihr, wenn ich euch nicht mehr nützlich bin?«, stellte ich die Frage, vor der ich mich am meisten fürchtete.

Damian schnalzte mit der Zunge. »Ich verstehe nicht, was du an ihr findest! Du hättest als unsterbliches Wesen jede haben können. Anstatt die Ewigkeit zu genießen, wirst du lieber ein Mensch«, überging er einfach meine Frage. Kurz warf er mir einen abschätzigen Blick zu und fügte dann hinzu: »Du hättest alles haben können. Macht, Geld, ewiges Leben, Frauen. Alles wirfst du für dieses Menschlein weg. Das begreife ich nicht.«

»Die Liebe kann man nicht erklären.«

»Liebe«, er schnaubte, »ist nur etwas für Schwächlinge.«

Ich verkniff mir meinen nächsten Kommentar, empfand ich doch Liebe eher als etwas Mutiges. Sich auf jemanden einzulassen und dieser Person sein absolutes Vertrauen zu schenken, war mutig. Aber ich wollte mich nicht mit ihm streiten. Schließlich saß Damian am längeren Hebel.

»Also«, setzte ich erneut an und versuchte, mir meine Nervosität nicht anmerken zu lassen, »wo ist sie?« Ich wartete, hoffte, dass er mir endlich eine Antwort geben würde. Ich musste es einfach wissen, musste wissen, ob es ihr gut ging.

Stille breitete sich zwischen uns aus, die niemand von uns unterbrach. Es war sicher schon einige Minuten her, seit ich ihm die Fragen gestellt hatte, trotzdem kam keine Antwort. Langsam verlor ich die Geduld und machte bereits den Mund auf, um erneut nachzuhaken.

»Was findest du bloß an ihr?«, ätzte Damian erneut, ohne mich dabei anzusehen.

»Das kann dir doch egal sein«, erwiderte ich schnippisch. Ich hatte keine Lust mehr auf diese Geheimnistuerei. Wieso konnte er mir nicht direkt sagen, was mit ihr war? Wusste er mehr, als er mir sagen wollte? Schwieg er deshalb?

»Damian!«, knurrte ich, besann mich dann zum Glück eines Besseren, atmete tief durch und setzte noch einmal sanfter an: »Ich liebe sie, Damian. Ich möchte nur wissen, ob es ihr gut geht.« Vermutlich war es töricht von mir, zu glauben, dass er ein Gewissen besaß, an das ich appellieren konnte. Nichts zu tun, kam mir jedoch einem Todesurteil gleich.

»Sie war nicht auf der Farm, als wir gegangen sind. Mehr weiß ich nicht.« Damians Worte klangen gleichgültig, bedeuteten für mich aber alles.

»Wie meinst du das?«, fragte ich ihn. Eine mir zu gut bekannte Kälte breitete sich in meinem Inneren aus, kroch zu meinem Herzen hinauf und schlug seine Krallen hinein.

»Sie ist aus dem Zimmer geflohen, als wir ihr unsere Zähne gezeigt haben. Ihr Geruch verlief sich im Wald und weil die Älteste keinen Nutzen in ihr gesehen hat, haben wir nicht weiter nach ihr gesucht«, offenbarte er mir und bestätigte damit meine schlimmsten Befürchtungen.

»Wie meinst du das, im Wald? Ist sie verschwunden? Habt ihr sie gesehen? Hat sie gut nach Hause zurückgefunden?« Mit jedem Wort steigerte ich mich tiefer in meine Verzweiflung hinein. Was war, wenn ihr etwas passiert war? Wenn sie umgeknickt war und nun irgendwo im Wald lag? Würde man sie finden? War sie wieder sicher zu Hause oder schlimmer, von einem wilden Tier angefallen und ge… Weiter wollte ich nicht denken.

»Ich weiß es nicht«, knurrte Damian und beendete damit mein Gedankenkarussell.

Weitere Fragen und Flüche lagen mir auf der Zunge, doch ich schluckte sie hinunter. Damian würde das nicht interessieren, es würde ihn eher noch wütender machen. Irgendwie müsste ich ihn dazu bringen, nach ihr zu sehen. Sich davon zu überzeugen, dass sie wohlauf war, nur wie könnte ich dies bewerkstelligen?

Erneut schnürte Sorge meinen Brustkorb zu. Ich musste es genau wissen. Daher nahm ich all meinen Mut zusammen, lehnte mich lässig zurück und legte meine Arme auf der Lehne ab.

Damian wandte sich zu mir um und musterte mich misstrauisch aus dem Augenwinkel. »Was grinst du so frech?«, fuhr er mich an.

Daraufhin wurde mein Lächeln breiter, überspielte damit nur meine eigene Unsicherheit. Doch davon sollte er nichts mitbekommen. »Mir ist gerade klargeworden, dass ihr etwas von mir wollt, das nur ich weiß.«

Damian kniff die Augen zusammen und schien den Braten zu riechen. Hass flackerte in seinen bernsteinfarbenen Augen auf. »Ist dir bewusst, dass du nur dank mir noch lebst?«

Ich lachte verhalten, auch wenn mir seine Drohung durch Mark und Bein ging. »Denkst du, mir ist nicht bewusst, wie gern du mir am liebsten den Hals umdrehen und mein Blut trinken würdest? Oh, ich sehe den Durst in deinen kalten, toten Augen.«

Er bewegte sich und instinktiv zuckte ich zusammen. Augenblicklich schalt ich mich dafür, nun wusste er, wie ich mich wirklich fühlte. Er lehnte sich seinerseits zurück, saß nun schräg neben mir und grinste mich gehässig an. »Loan Ryder, immer noch ein Feigling durch und durch.«

Ich schluckte und erwiderte: »Wie würde es dir denn gehen, wenn du als Mensch einem Vampir gegenüberstehen würdest?« Es war nur als rhetorische Frage gedacht, dennoch schien Damian darüber nachzudenken.

»Ich glaube, ich würde ihm die Stiefel lecken und ihn auf Knien um Gnade anflehen.« Seine Augen funkelten auf und sein Lächeln wurde eine Spur diabolischer.

Ich unterdrückte ein Augenrollen, weil ich so etwas hätte erwarten müssen. Damian konnte nichts und niemanden ernst nehmen. Vielleicht den Ältesten Quinton, aber auch nicht immer. Er war schon eine Person für sich. Jedoch gehörte er nicht zu einer Gruppe von Menschen – beziehungsweise Vampiren –, der ich gern nachts begegnen würde.

»Wie dem auch sei.« Ich überging seine Äußerung und musterte gelangweilt meine Fingernägel. »Wenn ihr wollt, dass ich euch helfe, verlange ich etwas.«

Ein Stöhnen drang aus Damians Mund und er rollte theatralisch mit den Augen. »Lass mich raten, wir sollen nach deinem Pummelchen sehen?«

Das Wort ließ Wut in mir hochbrodeln und ich ballte die Hand zur Faust. Meine Nägel gruben sich in meine Handfläche und der Schmerz hielt mich davon ab, Damian eine zu verpassen. »Du bist gar nicht so dumm wie ich dachte.«

Ich nahm eine Bewegung im Augenwinkel wahr und zuckte zurück. Damian hatte sich zu mir gebeugt, die Hand zur Faust geballt und sie nur wenige Zentimeter vor meinem Gesicht schwebend erhoben. Er funkelte mich grimmig an, sein Kiefer mahlte und ich sah es in seinem Kopf rattern. Sicher überlegte er gerade, ob er mir eine verpassen konnte, ohne dass ihn Eugenia dafür lynchen würde. Ich hielt den Atem an und zählte die Sekunden. Mit meiner letzten Äußerung hatte ich es übertrieben und ihn provoziert, würde er mich nun schlagen, hätte ich es verdient.

Langsam senkte er den Arm wieder und lehnte sich leicht zurück. Scheinbar war er zu dem Schluss gekommen, dass ich den Ärger nicht wert war. Ich stieß den angehaltenen Atem aus und entspannte mich etwas.

»Sag so etwas noch einmal, und es wird das Letzte sein, das du tust.«

Ich erwiderte darauf nichts, denn ich wusste, dass er es ernst meinte. Selbst als ich noch ein Vampir gewesen war, hätte er mich gern zermalmt. Damals wäre es nicht so leicht gewesen. Hatte ich da noch dem Zirkel angehört und es stand eine hohe Strafe darauf, sich gegenseitig zu vernichten. Doch als Mensch war ich leichter zu töten, er müsste mich bloß allein im Herrenhaus erwischen und meine letzte Sekunde wäre gezählt. Aktuell schützten mich nur mein Wissen und das Wort der Ältesten Eugenia vor dem sicheren Tod. Nun lag es an mir, meine Karten richtig auszuspielen.

»Egal, wie sehr du mich hasst, Damian, ihr braucht mich. Also will ich etwas für meine Dienste. Ich verlange zu wissen, wie es Sophia geht, vorher werde ich euch nicht helfen.«

Der Hüter warf mir einen abschätzigen Blick zu, schlug ein Bein über das andere und faltete seine

Hände auf dem Schoß. Er wirkte mit einem Mal sehr gelassen und in sich gekehrt. Zu gern wüsste ich, was gerade in ihm vorging, aber ich traute mich nicht, erneut das Wort an ihn zu richten und ihn gegebenenfalls ein weiteres Mal zu verärgern.

»Wie du willst, dann wird sich nun die Älteste mit dir herumschlagen. Mal sehen, ob sie ebenfalls so umsichtig mit dir ist wie ich.«

Bei seinem letzten Satz hätte ich fast gelacht. Damian und umsichtig? Zum Glück erstarb mir das Lachen direkt in der Kehle, denn der Hüter sprang ruckartig auf, packte mich und schob mich Richtung Parkausgang.

Mein Herz schlug mir bis zum Hals und ich fragte mich, ob es klug von mir gewesen war, so mit Damian zu spielen. Der Hüter war bloß ein Schoßhund im Gegensatz zu den Ältesten. Jeder von ihnen war so alt wie die Zeit selbst, hatte mehr gesehen und erlebt als alle Vampire zusammen. Nicht umsonst wurden sie von ihren Anhängern gleichermaßen geliebt und gefürchtet. Doch ich erinnerte mich an den Tag zurück, an dem ich es bereits einmal geschafft hatte, einen Ältesten auszutricksen. Vermutlich hatte ich da mehr Glück als Verstand gehabt, sodass ich Quinton hatte übertölpeln können. Vielleicht war dieser Umstand auch Quintons Verwirrung zuzuschreiben, da er nicht erwartet hatte, dass ich etwas über die wahren Umstände von Asraths Tod wusste. Ich konnte nur hoffen, dass mein Wissen und mein Verstand auch dieses Mal ausreichten, um mit dem Leben davonzukommen. Sonst wäre ich schneller in den Zellen bei den Verlorenen, als ich gucken könnte.

Damian

Er hasste es, wie ein Botenjunge hin und her geschickt zu werden. Zuerst hatte es Quinton getan und nun war es Eugenia. Und immer ging es um diesen dreckigen Hund Loan Ryder. Nur wegen ihm saß er schon wieder in einem Wagen Richtung Massachusetts und musste sich eine vierstündige Fahrt voller Langeweile antun. Der einzige Vorteil war wohl, dass er seine Anwesenheit heute nicht ertragen müsste. Stattdessen saß der schweigsame Grag neben ihm am Steuer und übernahm das Fahren.

Damian grübelte immer noch darüber nach, was so besonders an diesem Wurm sein sollte. Er verstand einfach nicht, was ihn so wertvoll für die Älteste machte. Schon als er noch ein Vampir gewesen war, war er ein Feigling und ein Nichtsnutz gewesen. Der tote Obdachlose und die darauffolgende Blutstrafe waren mit Sicherheit das Aufregendste in seinem Leben gewesen. Und jetzt als Mensch war er fast unerträglich. Keine Ahnung, wo sein aufkommender Mut so plötzlich herkam. Dabei war er bloß ein Fleischsack und es wäre ein Leichtes für den Hüter, ihm das Blut aus dem Körper zu saugen und den Hals umzudrehen. Er hatte auch schon öfter mit dem Gedanken gespielt, wäre da nur nicht die Älteste. Sie saß ihm im Nacken, wollte unbedingt dahinterkommen, wie diese Heilung möglich war. Er bereute es, das Buch nicht direkt verbrannt zu haben. Im Herrenhaus war er ihr förmlich in die Arme gerannt – nicht nur sprichwörtlich. Beim Zusammenprall der beiden Vampire war ihm das Buch aus der Hand gerutscht und auf die Erde gefallen. Zuerst hatte sie ihn verärgert angefunkelt, dann einen Blick auf das Buch geworfen, das nun aufgeschlagen auf der nackten Erde lag. Sie war erstarrt. Hatte sich nicht gerührt, bis sie sich langsam hinkniete und es aufhob. »Woher hast du das?«, hatte sie halb geflüstert, halb geknurrt. Da wusste er, dass es ein Fehler gewesen war, es zu behalten. Seitdem arbeitete er für sie. Musste es, denn sonst hätte sie ihn an Quinton verraten und Damian wollte lieber nicht wissen, was der Älteste dann mit ihm gemacht hätte. Schließlich hatte er diesem die Lüge aufgetischt, dass er es zerstört hätte.

»Wir sind gleich da«, erklärte Grag und unterbrach somit seine trüben Erinnerungen.

Damian warf ihm einen geringschätzigen Blick zu. Grag war ein Schlächter von einem Mann – groß, breit, gefährlich. Selbst wenn er ein Mensch wäre, würde der Hüter sich nicht freiwillig mit ihm anlegen. Eugenia hatte darauf bestanden, dass ihr Leibwächter mitkam. Er sollte für die Sicherheit sorgen, hatte sie zumindest behauptet. Damian glaubte ihr kein Wort. Hier ging es um Kontrolle. Die Älteste wollte sichergehen, dass er ihren Auftrag erfüllte.

Ob sie wohl ahnte, dass er etwas plante?

Er schüttelte den Gedanken ab, das war Unsinn. Wie sollte sie darauf gekommen sein? Er verhielt sich nicht verdächtig und gab ihr keinen Grund, misstrauisch zu sein.

Der Wagen bog nach links ab in die staubige Straße, die zu der Farm der Millers führte. Die Insassen wurden ordentlich durchgeschüttelt und Damian klammerte sich am Türgriff fest. Er hasste das Land. Es war dreckig, stank nach Tieren und Komfort wurde hier kleingeschrieben. Es war zum Kotzen.

Ein Knall erfüllte die Luft und das Auto sackte plötzlich leicht ab. Grag trat auf die Bremse und Damian wurde nach vorn geworfen. Der Gurt schnitt ihm in die Schulter und es schüttelte ihn ordentlich durch.

Als der Wagen endlich zum Stillstand kam, schlug Damian wütend auf das Armaturenbrett und brüllte: »Scheiße!« Er wusste, dass ein Reifen geplatzt sein musste.

Schnell befreite er sich von dem Sicherheitsgurt, öffnete die Tür und trat auf die Straße. Wärme umfing ihn, drang jedoch nicht bis zu seinem Inneren durch. Sie legte sich eher schwer um seine Haut wie eine Blase, sodass sie die Kälte in seiner Mitte isolierte.

Einmal schritt er den Wagen ab, um frustriert festzustellen, dass der vordere rechte Reifen geplatzt war. Wütend trat er einmal dagegen, drehte sich dabei um die eigene Achse und warf seinen Hut in den Staub. Ein lauter Schrei entkam seiner Kehle. Dieser Tag wurde einfach immer beschissener. Erst diese quälend lange Autofahrt und nun auch noch das.

Türen öffneten und schlossen sich wieder. Damian drehte sich um und erkannte Michael, seinen besten Hundeführer, und Grag, wie sie den Ersatzreifen aus dem Kofferraum holten. Das würde sie einige Minuten kosten, in denen sie hier stehen und das Drecksding wechseln müssten.

Ein Seufzen entrang seiner Kehle und er ergab sich seinem Schicksal. Wenn sie alle zusammenarbeiten würden, wären sie hier schneller fertig und schneller wieder im Zirkel. Daher trat er auf die beiden Männer zu und fasste mit an.

Das war der Moment, in dem er ein verdächtiges Geräusch hörte und mit dem Reifen in der Hand erstarrte. Grag und Michael bemerkten sofort, dass etwas nicht stimmte, und hielten in ihren Bewegungen ebenfalls inne.

Damian spitzte die Ohren und lauschte. Dank jahrhundertelangem Genuss von Vampirblut waren seine Sinne geschärft. Daher konnte er die Mäuse im Unterholz rascheln, die Vögel in ihren Nestern singen und die Raupen im Laub fressen hören. Unter all diese Geräusche mischten sich Schritte. Jemand war hier. Jemand, der nicht hier sein sollte. Ein Klicken.

Etwas traf ihn in die Schulter, warf ihn gegen das Auto und der Reifen rutschte aus seiner Hand. Hart prallte er auf Damians Fuß auf und quetschte ihm die Knochen. Er schrie auf, hatte das Gefühl, nur aus Schmerz zu bestehen.

»Vampirjäger«, knurrte Grag und packte Damians rechte Schulter.

Mit großen Augen sah er zu dem Bodyguard auf. Er wusste, was jetzt kommen würde, doch das machte die ganze Sache nicht besser.

Schüsse erklangen, vermutlich von Michael, der versuchte, die Jäger auf Abstand zu halten.

Damian atmete tief ein und aus, konzentrierte sich darauf und nicht auf das Brennen in seinem Rücken. Dann schloss er die Augen und Grag zog den Bolzen heraus. Dabei blieb der Widerhaken an seinem Schulterknochen hängen und riss Muskeln und Haut mit sich.

Der Schmerz explodierte in seinem Rücken und Damians Sichtfeld wurde schwarz. Er schrie auf, sackte gegen das kühle Metall des Wagens und wurde von Grag gestützt. Kurz warf er einen Blick zurück, ein fetter Bolzen mit einer Bleiamalgamspitze. *Scheiße!* Die Jäger schienen von der alten Schule zu sein, denn sie nutzten eine alte Methode und Wurfgeschosse mit einer Spitze aus einem Blei-Quecksilbergemisch. Das war das einzige Gift, von dem sich ein Vampir nicht einfach selbst heilen konnte.

»Shit«, murmelte er.

Ein weiteres Klicken ertönte und er verstand sofort, was das bedeutete.

Daraufhin warf er sich auf Grag, stieß ihn zur Seite. Gerade noch rechtzeitig, denn eine Sekunde später bohrte sich der Schaft eines weiteren Armbrustbolzen in die Autotür.

»Wir müssen weg hier!«, brüllte er Grag zu und schob ihn um den Wagen herum. Dort entdeckte er Michael, der sich hinter seiner Autotür verschanzt hatte und in das Unterholz am Straßenrand schoss. Gerade musste er nachladen und Damian nutzte die Chance, ihn in das Wageninnere zu stoßen. Grag stieg vorn ein und der Wagen wurde durchgeschüttelt, als er die Tür zuknallte.

Eine unangenehme Stille umgab sie. Alle hielten den Atem an. Von draußen konnte Damian kaum etwas hören, der SUV war hervorragend schallisoliert, was er normalerweise als positiv erachtete, jetzt aber ein Nachteil war.

»Wie viele sind es?«, flüsterte der Hüter dem Hundeführer zu.

Dieser zuckte mit den Schultern. »Ich weiß nicht genau, es müssen mindesten zwei sein, vermutlich eher drei. Sie sind geübt, wissen, was unsere Stärken und unsere Schwächen sind.«

»Und wie sie uns überraschen können«, fügte Damian resigniert hinzu. Dabei waren sie Vampire!

Ein leises Tropfgeräusch mischte sich unter die erdrückende Stille und der metallische Geruch von Blut breitete sich im Wagen aus.

»Du bist verletzt«, stammelte Michael und zog Damian zu sich. Dieser keuchte auf und kniff die Augen zusammen.

»Pass doch auf«, knurrte er ihn an, ließ es dann aber zu, dass sich der Hundeführer die Wunde ansah.

»Scheiße, Quecksilber. Du musst schnell zurück ins Herrenhaus.«

»Das weiß ich«, erwiderte Damian zornig und entzog sich dem Hundeführer wieder. Dabei stieß er mit seiner verletzten Schulter gegen das Sitzpolster und zischte laut auf.

»Wie kommen wir hier bloß heil raus? Der Reifen ist immer noch kaputt und …«

»Schnauze!«, pflaumte Damian ihn an. Wieso hatte er ihn mitgenommen? Ohne seine Verlorenen war er nutzlos und ein riesiges Weichei. »Ich muss nachdenken«, fügte er hinzu und begann auf seiner Unterlippe herumzukauen. Seine Gedanken überschlugen sich. Er ging im Kopf durch, was ihre Möglichkeiten waren. Da ihr Fahrzeug manövrierunfähig war und sie nicht einfach raus konnten, um den Reifen zu wechseln, mussten sie sich etwas anderes überlegen. Damian schätzte, dass es drei oder vier Vampirjäger waren, die dort draußen auf ihre Chance lauerten, ihnen einen Quecksilberpflock ins Herz zu rammen. Er wunderte sich, warum sie nicht mit Pistolen und anderen Handfeuerwaffen auf sie zielten. Diese waren an den richtigen Stellen genauso tödlich wie eine Quecksilbervergiftung – nur eben schneller. Die Jäger gehörten daher entweder einem alten Geschlecht an, oder besaßen eine gewisse Nostalgie gegenüber den alten Methoden.

Die Stille breitete sich immer weiter im Wageninneren aus, bis sie auf seine Ohren zu drücken schien. Er wurde stutzig, es war *zu* still.

Langsam erhob er sich, bis er durch das Autofenster nach draußen sehen konnte. Der Wald wirkte ruhig und harmonisch auf ihn. Die Äste wiegten im Wind leicht hin und her, das Sonnenlicht drang durch das dichte Blätterwerk und legte alles in grüne Farben.

Sein Blick huschte umher. Als er nichts Verdächtiges bemerkte, richtete er sich ächzend auf und sah sich weiter um. Auch vor der Frontscheibe und auf der linken Seite des Autos war nichts zu erkennen. Waren sie einfach verschwunden? Warum nutzten sie ihre überlegene Position nicht aus, um sie zu erledigen? Irgendetwas stimmte hier nicht.

»Hey, Michael!«

Der Hundeführer neben ihm zuckte zusammen. »Geh raus und sieh nach, ob sie noch da sind.«

»Was? Aber …« Er verstummte bei dem eiskalten Blick, den Damian ihm zuwarf. Seine Schultern sackten nach vorn und in seinem Gesicht flackerte Angst auf. Nur widerwillig öffnete er die Tür einen Spaltbreit und plötzlich drangen die Geräusche des Waldes wieder an Damians Ohren. Sie wirkten viel zu laut und unnatürlich.

Michael brauchte für Damians Geschmack zu lange, sodass er dem Vampir einen Tritt in den Rücken verpasste, der daraufhin quietschte und kopfüber aus dem Auto stürzte.

Fast erwartete Damian, dass er mit Bolzen durchsiebt werden würde, überraschenderweise geschah nichts. Irritiert runzelte er die Stirn und öffnete seine Tür. Er zögerte, bevor er sich aus dem Inneren quälte. Seine Schulter war mittlerweile taub. Das giftige Quecksilber breitete sich gefährlich schnell in seinem Körper aus und würde ihn über kurz oder lang töten. *Was für eine erbärmliche Art, abzutreten*, dachte sich Damian. Vergiftet von Feiglingen, die sich im Schutze des Waldes versteckten. Er presste seine gesunde Hand auf die Wunde und richtete seinen Blick auf die Stämme der Bäume. Lange Zeit stand er da und beobachtete die Büsche, horchte bei jedem Knacken und Rascheln der Blätter auf, das von Tieren herrührte. Keine Schritte. Kein Klicken. Es blieb weiterhin still.

»Wo sind sie hin?«, fragte Grag neben ihm, den er erst jetzt bemerkte.

Stumm sah Damian zu dem Begleitschutz auf, auf dessen Gesicht die gleiche Verwirrung zu erkennen war, die auch ihn plagte.

»Ich weiß es nicht«, murmelte er und wandte sich dem Wagen zu. Die Drehung löste einen Schwindel aus, der ihn dazu zwang, sich am Auto abzustützen. Er biss die Zähne zusammen, umrundete den SUV und traf dort auf Michael, der gerade den Bolzen in der Autotür bewunderte.

»Sie sind schon lange im Geschäft. Der Bolzen ist alt, wurde mit einer Bleiamalgamschicht verfeinert und scheint allein der Jagd nach Vampiren zu dienen. Vermutlich eine Familientradition.« Michael erhob sich und sah Damian leicht angesäuert an. Anscheinend hatte er es nicht so gut verkraftet, dass Damian ihn so bereitwillig geopfert hätte.

»Das erklärt aber nicht, warum sie uns angegriffen haben, um dann einfach zu verschwinden«, knurrte der Hüter. Taubheit griff nach seinem linken Arm und er konnte seine Finger nicht mehr spüren. Seine Knie gaben nach und er sackte in sich zusammen. Wäre da nicht Michael und das Auto gewesen, wäre er einfach zu Boden gefallen.

»Fuck! Du musst sofort zurück, sonst stirbst du uns weg.« Michael klang verzweifelt und widerte Damian an. Der Hüter konnte seine Angst förmlich riechen.

»Das weiß ich«, wiederholte Damian seine Aussage von vorhin, nur dieses Mal energischer. Ihm ging das klugscheißerische Gehabe des Hundeführers auf den Sack. »Hat jemand Algenextrakt mit?«, keuchte er und richtete sich dank Michael leicht auf. Hände umgriffen ihn von hinten und er erkannte über die Schultern hinweg Grag, der ihn hielt. Zusammen bugsierten sie den Hüter auf die Rückbank, auf der er sich stöhnend fallen ließ. Auffordernd warf er noch einen Blick auf die beiden Vampire, die bedauernd mit dem Kopf schüttelten.

»Scheiße«, murmelte er. Algen waren eine gute Methode, um das giftige Metall aus dem Körper zu ziehen. Früher, als es noch mehr Vampirjäger gegeben hatte, war es üblich gewesen, dass jeder Vampir ein Fläschchen mit Algenpulver in der Innentasche seiner Jacke versteckt hatte. Quecksilber in Kombination mit Blei war nicht nur für Menschen giftig, sondern auch für Vampire. Und aus irgendeinem Grund besaß die Metalllegierung eine stärkere Wirkung auf die Untoten. Wenn er nicht schnell an Algen kam, wäre er in etwa vierundzwanzig Stunde tot.

»Wechselt den Reifen und lasst uns von hier verschwinden«, brummte der Hüter und schloss die Augen. Er musste sich beruhigen, einen klaren Kopf behalten und sich darauf konzentrieren, nicht zu verrecken.

Warum hatten die Feiglinge angegriffen und es nicht zu Ende gebracht? Warum waren die anderen beiden Vampire noch am Leben? Die Jäger hatten ihre Beute in die Ecke gedrängt, im Wageninneren waren sie vielleicht vor den Bolzen und anderen

Wurfgeschossenen in Sicherheit gewesen. Aber sicher hätten die Jäger den Wagen mit Leichtigkeit in Brand stecken können. Die Vampire wären dann gezwungen gewesen, auszusteigen oder elendig zu verbrennen. Warum waren sie einfach verschwunden?

Ein Gedanke machte sich in seinem Verstand immer breiter: Die Vampire waren nur wegen diesem verweichlichten Menschlein hierhergekommen. Nur wenige wussten über ihr Vorhaben Bescheid. Um genau zu sein, nur zwei weitere Personen, und eine davon war die Älteste.

Der Wagen wackelte hin und her und die Erschütterung fuhr ihm die Seite hoch. Er konnte regelrecht das Gift spüren, wie es heiß durch seine Adern kroch. Wenn es sein Herz erreichte, hätte er nur noch wenige Momente, bis es ihn dahinraffen würde.

Ein Quietschen drang dumpf an sein Ohr. Der Wagen sank langsam ab und er begriff, dass sie den Reifen gewechselt hatten und nun das Fahrzeug wieder absetzten. Als die Räder den Boden berührten, ruckelte es erneut, nur dieses Mal war er auf den Schmerz vorbereitet gewesen und ertrug ihn so besser.

Kurz darauf wurde der Kofferraum geöffnet und etwas hineingeworfen. Er schlug die Augen auf, um festzustellen, dass an seinem Sichtfeld weiße Sterne tanzten. Die Vergiftung war weiter fortgeschritten als er vermutet hatte. Er konnte kaum die Decke des Wageninneren erkennen, geschweige denn Umrisse ausmachen.

»Scheiße«, murmelte er entkräftet.

Die Türen vorn wurden kurz nacheinander geöffnet und dann wieder geschlossen. Grags Gesicht verschwamm vor seinen Augen. Er erkannte den Vampir nur an seiner runden Gesichtsform.

»Alles okay?«, fragte dieser.

Am liebsten wäre Damian ihm an die Gurgel gesprungen und hätte fest zugedrückt, aber dazu fehlte ihm die Kraft. »Fahr einfach.« Seine Stimme verließ ihn und nur ein Krächzen drang aus seiner Kehle. Sein Sichtfeld schrumpfte zusammen und alles färbte sich schwarz. Er hörte noch den Motor starten, bevor die Taubheit ihn umfing und in die Schwärze hinab zog.

Kapitel 9

Ich konnte nicht sagen, wie lange ich schon allein in dieser Zelle hockte und darauf hoffte, dass Damian mit guten Nachrichten zurückkehrte. Da mein Gefängnis tief unter der Erde lag und so kein Tageslicht bis zu mir vordrang, orientierte ich mich an den kläglichen Mahlzeiten, die man mir reichte. Es war ein paar Stunden her, da hatte man mir eine Schale mit Brot und eine dünne Suppe gereicht, der reichlich Salz fehlte. Daher ging ich davon aus, dass später Nachmittag war. Die Suppe war mein zweites Mittagessen in Folge, das musste bedeuten, dass ich bereits seit zwei Tagen hier saß und wartete.

Etwas musste schiefgegangen sein. Vielleicht hatten sie Sophia nicht gefunden, oder sie hatten sie gefunden und ihr etwas angetan. Oder sie hatte sich auf den Weg gemacht, mich zu suchen. Daher brauchten sie länger, um sie zu finden. Ja, das ergab Sinn. Das musste es sein. Denn wenn ich auch nur eine Sekunde den Gedanken zuließ, dass ihr etwas passiert sein könnte, würde ich hier in der Dunkelheit noch wahnsinnig werden.

Schritte auf dem Gang vor meiner Zelle ließen mich aufhorchen und ich erhob mich von der Pritsche. Ich hielt den Atem an und lauschte. Mittlerweile erkannte ich die Schritte meines Gefängniswärters, der mir das Essen reichte. Doch diese klangen schneller und der Abstand war kürzer. Und es mischten sich noch zwei weitere darunter. War das vielleicht Damian mit Sophia?

Die Geräusche stoppten vor meiner Tür und Schatten zeichneten sich unter dem Schlitz ab. Sie mussten mehrere Fackeln oder Lampen mithaben. Ein Schlüsselbund klirrte, daraufhin machte sich jemand am Schloss zu schaffen. Ich schluckte. Einerseits wollte – nein – *musste* ich dringend wissen, wie es Sophia ging. Als ich sie das letzte Mal gesehen hatte, war sie mit der harten Realität konfrontiert worden. Ich wusste weder, was sie über die ganze Situation, noch über mich dachte. Schließlich hatte ich sie angelogen und das, seit wir uns kennengelernt hatten. Andererseits musste ich einfach wissen, wie es ihr ging. Selbst wenn sie wütend auf mich war.

Die Tür schwang mit einem metallischen Quietschen auf und Licht blendete mich. Ich riss den Arm hoch, um meine Augen zu schützen, und blinzelte gegen die Helligkeit an.

Zwei Schatten schälten sich aus dem Rot der Fackeln, einer trat auf mich zu, der andere lehnte sich an den Türrahmen. Ich erkannte sie nicht sofort, indessen mir augenblicklich auffiel, dass die Gestalt in der Tür erschöpft die Schultern hängen ließ und von der Körperhaltung her ausgelaugt wirkte.

»Hast du uns etwas zu sagen, Loan Ryder?«, sprach die Stimme der Ältesten.

Endlich gewöhnten sich meine Augen an die neuen Lichtverhältnisse und ich nahm den Arm runter. Eugenia sah mich mit ihrem üblichen, verkniffenen Gesichtsausdruck an, trotzdem wirkte etwas anders an ihr. Falten hatten sich auf ihrer Stirn gebildet und ihre Augenbrauen waren zusammengezogen. Sie wirkte strenger als sonst. Was war passiert?

Automatisch schlug mein Herz schneller.

»Ich weiß nicht, was Ihr meint«, beantwortete ich ihre Frage, stammelte aber direkt weiter: »Was ist mit Sophia? Geht es ihr gut? Konnte Damian mit ihr sprechen?«

Als ich den Namen des mir verhassten Hüters aussprach, schnaubte die Gestalt hinter Eugenia, der ich bisher keine weitere Beachtung geschenkt hatte. Sogleich schoss mein Blick zu ihr und ich erkannte Damian. Oder zumindest das, was von ihm übriggeblieben war. Er wirkte abgemagert, kränklich. Seine Wangen waren eingefallen und sahen aufgrund der schlechten Lichtverhältnisse hohl aus. Seine Kleidung schlackerte am Körper und es wirkte, als hätte er sein Körpergewicht um die Hälfte reduziert.

»Was ist mit dir passiert?«, fragte ich und schalte mich im nächsten Moment dafür, dass ich mir um diesen Arsch Sorgen machte. Es sollte mich eigentlich nicht interessieren. Er hatte mich mein ganzes Dasein über gequält, sich in meinem Elend gesuhlt und selbst als Mensch ließ er mich nicht in Ruhe.

»Das fragst du noch?«

»Ich weiß nicht, was du meinst.«

»Pah.« Damian löste sich vom Türrahmen und kam auf mich zu. Dabei hielt er seine rechte Schulter dicht am Körper, als wäre der Arm gebrochen. »Du willst mir ernsthaft sagen, du wusstest nichts von den Jägern?«

»Jäger?«, echote ich und mir stockte der Atem. »Was ist passiert?« Ich wiederholte meine Frage und etwas wie Unsicherheit huschte über Damians Gesicht. Ihn schienen die Kräfte zu verlassen und er sackte leicht zusammen, konnte sich aber noch rechtzeitig an der Wand links neben ihm abstützen. Ein Hoch auf mein enges Gefängnis.

»Damian und die anderen sind angegriffen worden«, erklärte die Älteste kalt. »Damian, möchtest du berichten?« Es klang zwar wie eine Frage, aber Damian und ich wussten nur zu gut, dass es ein versteckter Befehl war.

Der Hüter richtete sich auf, nicht ohne das Gesicht vor Schmerz zu verziehen, strich sich durch das stumpfe, blonde Haar – mir fiel auf, dass er seinen Hut nicht trug – und setzte zum Sprechen an. »Wir waren zu dritt unterwegs, als unser Wagen im Wald einen Platten hatte.«

Ich hörte gespannt zu, traute mich kaum zu atmen, weil ich Angst hatte, etwas Wichtiges zu verpassen.

»Als wir ihn wechseln wollten, wurden wir angegriffen. Ein Bleiamalgambolzen traf mich in der Schulter und wir retteten uns ins Fahrzeug. Doch ein weiterer Angriff blieb aus. Nach kurzer Zeit trauten wir uns wieder nach draußen und Grag fand eine unter Blättern versteckte Nagelsperre. Sie wussten, dass wir kommen«, beendete Damian seinen kurzen Bericht.

»Und was ist mit Sophia?«, fragte ich.

»Scheiß auf dein Flittchen!«, brüllte mich Damian an und seine bisher so distanzierte und kühle Art war wie weggeblasen. »Ich wäre wegen dir fast draufgegangen!« Er zog den Ärmel seines viel zu großen Hemdes herunter und ich keuchte auf. Schwarze Linien zeichneten sich wie Würmer unter seiner wächsernen Haut ab und breiteten sich strahlenförmig auf seiner Schulter aus. Er war vergiftet worden und dem Tode nur knapp von der Schippe gesprungen.

Eugenia hob die Hand, bedeutet ihm, sich zu beruhigen und er zog sich schnaubend zurück. »Du siehst also«, begann sie, »dass das Misstrauen dir gegenüber begründet ist.«

»Ich habe damit nichts zu tun!«

»Und du denkst, das glauben wir dir?« Sie kniff die Augen zusammen, trat einen Schritt auf mich zu und ich instinktiv einen zurück. »Hast du das von langer Hand geplant? Waren die Jäger deine Versicherung im Falle deines Verschwindens? Damian hat mir angedeutet, dass du gerissener bist, als es den Anschein macht. Also, sprich schon!«

Mein Blick huschte von Damian zur Ältesten. »Ich habe keine Ahnung, wovon Ihr sprecht. Ich kenne diese Jäger nicht und weiß auch nicht, woher sie wussten, dass Damian da sein würde«, schwor ich ihr. Mein Blut rauschte mir so laut in den Ohren, dass ich meine Worte selbst kaum verstand.

»Es deutet alles darauf hin, dass sie wussten, dass wir kommen. Das war eine Falle.« Damians Stimme klang wie das Knurren eines verletzten Tieres. »Nur bist du dumm genug, dich mit jemanden anzulegen, der größer und gefährlicher ist als du selbst.«

Ich überging seine Stichelei und erklärte: »Dennoch habe ich damit nichts zu tun!« Verzweiflung machte sich in meiner Brust breit und schnürte mir die Kehle zu. Tränen brannten in meinen Augen, die ich schnell wegblinzelte. Damian sollte nicht sehen, wie nahe ich der Verzweiflung war. »Was ist jetzt mit Sophia?«

»HÖR AUF!«, brüllte mich der Hüter an und dieses Mal stoppte ihn Eugenia nicht. »Du weißt genauso gut wie ich, dass die Jäger sie haben! DU hast sie auf sie angesetzt, damit sie in Sicherheit ist und wir ihnen direkt in die Arme laufen!« Er kam auf mich zugewankt, es würde nicht mehr viel brauchen, bis er ohnmächtig zusammensackte, so schwach war er auf den Beinen. »Was war dein Plan? Sollten sie uns töten? Oder hast du es nur so aussehen lassen wollen, dass es ein Angriff der Vampirjäger ist, und eigentlich steckt jemand ganz anderes dahinter?«, keifte er und Spucketropfen trafen mich an der Wange.

Ich zuckte zurück und schloss kurz die Augen. Langsam wünschte ich, dass ich all diese Dinge getan hätte. Sie wären vermutlich die einzige Chance, hier lebend wieder rauszukommen. Sophia war verschwunden, Vampirjäger waren auf den Plan getreten und ich steckte in den Gedärmen des Herrenhauses fest. Schlimmer konnte es nicht werden.

»Das ist genug«, sprach die Älteste leise, aber laut genug, dass wir sie hören konnten.

Damians kalter Atem traf auf meine schweißüberströmte Haut und kurz glaubte ich, er würde mich einfach beißen, um sich zu stärken. Offenbar besaß er noch genug Respekt vor der Ältesten – oder es lag an seiner aktuellen Schwäche, wie man es nehmen wollte –, sodass er ihrem Befehl folge leistete.

Ich öffnete die Augen und beobachtete ihn dabei, wie er an Eugenia vorbeistapfte und im Gang verschwand.

»Loan Ryder.«

Ich zuckte zusammen, sah sie mit klopfendem Herzen an.

Sie trat einen weiteren Schritt auf mich zu und ich einen zurück. Dabei kam ich am Ende meiner kleinen Zelle an und der kalte Stein grub sich in meinen Rücken. Die Älteste war mir jetzt so nah, dass ich ihren Geruch von Blut wahrnehmen konnte.

»Wenn du nicht so außerordentlich wertvoll für meine Sache wärst, würde ich dich einfach hier und jetzt hinrichten.« Ihre harten Worte ließen mich schlucken. »Und glaube mir, das würde mir das größte Vergnügen bereiten.« Sie hob eine Hand und strich über mein Gesicht. Ich erstarrte unter ihrer Berührung, ließ sie aber geschehen.

»Ich rate dir, besser gehorsam zu sein, sonst kann ich nicht für deine Sicherheit garantieren. Damian leckt sich schon die Lippen danach, dich zu töten.«

»Das glaube ich sofort«, flüsterte ich.

»Wie ist es, wieder ein Mensch zu sein?«, wisperte sie und eine Sehnsucht schwang in ihren Worten mit, die mich überraschte.

»Es ist … anders.« Ich zögerte und dachte darüber nach. »Vorher war nur Kälte in mir, Verlangen und Eissplitter. Doch mittlerweile ist da mehr. Nicht nur Wärme, sondern auch Liebe … Freude.«

In ihren roten Augen glitzerte etwas auf und endlich verstand ich, warum ich so wichtig für sie war. Hier ging es nicht um Macht, oder nicht darum, Quinton zu stürzen. Die Älteste sehnte sich danach, ein Mensch zu sein. Vielleicht hatte sie ihr Dasein als Vampir genauso satt, wie ich es hatte. Nun war ich ihre einzige Chance, dem Geheimnis der Heilung auf die Schliche zu kommen. Und wenn sie ganz nebenbei Quinton stürzte, wäre das sicher nur zum Vorteil für sie. Denn wenn er nicht mehr da wäre, wer würde die Menschgewordenen jagen und töten? Sie wären frei, wahrlich frei.

Der Glanz verschwand und stattdessen stahl sich ein schiefes Grinsen auf ihr Gesicht, dann endlich ließ sie von mir ab und kehrte mir den Rücken zu. »Ich gebe dir noch eine Chance, dich zu beweisen. Wenn dabei herauskommt, dass du uns angelogen hast, dann wirst du dir wünschen, bei den Verlorenen gelandet zu sein.« Beim letzten Wort war sie im Gang angekommen und sah noch einmal zu mir zurück. Dann schloss sich die Tür mit einem Knall.

Ihre Worte sollten mich tiefer erschüttern, mich in Panik versetzen und vor Angst zittern lassen. Dennoch geschah nichts davon. Stattdessen starrte ich noch minutenlang auf die geschlossene Tür, die sich erst nach und nach aus der Dunkelheit schälte.

Alles ergab nun einen Sinn für mich. Warum sie so dringend das Heilmittel wollte. Nicht, um die anderen Vampire zu überzeugen oder um eine Rebellion anzuzetteln. Es ging viel mehr darum, dieses Geheimnis zu lüften, Quinton seiner Macht zu berauben, um selbst wieder zum Menschen zu werden. Ich hatte sie falsch eingeschätzt.

Langsam sackte ich an der Wand hinab, bis ich auf dem Boden zum Sitzen kam. Mein Blick fiel auf den kleinen Schlitz unter der Tür, durch den etwas Licht drang. Ich erinnerte mich an den Tag meiner Blutstrafe zurück. Damals hatte mich die Älteste verteidigt, hatte Quinton widersprochen und auf die Härte der Strafe hingewiesen. Auch wenn ihr Versuch ins Leere gegangen war, war ich ihr dankbar für ihr Einschreiten. Schon zu der Zeit hätte mir auffallen müssen, dass sie weicher als die anderen Ältesten war. Trotz ihrer strengen Art besaß sie ein gutes Herz, das sich nach Wärme und Liebe sehnte.

Ein schlechtes Gewissen schlich sich ein. Ich fühlte mich mit ihr verbunden und auch wenn sie niemals zugeben würde, dass wir Gemeinsamkeiten besaßen, waren wir von Grund auf gleich. Ich entschied, ihr zu helfen. Jedoch wusste ich immer noch nicht, wie. Bisher hatte mich die alte Frau mit der Narbe immer von sich aus gefunden. Ich hatte sie nie gesucht und dennoch war sie immer da, wenn ich tröstende Worte gebraucht hatte. Als besäße sie einen Radar für meine Gefühle. Vielleicht wäre es mir möglich, beide Aufgaben zu verbinden – die Suche nach der alten Frau und die Rettung von Sophia.

Jetzt müsste mir nur ein brillanter Gedanke kommen, wo ich Sophia suchen könnte. Denn das Einzige, was ich über Sophias Verschwinden wusste, war, dass sie vermutlich von Vampirjägern entführt worden war. Zumindest wenn ich Damian Glauben schenkte und ich wüsste nicht, wieso ich das nicht tun sollte. Er hasste mich. Wenn sich Sophia in seiner Gewalt befände, würde er sie nur zu gern als Druckmittel gegen mich verwenden. Nur wo hielten diese sich auf? Wo war ihr Versteck?

Diese Frage hielt mich die ganze Nacht wach und begleitete mich noch am nächsten Morgen, als die Tür geöffnet und ich von zwei grobschlächtigen Kerlen an den Armen gepackt und nach draußen geschleift wurde.

Kapitel 10

»Und du bist dir sicher, dass wir sie hier finden werden?«

»Klar!« *Nicht wirklich.*

»Wirst du sie erkennen?«

»Klar!« *Vermutlich nicht.*

»Lutschst du mir meinen Schwanz?«

»Klar!« *Warte, was?* Ruckartig blieb ich stehen und starrte Damian an. Er trat einen Schritt vor und drehte sich dann zu mir um.

»Glaubst du, du könntest mich verarschen?«, schnauzte mich der Hüter an. In seinem Gesicht zeichnete sich Zorn ab und er zog die Augenbrauen zusammen. »Was machen wir hier? Suchen wir überhaupt die alte Frau, oder ist das wieder eine Falle?«

Würde er nicht so schwach und kränklich aussehen, hätte ich glatt Angst vor ihm. Aber die Quecksilbervergiftung setzte ihm noch immer zu und seine Kräfte kehrten nur langsam zurück. Misstrauen blitzte in seinen braunen Augen auf. Kurz runzelte ich die Stirn, als ich begriff, dass das seine natürliche Augenfarbe war. Wie stark musste die Vergiftung fortgeschritten sein, wenn er dadurch seine Fähigkeiten verlor?

»Wir suchen die alte Frau, das weißt du doch«, erklärte ich, stellte mich dumm und schob mich an ihm vorbei. Ich sah mich um, betrachtete das verlassene Kaufhaus rechts neben mir. Die Scheiben waren teilweise blind oder zerschlagen. Die Natur hatte sich den Platz Stück für Stück zurückgeholt und Pflanzen wuchsen aus jeder Ritze und jedem Riss.

»Warum sollte die alte Frau ausgerechnet hier sein?«, fragte er ungeduldig. Ich konnte seine Schritte hinter mir hören. Lange würde ich ihn wohl nicht mehr hinhalten können.

»Ich weiß es nicht. Aber ich habe es im Gespür, dass sie hier ist.«

Damian schnaubte abfällig und schloss wieder zu mir auf. »Auf dein Gespür würde ich mich nicht verlassen. Was macht dich so sicher?«

Ich seufzte. Am liebsten würde ich ihm an den Kopf schleudern, dass ich nicht einmal wusste, wie sie hieß, geschweige denn, wie ich sie finden könnte. Doch das würde nur noch mehr Fragen aufwerfen. Daher antwortete ich bloß: »Sie hatte mal so etwas erwähnt.« Das brachte Damian zum Schweigen und ich nutzte die Chance, mich besser umzusehen.

Als sie mich gestern allein in der Zelle zurückgelassen hatten, war ich im Kopf durchgegangen, wo sich die Vampirjäger aufhalten könnten. Zum Glück war ich in meinen Vampirjahren weit herumgekommen und kannte mich bestens in New York City und Umgebung aus. Daher kam ich schnell darauf, dass sich die Jäger sicher an einem abgeschiedenen Ort aufhielten, an dem man niemanden vermuten oder suchen würde. Es gab nur wenige solcher Orte, dazu gehörte das Industriegebiet am Rande von New York. Früher war es ein florierendes Stadtviertel gewesen, in dem ich auch eine Zeit lang gelebt hatte, bis der Börsencrash kam und die meisten ihre Arbeit verloren, eingeschlossen mir. Ich hatte danach ein paar Wochen bei Tom unterkommen können, bis er mich rauswarf und ich eine neue Wohnung finden musste. Später versuchte man, die Leute mit einem großen Einkaufszentrum zurück in das Viertel zu holen, jedoch scheiterte der Plan und der Laden ging bankrott. Seitdem stand er leer. Also ein perfektes Versteck, wenn man nicht gefunden werden wollte.

»Was genau hat sie gesagt?«

»Keine Ahnung«, platzte es aus mir heraus und ich biss mir augenblicklich auf die Zunge.

Damian machte einen Satz nach vorn und stand plötzlich wieder vor mir. Beinahe wäre ich in ihn hineingelaufen. Er war mir nun so nah, dass ich seinen kühlen Atem auf meiner Haut spüren konnte, als er sprach: »Du hältst dich wohl für besonders schlau, was?« Als er einen Schritt vortrat, wich ich vor ihm zurück, wollte Abstand gewinnen, doch er trieb mich rückwärts, bis ich gegen eine Wand stieß. Er beugte sich weit zu mir vor und ich schrumpfte leicht zusammen. Obwohl er durch die Vergiftung einen Teil seiner früheren Stärke verloren hatte, besaß er noch immer seine bedrohliche Ausstrahlung.

»Nicht wirklich«, murmelte ich und bereute es direkt wieder.

Damian schnaubte und hob eine Hand. Ich zuckte in der Erwartung eines Schlags zurück, der ausblieb. Ich hörte ihn mit den Zähnen knirschen. Dann endlich lehnte er sich zurück und sah mich abschätzig an. »Was tun wir wirklich hier? Ist das wieder eine deiner Fallen? Denn ich schwöre dir, sollte das so sein, findest du dich schneller unter der Erde wieder, als du Vampirjäger sagen kannst.«

Ein Schatten bewegte sich in meinem Augenwinkel und ich ruckte mit dem Kopf herum. »Vampirjäger!«, keuchte ich.

»Verdammt, Ryder! Provozier mich nicht!«, brüllte Damian und hob einen Finger. Seine Augen schienen Funken zu sprühen, jedoch war mir das in diesem Moment egal.

»Nein! Vampirjäger!«, schrie ich ihm entgegen und deutete auf die Gestalten, die sich gerade aus dem Schatten des monströsen Einkaufszentrums schälten. Es war nur eine Vermutung gewesen, dass sie sich hier aufhielten. Dass ich wirklich damit richtig lag, hatte ich mir niemals erträumt. Und in dem Moment wurde mir schlagartig klar, wie dumm ich eigentlich war. Ich kam hierher, unbewaffnet und mit einem Vampir, in der Hoffnung, meine Sophia zu finden. Ich war völlig unvorbereitet und wusste nicht einmal, wie ich sie davon überzeugen sollte, mir meine Phi auszuhändigen.

Damian wirbelte herum und mit einem Schlag verkrampfte sich seine Haltung. Er straffte die Schultern und ballte die Hände zu Fäusten. Ich sah sein Gesicht nur von der Seite, trotzdem reichte das aus, um einen Blick auf seine beeindruckenden Fangzähne zu werfen. Plötzlich drang ein Fauchen aus seiner Kehle, bei dem sich mir die Nackenhaare aufstellten. Ich hatte dieses Geräusch noch nie zuvor von ihm gehört und es war furchteinflößend.

»Seid ihr hier, um euer Werk zu vollenden?«, giftete Damian und trat einen Schritt vor.

Die Frau rechts mit der seltsamen Igelfrisur lachte hämisch auf und die Teenagerin mit den braunen Haaren stimmte mit ein. Ich scannte die anderen beiden Jäger, sie sahen bedrohlich und entschlossen aus. Einer hatte indigene Züge und erschien mir wie ein angsteinflößender Dämon. Der andere war das glatte Gegenteil. Sein engelsgleiches Gesicht mit den blonden Locken passte nicht in mein Bild eines skrupellosen Vampirjägers. Er sah fast noch aus wie ein Kind.

»Das sind wir. Nur stehst du uns im Weg.«

Ich riss den Blick von dem Lockenkopf und richtet ihn wieder auf die Punkerin. Sie hatte ein ehrfürchtiges Auftreten und ich begriff sofort, dass es sich bei ihr um die Anführerin handeln musste. »Jetzt mach lieber Platz, bevor ich die Geduld verliere.«

»Wie …?« Damian stockte und richtete sich auf. Ich konnte mir seine entgleisten Gesichtszüge bildlich vorstellen. »Aber ich dachte, *er*«, dabei deutete er auf mich, »hätte euch geschickt. Das war doch eine Falle?« An seiner Stimme konnte ich erkennen, dass er verunsichert war. Was für ein seltener Augenblick, den ich am liebsten in vollen Zügen ausgekostet hätte, wenn nicht vier todbringende Vampirjäger vor uns stehen würden und nur Damian zwischen mir und ihnen wäre.

Die Punkerin lachte kalt auf. »Oh, es war eine Falle, nur jagen wir nicht dich.«

Verwirrung machte sich in mir breit und als Damian mir einen flüchtigen Blick zuwarf, wurde mir klar, dass auch er nicht begriff. In seinen Augen lag kein Hass mehr gegen mich, vielmehr entdeckte ich dort echte Angst. Doch eine Sekunde später hatte er sich wieder gefangen und richtete das Wort erneut an die Anführerin: »Was wollt ihr von ihm? Er ist nur ein Mensch und steht unter dem Schutz der Ältesten Eugenia.«

»Oh.« Kurz sah sie verunsichert aus, als würde ihr der Name etwas sagen. Nur einen Augenblick später zog wieder ein gehässiger Ausdruck auf ihr Gesicht und ihr Grinsen wurde breiter. »Glaubst du wirklich, der Schutz deiner Vampirschlampe würde dich oder ihn retten? Wir haben eigene Interessen und würden es bevorzugen, wenn du ihn uns einfach übergibst. Du bist in der Unterzahl und wie ich sehe, wirkt das Gift noch. Daher lass dir einen Rat geben, Jungchen, …«

»Jungchen?«, echote Damian.

»… leg dich lieber nicht mit uns an.«

Trotz der Aussichtslosigkeit der Situation empfand ich Respekt für die Punkerin. Sie besaß Mumm und schien sich nicht vor einem Vampir oder seinem Zirkel zu fürchten.

Erst verspätet wurde mir die Bedeutung der Worte bewusst. Sie waren nicht hinter Damian her, sondern hinter *mir*. Sie hatten bei der Farm gelauert, um mich zu erwischen. Sie hatten Sophia entführt, um sie als Druckmittel gegen mich zu verwenden. Sie hatten Damian und die anderen nur angegriffen und nicht getötet, um ihnen zu folgen. Sie wollten mich!

Mir wurde schlagartig kalt. Das Herz zersprang mir beinahe in der Brust und meine Lunge zog sich zusammen. Panik machte sich in mir breit und weckte meinen Fluchtinstinkt. Ich wirbelte herum und rannte los.

»Hey!«, hörte ich Damian hinter mir brüllen, doch ich ignorierte ihn.

Adrenalin rauschte durch meine Adern und stellte meine Sinne scharf. Ich sah alles viel klarer, die Efeuranken an den Wänden, der abblätternde Putz und die eingeschlagenen Fenster. Das ehemalige Einkaufszentrum lag links neben mir, rechts von mir ein altes Autohaus. Die Gasse war schmal und es gab keinen Ausweg außer die Flucht nach vorn. Also rannte ich, blendete die Schreie hinter mir aus, das Klirren von Metall und auch die Schritte. Jetzt war es nur wichtig, meine eigene Haut zu retten.

Endlich kam ich am Ende des Weges an. Eine Straße tat sich vor mir auf, die nach links und rechts wegführte. Ich wusste, dass Grag den Wagen vor dem Zentrum geparkt hatte. Ich könnte zu ihm laufen und ihn überzeugen, dass Damian verloren wäre und er mich zu der Ältesten fahren sollte. Aber dann hätte ich vielleicht meine einzige Chance vertan, Sophia zu finden. Denn wo die Vampirjäger waren, konnte sie nicht fern sein. Also entschied ich mich, nach rechts abzubiegen, und rannte den Fußweg weiter entlang.

Kurz sah ich zur Seite, konnte durch den Stacheldrahtzaun einen Blick auf die Gasse werfen. Dort wehrte sich Damian gerade gegen zwei der Vampirjäger. Ich konnte nicht genau erkennen, wer es war, aber als ich den Lockenkopf und den Dämon hinter mir entdeckte, war das Antwort genug.

Ein Schrei entkam meinen Lippen. Sie waren verdammt nah an mir dran und schienen besser in Form zu sein als ich. Das war schlecht. Es bedeutete, dass sie mich auf kurz oder lang einholen würden. Ich musste einen Ausweg finden, vielleicht einen Ort, an dem ich mich verstecken und abwarten könnte, bis sie die Suche aufgegeben hatten.

Mein Atem ging bereits stoßweise und meine Lunge brannte. Seitenstiche machten sich bemerkbar und ich wusste, dass ich nicht mehr lange durchhalten würde. Ich sah mich gehetzt um und entdeckte eine weitere Gasse auf der anderen Straßenseite. Die Häuser links und rechts davon wirkten wie alte Geschäfte mit Wohnungen in den oberen Stockwerken. Vielleicht gäbe es da eine Hintertür, in die ich mich retten könnte.

Ohne auf heranfahrende Fahrzeuge zu achten, rannte ich auf die gegenüberliegende Straßenseite und bog schlitternd in die Gasse ein. Ich konnte meine Verfolger verärgert schnauben hören, sie waren mir noch immer dicht auf den Fersen.

Mein Blick scannte die Häuserwände nach einer möglichen Tür, leider wurde ich enttäuscht.

»Nein!«, schrie ich verzweifelt. Das wäre meine einzige Chance gewesen. So würden sie mich auf kurz oder lang erwischen und wer wusste schon, was sie mit mir vorhatten? Ich war nur ein Mensch, faktisch unnütz.

Vampirjäger, die keine Vampire jagen, schoss es mir durch den Kopf und ich musste ob der Ironie schmunzeln.

Für einen Moment war ich abgelenkt, sah die Hand von rechts nicht kommen, sodass ich erschrocken aufquietschte. Jemand packte mich und zog mich in eine schmale Seitengasse, die mir in meiner Hektik nicht aufgefallen war. Eine zweite Hand legte sich auf meinen Mund. Sie roch nach Mottenkugeln und Schmerzgel.

Ich sah mich zwei grünen Smaragden gegenüber, die mich warnend anstarrten. Vor Überraschung riss ich die Augen weit auf und wollte etwas sagen. Die alte Frau schien dies zu ahnen und presste ihre Finger nur noch fester auf meinen Mund.

Schritte drangen an mein Ohr und mein Kopf ruckte zur Seite. Zwei Gestalten huschten blitzschnell an dem Spalt vorbei und schienen uns nicht bemerkt zu haben. Ich hielt den Atem an und fragte mich, ob sie nicht gesehen hatten, wie ich hier hineingezogen worden war. Dem schien nicht so, denn die Schritte entfernten sich immer weiter, bis ich sie nicht mehr hören konnte. Erst dann ließ die alte Frau von mir ab und ich schnappte hektisch nach Luft.

Ich lehnte mich zurück, stieß aber direkt mit der anderen Wand zusammen. Der Spalt war wirklich eng. Ihre spitzen Knochen bohrten sich in meine Beine und den Bauch. Sie war mir viel zu nah, sodass ich ihre Körperwärme und ihren Geruch wahrnehmen konnte.

Instinktiv trat ich einen Schritt zur Seite und weiter in die Gasse hinein.

»Wie haben Sie mich gefunden?«, fragte ich sie geradeheraus. Es erschien mir als unnötig, mich vorzustellen. Sie schien zu wissen, wer ich war und wo ich mich aufhielt. Hatte sie mich schließlich nicht nur einmal aufgesucht und mir kryptische Botschaften überbracht.

»Ich behalte alle Kinder Asraths im Auge«, erwiderte sie mit einem Schmunzeln. Ihre grünen Augen funkelten schelmisch auf und ihr Lächeln wurde noch breiter. Dann drückte sie eine Hand auf meine Brust, schob mich von sich und stapfte davon. Als ich ihr nicht folgte, drehte sie sich zu mir um und fragte: »Kommst du?«

Kurz sah ich zurück, überlegte, ob ich Grag und Damian vielleicht zu Hilfe eilen sollte – schließlich war er geschwächt. Nach kurzem Zögern schob ich den Gedanken zur Seite. Wieso sollte ich ihm helfen? Ich hatte ihm gegenüber keine Verpflichtungen und bisher hatte er sich mir auch nicht gerade freundlich gezeigt. Nur was war mit den Jägern? Ich sollte sie besser verfolgen, wenn ich Sophia finden wollte.

»Ich suche jemanden«, erklärte ich und wandte mich der alten Frau zu. Die schmale Gasse erlaubte es mir kaum, mich gerade hinzustellen, dafür waren meine Schultern zu breit.

»Ich weiß, wo Sophia ist. Jetzt ist es wichtiger, dass du in Sicherheit bist.« Sie winkte mich zu sich und ich stutzte.

»Woher wissen Sie, wen ich suche?«

Darauf antwortete sie nicht, drehte sich einfach um und verschwand um eine Ecke.

Kurz zögerte ich, starrte zurück in die Straße, aus der ich gekommen war. Ich könnte mich hier verstecken und auf die Jäger warten. Jedoch wäre die Gefahr zu hoch, dass sie mich entdeckten, und dann wäre mein Rettungsversuch gescheitert. Ihr zu folgen, erschien mir als das Logischste. Außerdem hatte ich das Gefühl, dass sie mehr wusste, als sie preisgab. Auch wenn ich kein Interesse daran hatte, für Damian und die Älteste an Infos zu kommen, musste ich zugeben, dass ich schon neugierig war. Schließlich war ich einmal ein Vampir gewesen und nun nicht mehr. Quinton hatte mir mehr gedroht, anstatt mich aufzuklären. Es erschien mir, als würde mehr dahinterstecken, als ich annahm …

»Kommst du endlich, oder willst du Wurzeln schlagen?« Die Stimme der Alten hallte viel zu laut von den Wänden wider und ich zuckte zusammen.

Augenblicklich setzte ich mich in Bewegung und folgte ihr in das verschlungene Labyrinth zwischen den Häusern. Ich konnte nur ahnen, worauf ich mich da gerade eingelassen hatte.

Damian

Er machte sich zum Kampf bereit. Sein kaltes Herz zog sich zusammen, seine Muskeln spannten sich an und er nahm eine lauernde Haltung ein. Die beiden Männer waren an ihm vorbeigeschossen und hatten ihn keines Blickes gewürdigt. Eigentlich hatte er erwartet, dass sie sich auf ihn werfen würden. Doch stattdessen waren sie diesem Wicht Ryder gefolgt, der wie ein Feigling einfach geflüchtet war. Damian verstand noch nicht genau, worum es hier eigentlich ging und warum *Vampir*-Jäger hinter einem *Menschen* her waren. Für ihn schrie alles immer noch nach einem Boykott, den Ryder gegen ihn und die Älteste geschlossen hatte. Aber irgendwie wollten sich die Puzzleteile nicht zusammenfügen und ergaben bisher nur ein wirres Bild.

Die beiden Frauen waren geblieben und würden für ihn leichte Beute sein. Die Brünette sah so jung aus, als wäre sie erst gestern aus dem Ei geschlüpft. Damian schätzte sie auf gerade mal achtzehn Jahre, vielleicht sogar jünger. Die Rothaarige hingegen wirkte wie ihre Mutter. Nicht, weil sie sich ähnlich sahen, sondern eher, weil der Altersunterschied so gravierend war.

»Na, Kleine, hast du deine Oma zum Kampf mitgebracht?«, provozierte er sie und grinste breit. Dabei berührten seine Fangzähne die Unterlippe und Gift tropfte hervor.

Die Rothaarige schnaubte. Sie packte ihr Messer, das sie in ihrer rechten Hand erhoben hielt, fester und funkelte ihn wütend an.

»Was glaubt du, wer du bist? George Carlin?«

Damian stutzte. Der Name sagte ihm nichts, woher auch? Die Menschen interessierten ihn nicht, nur ihr Blut war für ihn von Bedeutung. »Wer soll das sein? Dein Enkelkind?«

Großmütterchen wurde noch eine Nuance dunkler und er hätte sich nicht gewundert, wenn gleich Rauch aus ihren Ohren gestiegen wäre. »Du elende Missgeburt! Ich werde dich töten!« Sie rannte auf ihn zu, überwand die geringe Entfernung zwischen ihnen und erreichte Damian nach wenigen Schritten. Er hatte ihren Angriff bereits erwartet, ja sogar provoziert. Denn hätte sie die Armbrust, die er auf ihrem Rücken hatte erspähen können, genutzt, wäre er schneller durchlöchert als er gucken könnte.

Das Messer sauste auf ihn nieder, er machte einen Schritt nach rechts und wich ihrem Schwung aus. Die Jägerin stolperte vorwärts, stockte und drehte sich ihm wieder zu. In ihren braunen Augen funkelte der Zorn und sie setzte erneut zum Angriff an. Dieses Mal wich er ihr nicht aus, sondern packte ihr Handgelenk mit einer Geschwindigkeit, die für das menschliche Auge nicht sichtbar war, nutzte ihren Schwung, um sie vor sich zu ziehen und verdrehte ihr den Arm auf dem Rücken. Sie schrie vor

Schmerz auf, krümmte sich und gab dem Druck nach.

Das war einfach, dachte der Vampir und grinste siegessicher. Und das trotz seiner Verletzung, die nur noch einem schemenhaften Pochen glich.

Das Messer fiel zur Erde und die Frau wimmerte in seiner Umklammerung. Sie ignorierend, richtete er das Wort an die Teenagerin: »Wenn du willst, dass deine Großmutter überlebt, solltest du lieber die Waffe niederlegen«, dabei deutete er mit dem Kinn auf die Axt in ihrer Hand, »sonst werde ich ihr ihren zierlichen Kopf abreißen.«

Für einen kurzen Moment huschte Unsicherheit über ihr Gesicht, doch sie fing sich schnell. Wütend zog sie die Brauen zusammen. Mit einem gellenden Schrei stürmte sie auf ihn zu, holte aus und schleuderte die Waffe von sich. Sie zwang ihn, die Großmutter loszulassen und zur Seite zu springen. Mit einem klirrenden Geräusch durchbrach die Axt die Fensterscheibe hinter ihm und landete irgendwo in den Geschäftsräumen.

Verwirrt sah er zurück und dann wieder zu der Kleinen, die plötzlich eine zweite Axt in der Hand hielt und Großmütterchen wieder an ihrer Seite hatte. Ohne ihm eine Atempause zu gönnen, schleuderte sie die nächste Waffe nach ihm und zauberte von ihrem Rücken die nächste.

Er duckte sich, wich zur Seite aus, machte einen Rückfallschritt und wäre beinahe über einen herumliegenden Ast gestolpert.

»Scheiße«, fluchte er und hatte das Gefühl, außer Atem zu kommen – wenn er denn hätte atmen können. Seine Quecksilbervergiftung schien erneut um sich zu greifen, machte ihn träge und langsam und brachte sein Blut zum Kochen. Sie war doch nicht so weit verheilt, wie er es sich gewünscht hatte.

Als sie die letzte Wurfaxt nach ihm geschmissen hatte, keuchte sie und war schweißüberströmt. Damian hingegen ließ sich nicht anmerken, dass seine Schulter schmerzte und sich sein linker Arm erneut taub anfühlte. Er durfte keine Schwäche zeigen. Er war ein unsterbliches Wesen von über sechshundert Jahren. Da würde er sich doch nicht von einem kleinen Mädchen fertig machen lassen.

»Gut gespielt, nur hast du jetzt keine Waffen mehr«, höhnte er und sprach dabei etwas lauter. Durch seine Ausweichmanöver hatte er eine ordentliche Spanne zwischen sich und die Jäger gebracht.

Das Kind schnaufte und griff sich an ihren Gürtel. Dort erspähte er erst jetzt kleine Wurfsterne und sein Herz zog sich zusammen. Der matte Glanz der Zacken verriet ihm, dass es sich dabei auch um eine Quecksilberlegierung handeln musste.

»Was hast du denn damit vor, Kleines? Willst du mich kitzeln?«, neckte er sie. Es war nicht das erste Mal, dass er mit Vampirjägern aneinandergeriet. Es war jedoch das erste Mal, dass es so viele waren. Normalerweise kämpften sie allein und waren bis an die Zähne bewaffnet – und männlich. Gegen Frauen hatte er noch nie gekämpft und er fing an, es zu genießen.

Sie ließen sich einfach viel leichter reizen.

Großmütterchen hob den Arm und lenkte damit seine Aufmerksamkeit auf sie. Und da lief es ihm eiskalt den Rücken runter. Sie hielt ihre Armbrust in der Hand, ein Bolzen war darauf gespannt und die Spitze zeigte auf ihn. Er erkannte sofort das hohe Alter der Waffe und war sich sicher, dass aus dieser auch der Bolzen geschossen worden war, der in seiner linken Schulter gesteckt hatte. Also hatte ihn diese Schlampe verwundet! Ein Knurren drang aus seiner Kehle. Wie konnte sie es wagen?

»Pack das lieber weg, Mütterchen, oder du und deine Kleine seid tot.«

»Das glaube ich eher nicht«, sagte eine kühle Stimme hinter ihm und er drehte sich um. In diesem Moment wurde ihm etwas Hartes über den Schädel gezogen und er sackte zusammen. Ungebremst schlug er auf dem Boden auf, die Vibration durchschüttelte ihn und ein heißer Schmerz schoss von seiner Schulter weiter in seinen Körper. Er konnte förmlich das übrige Quecksilber spüren, wie es in seinen Adern pulsierte.

Jemand trat nach ihm, eine weibliche Stimme beschimpfte ihn, schrie und brüllte. Er bekam die Schläge kaum mit, zu sehr blendete ihn der Schmerz in seiner Schulter.

Die tiefe Stimme rief Großmütterchen zur Ruhe und ihr Besitzer zog sie von ihm weg. Nur verschwommen nahm er wahr, wie sie sich gegen ihn aufbäumte und den Vampir mit verzerrtem Gesicht anstarrte. Dieser hatte noch immer nicht ganz begriffen, was hier gerade passiert war.

Stiefel traten in sein Blickfeld und er drehte den Kopf leicht, um aufzuschauen. Der Lockenkopf beugte sich über ihn, kniete sich dann hin und musterte den Vampir.

Damian glaubte, dass nun sein letztes Stündlein geschlagen hätte. Sicher würde der Blonde gleich einen Pflock in sein Herz rammen, ihm den Kopf abtrennen oder ihm eine Silberkugel verpassen. Die Menschen hingen an ihren Mythen und Legenden, dabei war es völlig egal, ob dies der Wahrheit entsprach oder eben nicht. Und diese vier Jäger schienen besonders nostalgisch zu sein, wenn sie mit Äxten, Wurfsternen und Armbrust jagten. Alles altertümliche Waffen und längst überholt.

»Mal! Lass den Müll liegen!«, rief eine weibliche Stimme, die Damian dem Kind zuordnete.

Müll? Was war hier los? Wieso töteten sie ihn nicht sofort? Warum spielten sie Katz und Maus mit ihm und – auch wenn er es ungern zugab – war er dabei die Beute?

Der Blondschopf mit dem Namen Mal stand auf und trat ihm noch einmal in den Bauch. Damian keuchte auf und krümmte sich. Vor Schmerz biss er sich auf die Lippe und schmeckte Blut auf der Zunge. Er spuckte aus und lauschte.

Schritte entfernten sich von ihm, wurden leiser und verstummten irgendwann. Lange lauschte er, horchte darauf, ob ein Auto zu hören war, doch es blieb alles still. Langsam drehte er sich zur Seite, bis er auf dem Rücken lag. Seine Schulter brannte noch immer und er hatte das Gefühl, als wäre sie ausgekugelt. Aber das schrieb er der Vergiftung zu.

Blind starrte er gen Himmel, die Sonne hielt sich hinter grauen Wolken versteckt und der Geruch von

Ozon lag in der Luft. Schritte kamen näher, jedoch aus der anderen Richtung. Kam Ryder zurück, um ihm den Todesstoß zu verpassen? War das der Plan gewesen? Hatten die Jäger ihn deshalb zurückgelassen, damit er es beenden konnte?

Sein Kopf rollte zur Seite und er starrte die Person an, die auf ihn zu kam. Sein Sichtfeld war verschwommen, alles war eine Mischung aus Grau und Weiß. Er konnte nur die Silhouette erkennen, aber nicht das Gesicht.

»Na, kommst du, um es zu Ende zu bringen?«, krächzte er. Seine Stimme klang fremd in seinen Ohren. Die Vergiftung schien erneut um sich zu greifen. Offenbar hätte er doch auf Eugenia hören und sich die nächsten Tage schonen sollen. Dann würde er jetzt nicht hier auf dem dreckigen Boden eines versifften Viertels liegen und Loan Ryder um sein Leben anflehen – obwohl er letzteres wohl eher nicht tun würde.

Ryder ließ sich auf dem Boden nieder und sah auf ihn hinunter. Sein Gesicht war eine verzerrte Maske, sein Mund zu einer schmalen Linie zusammengepresst, die Augen glühten und schienen zu zerlaufen. Vor Angst schrie er auf, robbte von ihm weg, brach jedoch nach wenigen Zentimetern zusammen.

»Geh hinfort, Dämon!«, schrie er und hielt sich seine gesunde Hand vor die Augen. Ertrug den Anblick des Teufels nicht. Er war schlussendlich doch gekommen, um ihn zu holen.

Der Dämon rüttelte an seiner verletzten Schulter und ein erneuter Schrei drang aus seiner Kehle. Sein

Sichtfeld schrumpfte zusammen, die Kraft verließ ihn und er sackte zusammen.

»Verdammt, Damian!«, hörte er noch, bevor ihn die Schwärze einholte.

Er stand inmitten einer Wiese, um ihn herum wogte das Gras, der Himmel war blau, doch keine Sonne zu sehen. Er schritt voran, strich mit den Fingern über die Spitzen der Halme, fühlte nichts. Am Horizont tauchte eine schwarze Silhouette auf, sie kam schnell näher und nun erkannte Damian, wer dort vor ihm stand.

»Asrath«, flüsterte er ehrfürchtig und warf sich vor ihm in den Staub. Das Gras war mit einem Mal verschwunden und rote, trockene Erde bedeckte den Boden.

Verwirrt runzelte der Hüter die Stirn und sah sich um. Vor ihm bauten sich zwei schwarze Schuhe auf, er wanderte mit dem Blick an ihnen hinauf und sah in das Antlitz seines Schöpfers. Grimmig starrte dieser auf ihn hinab und erhob die Stimme. »Mein Sohn! Warum hast du das getan?«

Damians Augen weiteten sich und er schluckte. »Ich weiß nicht, wovon Ihr sprecht«, erklärte er und senkte demütig das Haupt.

»Von deinem Verrat! Sag mir, mein Sohn, warum folgst du mir nicht mehr?«

»Aber ... das tue ich doch«, stammelte er und sah erneut auf.

Die Augen des Schöpfers verfärbten sich rot, sprühten Funken, die die raue Erde in Flammen steckte. Plötzlich brannte alles um ihn herum, das Feuer leckte an seinen Beinen und er konnte die Hitze spüren. Panik machte sich in seiner Brust breit und Erinnerungen kamen hoch, an den Tag seiner Wiedergeburt. Er konnte das Holz über sich knacken hören, Menschen schrien und irgendwo brüllte ein Baby. Wie gelähmt saß er in einer Ecke und beobachtete die Flammen dabei, wie sie sein Haus und seine Heimat verzehrten. Als die Luft zu dünn zum Atmen und das Feuer bereits an ihn herangekommen war, suchte ihn der Schmerz heim. Er war so allumfassend und einnehmend, dass er ihn kaum ertragen konnte. Seine Haut schlug Blasen und das Fleisch darunter kam rot zum Vorschein. Als die Qualen kaum mehr zu ertragen waren, kippte er zur Seite und starb.

Eingerollt wie ein Embryo kauerte Damian auf der roten Erde und erinnerte sich daran zurück. Sein Schöpfer über ihm lachte hämisch und das Feuer kroch seine Haare hinauf, verwandelte sein Gesicht. Plötzlich stand dort nicht mehr Asrath vor ihm, sondern der elende Wurm Ryder. Er lachte ihn aus, verhöhnte ihn und steigerte sich in eine Hysterie hinein. Damian jedoch lag dem ehemaligen Vampir wie paralysiert zu Füßen und rührte sich kaum. Zu sehr zerrten die Erinnerungen an ihm. Er konnte die Schmerzen seines Todes noch immer spüren. Er konnte sein verbranntes Fleisch noch immer riechen. Er hatte so köstlich gerochen, dass ihm zugleich der Magen geknurrt, aber auch rebelliert hatte.

»Wach auf!« Der Dämon lachte, aus seinem Mund wuchsen Zähne und er rief immer wieder. »Wach auf!« Blut strömte von seinem Haaransatz hinab, vermischte sich mit den Augen und der Nase. Sie flossen wie heißes Wachs von seinem Gesicht und sammelten sich zu einer Pfütze auf dem Boden. Das Lachen verstummte selbst dann nicht, als der Mund mit dem Rest des Körpers geschmolzen war. Am Ende *blieb nur Damian übrig, der in einem Feld aus Lava und Feuer bitterlich weinte.*

Etwas Heißes lief über seine Stirn und er wälzte sich hin und her. Innerlich brannte er, das Feuer war überall und versengte ihm die Knochen. Jemand berührte seine Hand, kalte Finger drückten fest zu und Worte wurden gemurmelt, die er nicht verstand. Etwas benetzte seine Lippen und er schmeckte Metall – Blut. Gierig saugte er an dem Tuch und langsam kamen seine Kräfte zurück.

Flatternd flogen seine Augen auf und Licht blendete ihn. Es dauerte ein paar Sekunden, bis er Konturen erkennen konnte. Zwei Gestalten zeichneten sich von dem braunen Hintergrund ab, der nackter Stein zu sein schien. Er erkannte sogleich Eugenia, die ihn besorgt musterte. Neben ihr stand Grag, der nur argwöhnisch auf ihn hinabblickte.

»Hier, mein Bruder. Das wird deine Schmerzen lindern.« Sie hielt ihm etwas Grünliches vor die Nase, das verdammt nach Fisch und Salz roch.

Algen, schoss es ihm durch den Kopf und er nahm das glitschige Zeug gierig in den Mund. Das Kauen kostete ihm viel Anstrengung, aber mit jedem Bissen ging es ihm besser. Der Schmerz in seiner linken Schulter klang ab und er kam wieder zu Kräften.

Eugenia reichte ihm einen zweiten Blutbeutel, den er gierig und innerhalb weniger Sekunden leerte. Am Ende war das Brennen unter seiner Haut so weit gewichen, dass es nur noch einem lokalen Pochen glich.

»Was ist passiert?«, fragte er die beiden Vampire, da er sich selbst kaum erinnern konnte. Da war dieser Traum gewesen, der ihm bereits langsam aus dem Gedächtnis wich.

»Ich habe dich halbtot in einer Gasse gefunden, du hast etwas von einem Dämon gequasselt und bist danach in Ohnmacht gefallen. Ich habe dich aufgelesen und zur Ältesten gebracht.« Grags Stimme klang gleichgültig, als würde er gerade eine Einkaufsliste vorlesen.

»Wo sind die Vampirjäger?« Langsam kehrten seine Erinnerungen zurück und ihm fiel der Grund ein, warum sie dort gewesen waren. »Und wo ist Ryder?«

Beide Vampire sahen ihn ausdruckslos an, Eugenia besaß sogar die Dreistheit, ihn misstrauisch zu betrachten. Als hätte er sie verraten und nicht dieser Wicht.

»Wir hatten gehofft, du könntest uns das sagen. Laut Grag hast du ihm befohlen, im Wagen zu warten, und bist allein mit Loan Ryder in der Gasse verschwunden.« Der Argwohn in ihrer Stimme war kaum zu überhören. Verdächtigte sie ihn nun auch?

»Ich bin fast gestorben und das nun schon zum zweiten Mal. Habe für euch alles riskiert, sogar meine Stellung im Zirkel, wenn das Quinton irgendwann herausfindet …« Damian musste eine Pause machen und sog zischend die Luft zwischen den Zähnen ein. Das Pochen hatte sich verstärkt und er kaute kurzzeitig stärker auf den Algen herum, bis das Brennen zurückgewichen war. »Und Ihr besitzt die Frechheit, an mir zu zweifeln, an mir und meiner Loyalität?«, zischte er und erhob sich langsam. Noch immer fühlte er sich geschwächt, doch mit jeder wachen Minute kamen seine Kräfte zurück. Es würde zwar lange Jahre, vielleicht sogar Jahrhunderte dauern, bis er zu seiner vollen Stärke zurückgekehrt war, aber zum Glück wartete die Ewigkeit auf ihn.

»Ich zweifle nicht an deiner Loyalität, nur an deinem Gehorsam. Also sprich, was hat dich dazu veranlasst, Ryder laufen zu lassen?«

Er konnte es nicht fassen, wie sprach sie mit ihm? Glaubte sie etwa, sie könnte ihn wie einen elendigen Hund behandeln? Dieses Verhalten hatte er bereits zu lange von Quinton erdulden müssen, daher würde er es sich keine Sekunde länger von ihr gefallen lassen.

Damian fokussierte sich, verdrängte seine Wut und richtete sich langsam auf. Als er vor der Ältesten stand, sog er ruhig die Luft ein und antwortete dann: »Ryder hat mich reingelegt. Er und die Vampirjäger haben gemeinsame Sache gemacht und mich erneut in einen Hinterhalt gelockt. Ich weiß nicht genau, was er mit ihnen vereinbart hat, aber es scheint so, als hätte er seine Abmachung nicht gehalten. Zumindest hatten sie es auf ihn abgesehen, woraufhin er geflohen und verschwunden ist.« Damit beendete er seinen Bericht, schob die Älteste zur Seite und schleppte sich zur Tür.

»Wo gedenkst du, gehst du hin?«

Ihre altertümliche Art zu sprechen, nervte ihn gehörig.

Wir leben im einundzwanzigsten Jahrhundert, sprich gefälligst auch so, fuhr er sie in Gedanken an. Laut sprach er: »Es ist mir egal, wie wichtig Ryder für Euer Vorhaben ist! Dafür wird er bluten.«

»Damit brichst du unser Abkommen.«

Damian schnaubte. »Das, was Ihr Abkommen nennt, bezeichne ich als Erpressung. Als Ihr das Buch das erste Mal in den Händen gehalten habt, wusstet ihr gleich, worum es sich dabei handelt. Warum habt ihr mich dort mit hineingezogen?«

»Du warst die einzige andere Person, die darüber Bescheid wusste.« Ihre Stimmfarbe veränderte sich von einem auf den anderen Moment. Nun klang sie nicht mehr wie die Älteste, die sie vielleicht gern wäre, sondern wie die schwächliche Frau, die sie in Wirklichkeit war. »Was hätte ich denn machen sollen? Quinton darauf ansprechen? Er hätte mich direkt zu den Verlorenen geworfen und meinen Tod wie einen Unfall aussehen lassen.«

»Vielleicht wäre das auch besser gewesen«, murmelte er, sodass die Älteste ihn nicht hören konnte. Laut sagte er: »Ich wollte von Anfang an nichts mit Eurer Angelegenheit zu tun haben und das ist nach wie vor so. Ich habe eigene Pläne und werde Euren nun den Rücken kehren.« Mit diesen Worten packte er die Klinke und öffnete die Tür.

»Von deinem Ungehorsam wird der Ältesten Rat erfahren.« Eugenias zitternde Stimme durchschnitt seinen Geduldsfaden. Es brauchte seine gesamte Willenskraft, um sie nicht anzufahren. Er musste sich beruhigen, sprach er doch immer noch mit einer Ältesten, auch wenn er die Achtung vor ihr schon vor langer Zeit verloren hatte, und das vor Zeugen. Schließlich war Grag auch noch da.

Meditativ atmete er ein und aus, bis er sich halbwegs unter Kontrolle hatte. Dann erst setzte er zu einer Antwort an: »Erzählt es ihnen gern, sicher freuen sie sich zu hören, dass eine Verräterin in ihren Reihen sitzt. Ich habe nur in Quintons Auftrag gehandelt, als ich das Buch an mich brachte. Wie erklärt Ihr Euch?« Als es hinter ihm still blieb, wusste er, dass er die Älteste in der Hand hatte. Er war es satt, das Spiel der anderen zu spielen. Nun war es an ihm, die Regeln aufzustellen und zu gewinnen. Und genau heute würde er damit anfangen.

»Das dachte ich mir. Solange Ihr schweigt, tue ich es auch. Also verscherzt es Euch nicht mit mir. Denn, wie Ihr es bereits sagtet, landet Ihr schneller bei den Verlorenen, als es Euch lieb ist.« Mit diesen Worten zog er die Tür hinter sich ins Schloss und stolperte mehr, als dass er lief, den Gang entlang und sah nicht mehr zurück.

Sophia

Unruhig zappelte ich auf dem Tresen hin und her, versuchte, die Beine zu überschlagen, nur reichten die Fesseln nicht so weit. Ich konnte nicht sagen, wie lange ich hier schon lag und die vier Vanatoren verschwunden waren, doch indessen sprach meine Blase Bände. Ich musste dringend auf Klo und würde es bald nicht mehr halten können.

In anderen Ländern ist das eine Foltermethode, schoss es mir durch den Kopf, schnell schüttelte ich den Gedanken ab. Wollte mir lieber nicht ausmalen, was die Jäger noch alles mit mir vorhatten.

Sicher zum hundertsten Mal an diesem Tag ließ ich meinen Blick schweifen und suchte nach etwas, mit dem ich mich befreien könnte. Leider war alles wie immer und außerhalb meiner Reichweite. Ich hob meine Arme, wurde aber schnell von den Fesseln zurückgehalten. Ein frustrierter Schrei entkam meiner Kehle und ich strampelte energisch mit den Beinen. Bis auf die Tatsache, dass ich mir die Fußgelenke an dem rauen Seil aufrieb, kam ich nicht weiter. Ganz im Gegenteil – es sorgte sogar noch dafür, dass der Druck auf meine Blase stieg und ich das Gefühl hatte, gleich zu platzen.

Ein Geräusch drang an meine Ohren und ich verstummte, hielt den Atem an. Da waren Stimmen! Sie kamen von unten, aus der Eingangshalle des Einkaufszentrums.

»Hiiilfeee!«, schrie ich aus Leibeskräften. Mir war es egal, ob da unten die Jäger auf mich warteten oder irgendwer anderes. Wichtig war nur, dass sie kommen und mich losbinden würden. Noch eine Minute länger in dieser liegenden Position ohne sanitäre Anlage würde ich nicht aushalten.

»So helft mir doch!«, schrie ich erneut und wiederholte immer und immer wieder dieselben Worte, bis meine Stimme versagte.

Endlich trat jemand durch den Eingang in das Geschäft. Da mich das Licht aus dem Dachfenster blendete, konnte ich nicht sofort erkennen, wer da zu mir kam, aber das war mir auch egal.

»Gott sei Dank, ich muss ganz drin…«

»Halt die Fresse! Und brüll hier nicht so rum!«, fauchte mich der Schatten an und ich erkannte die Stimme der Punkerin. »Wenn du so weitermachst, hören die dich noch im Central Park.«

»Ich für meinen Teil hätte nichts dagegen«, stichelte ich meinerseits. »Um ehrlich zu sein, wäre es mir gerade wichtiger, auf die Toilette zu können.«

Sie schnaubte, umrundete mich und verschwand im Schatten hinter mir. Ich musste den Kopf weit überstrecken, um sie auch nur halbwegs sehen zu können, auch wenn dann alles verkehrt herum war.

»Bitte! Ich muss ganz dringend und halte es nicht mehr lange aus«, jammerte ich und biss mir auf die

Unterlippe. Tränen brannten in meinen Augen und ich schluckte schwer.

»Ach, lass sie doch gehen«, sagte eine zweite Stimme und ich drehte meinen Kopf in die Richtung, aus der sie gekommen war. Der Lockenkopf eilte gerade an mir vorbei und ich musste feststellen, dass ich ihn nicht kommen gehört hatte. Genauso wenig wie die anderen Gestalten, bei denen es sich sicher um Sam und Kai handelte.

»Vergiss es! Soll sie sich ruhig in die Hosen machen«, knurrte die Punkerin und etwas klirrte. Ein Schrei drang aus ihrer Kehle und ein dumpfes Geräusch erklang. Sie schnaubte laut und erneut fiel etwas scheppernd zu Boden.

Angestrengt überstreckte ich meinen Hals, um sie besser sehen zu können. Jedoch war alles auf dem Kopf und mein Gehirn konnte die Informationen nicht richtig verarbeiten, daher entspannte ich mich wieder und sah nach oben zum Fenster.

»Bitte! Ich werde auch nichts versuchen, ich möchte nur auf die Toilette gehen.«

»Halt dein verdammtes Maul!«, schrie die Jägerin und plötzlich erschien ihr Gesicht in meinem Sichtfeld. Sie starrte mich hasserfüllt aus ihren haselnussbraunen Augen an, ihre feingliedrigen Finger schlossen sich um meinen Hals und sie drückte fest zu. »Wir sollten sie hier und jetzt erledigen. Der Wiedergeborene wird sie so oder so suchen und in unser Netz gehen.«

Panik erfasste mich und ich bekam kaum mehr Luft. Hilflos zappelte ich in meinen Fesseln, rang um

Atem und konnte doch nichts anderes tun, als sie mit weit aufgerissenen Augen anzustarren.

»Veronica, nicht!«, ertönte eine tiefe, männliche Stimme.

»Nenn mich nicht so«, zischte sie und drückte noch fester zu.

»Lebend bringt sie uns mehr.« Kai trat in mein Blickfeld und er starrte aus braunen, fast schwarzen Augen gleichgültig auf mich hinab. Wenn ich seine Worte nicht mit eigenen Ohren gehört hätte, hätte ich angenommen, dass er sich genauso sehnlich meinen Tod wünschte wie Veronica.

Mein Sichtfeld schrumpfte zusammen. Das Licht breitete sich weiter aus und ihr Gesicht verschwamm vor meinen Augen. Dumpf drang die Stimme von Kai an meine Ohren. »Ver, lass gut sein. Sie bringt uns nur ein paar Jahre, er Jahrzehnte.«

»Ich weiß«, zischte die Anführerin und knirschte mit den Zähnen.

Das Licht war nun überall und am Rand färbte es sich langsam schwarz. Als die Helligkeit immer weiter schrumpfte, lösten sich die Hände endlich von meinem Hals und ich schnappte hektisch nach Luft.

Meine Kehle fühlte sich trocken an und meine Lippen waren aufgerissen. Doch süße, köstliche Luft drang in meine Lunge und ich sog so viel davon ein, wie mir möglich war. Langsam kehrte auch mein Sehvermögen wieder zurück, das jedoch durch Tränen verschleiert wurde.

»Bitte«, krächzte ich mit rauer Stimme und wusste, dass ich es nicht länger aushalten konnte. Während ihrer Attacke hätte ich mir schon fast vor Angst in die Hose gemacht. Es hatte nicht viel gefehlt.

»Verdammt!«, brüllte Veronica und ich hörte Schritte, die sich entfernten. »Macht sie los«, befahl sie noch, bevor sie verschwand.

Endlich machte sich jemand an meinen Fesseln zu schaffen und nach wenigen Sekunden war ich frei. Einer der Jäger reichte mir die Hand und ich ergriff sie. Langsam richtete ich mich auf, kämpfte gegen den Schwindel an, der mich überfiel, und starrte am Ende in zwei strahlend blaue Augen.

»Hi, ich bin Malcom«, stellte dieser sich vor und ich rang mich zu einem Lächeln durch.

»Hi«, erwiderte ich schüchtern und ließ mich von ihm auf die Füße ziehen. Meine Zehen kribbelten, als das Blut gemächlich zurück in meine Glieder sackte. Ich rieb mir die aufgescheuerten Handgelenke und meine kalten Finger taten meiner geschundenen Haut gut.

»Ich bring dich zur Toilette, hältst du so lange noch aus?« Malcom runzelte die Stirn und sah mich ehrlich besorgt an.

Ich nickte vorsichtig und er grinste zufrieden.

»Klasse, dann wollen wir mal.« Er hakte sich bei mir unter und ich folgte ihm auf wackeligen Beinen.

Die Sanitäranlagen schienen schon länger nicht gereinigt worden zu sein. Es stank hier unangenehm nach

Urin und Erbrochenem. Der Boden war übersät mit benutztem Papier, Plastik und etwas, das wie eine tote Ratte aussah. Doch mir war es egal. Genauso wie es mir egal war, dass in der Toilettenschüssel bereits etwas schwamm, das den Eindruck erweckte, als würde es bald zum Leben erwachen. Ich zog mir einfach die Hose herunter – während ich meinen berühmten Pippitanz aufführte – und hockte mich über das Klo. Keine Sekunde zu früh, denn kaum war die Jeans unten, da ließ ich bereits los.

Ein langgezogenes Seufzen verließ meinen Mund und ich verdrehte leicht die Augen. Das Gefühl von Erleichterung durchströmte mich und für ein paar Sekunden vergaß ich meine verzwickte Situation. Kaum war ich fertig und die Hose wieder oben, prasselten die Erinnerungen der letzten paar Tage auf mich ein. Mit der Hand über der Spülung starrte ich ins Leere und hatte das Gefühl, erneut in kaltes Wasser geworfen zu werden.

Dort draußen stand einer meiner Entführer und wartete darauf, dass ich aus der Kabine trat. Er sah zwar am harmlosesten von allen vieren aus, aber mir waren seine Messer und das Schwert auf seinem Rücken nicht entgangen. Das waren zwar alles sehr altmodische Waffen, dennoch konnte ich mir vorstellen, dass er genau wusste, wie er damit umzugehen hatte.

»Bist du fertig, Rotkäppchen?«, rief er mir zu, als hätte er meine Gedanken gelesen.

Seit er mich im Wald aufgegriffen hatte, nannte er mich wie das Kind im Märchen. Eigentlich würde ich ihm gern sagen, dass ich so nicht genannt werden möchte, aber ich hatte mich bisher nicht getraut und jetzt war es dafür wohl zu spät.

Ich schüttelte den Kopf und senkte meine Hand. Die Spülung funktionierte sicher nicht mehr, also warum sollte ich sie drücken?

»Äh, gleich«, stammelte ich und horchte. Da keine Antwort folgte, atmete ich erleichtert aus und kam aus der Kabine. Eine Tür gab es nur noch bei einer, die anderen schienen abmontiert und für etwas anderes wiederverwendet worden zu sein. Doch auch diese hing eher halbherzig in den Angeln und hatte ihre besten Tage hinter sich.

Der Spiegel auf der gegenüberliegenden Wand war zum Teil mit Graffiti beschmiert worden, sodass ich mein verschrecktes Gesicht nur noch durch die Buchstaben *ACAB* erkennen konnte. Mein Haar hatte sich größtenteils aus dem Pferdeschwanz gelöst und hing mir nun wirr ins Gesicht. Zaghaft strich ich mir einzelne Strähnen hinters Ohr und schüttelte daraufhin den Kopf.

»Sei nicht so dumm und halte dich mit Äußerlichkeiten auf«, murmelte ich und starrte wütend auf meine Füße. Ich musste eine Lösung finden, wie ich ihnen entkommen konnte. Schnell sah ich mich um. Hier gab es nur ein Fenster und das war so weit oben angebracht, dass ich es nie im Leben erreichen würde. Und selbst wenn, es sah verdammt klein aus, keine Ahnung, ob ich da durchgepasst hätte. Und dann – in welchem Stockwerk waren wir überhaupt? Auf dem Weg hierher hatte ich nichts außer ehemaligen Geschäften sehen können. Wir schienen hier in einem abgelegeneren Teil des Einkaufszentrums zu sein. Die

Ecke war schlecht einzusehen und diente perfekt als Versteck.

»Kommst du, Rotkäppchen?« In Malcoms Stimme schwang Unsicherheit mit und bestimmt fragte er sich langsam, was ich hier trieb.

»Äh, kleinen Moment noch. Ich suche gerade Klopapier!«, rief ich und machte mich direkt auf die Suche – aber vielmehr nach möglichen Waffen oder scharfen Gegenständen, um mich zu verteidigen. Doch bis auf ein Paar alte Turnschuhe, die sich unter einem Stapel vollgesogener Papiertücher verbarg, fand ich nichts Brauchbares. Die Zeit drängte und ich verzweifelte langsam.

»Wenn du nicht sofort rauskommst, muss *ich* reinkommen!« Seine Stimme nahm einen bedrohlichen Unterton an und erinnerte mich daran, dass er am längeren Hebel saß.

Noch einmal ließ ich meinen Blick durch den kargen Raum gleiten. Kurz überlegte ich, den Spiegel zu zerbrechen und eine Scherbe als Waffe zu verwenden, verwarf den Gedanken aber schnell. Er würde es hören und bevor ich mich auch nur nach einer Scherbe gebückt hätte, läge seine Klinge sicher schon an meiner Kehle. Daher gab ich für den Moment auf und trat zur Tür.

Kaum öffnete ich sie, stand er schon direkt vor mir. Zuerst scannten seine stahlblauen Augen jeden Zentimeter meines Körpers und hinterließen bei mir ein unangenehmes Prickeln auf der Haut. Dann huschte sein Blick hinter mich und schien zu untersuchen, ob sich etwas verändert hatte. Als er offenbar nichts feststellen konnte, schenkte er mir ein schräges Lächeln und bot mir erneut seinen Arm an. Ich fühlte mich zwar schon sicherer auf den Beinen, auch wenn ich das Gefühl hatte, dass mein Blutzucker im Keller war, aber hakte mich dennoch bei ihm unter.

Wir liefen einige Schritte, da richtete er das Wort an mich: »Erzähl mir was Interessantes von dir.«

Im ersten Moment zuckte ich zurück. Ich hatte angenommen, dass sie alles über mich wussten. Schließlich hatten sie mich entführt, um mich als Druckmittel zu verwenden. Zumindest hatte ich das den Gesprächsbrocken entnommen, die ich bisher mitangehört hatte.

Irritiert sah ich ihm in die Augen und erkannte ein Glitzern in seinen blauen Meeren. Da verstand ich, er wollte nur höflich sein.

Ein seltsames Gefühl schlich sich bei mir ein, das mir einbläute, vorsichtig mit dem zu sein, was ich sagte. Meine Nackenhaare stellten sich auf und ich schüttelte mich kurz.

Um auf seine Frage einzugehen, erwiderte ich: »Über mich gibt es nichts Interessantes zu wissen.« Möglichst gelangweilt ließ ich meinen Blick über die Verkaufsfläche einzelner Läden schweifen, hoffte darauf, etwas Hilfreiches zu entdecken oder einen Hinweis darauf zu erspähen, wo ich mich eigentlich befand. Bisher kam mir nichts bekannt vor.

Ich erkannte ein altes Küchengeschäft, in dem immer noch Einbauküchen standen. Wir liefen auch an einem ehemaligen Waschsalon vorbei, in dem zwei Geräte vergessen worden waren.

»Das glaube ich dir nicht.« Er stupste mich mit seinem Ellbogen an. Ich wich der Berührung aus, jedoch zog er mich sogleich wieder an seine Seite. »Wer mit Vampiren und Wiedergeborenen abhängt, muss doch eine spannende Geschichte zu erzählen haben.«

Kurz sah ich ihn an. Dass er von Vampiren sprach, wunderte mich nicht, hatten sie mir schließlich davon erzählt, dass sie die Untoten jagten. Aber was meinte er mit *Wiedergeborenen*?

»Na, komm schon, du kannst mir nicht erzählen, dass du mit einem zusammengelebt und nichts gewusst hast.« Er zwinkerte mir zu und seine Wange verzog sich aufgrund der Narbe, die von seiner linken Schläfe hinab zum Kiefer reichte. Ich fragte mich, wo er sich die eingefangen hatte.

Ich machte den Mund auf, um etwas zu erwidern, wurde jedoch jäh unterbrochen.

»Hör auf zu flirten, Mal!« Die Punkerin lugte aus dem Geschäft heraus, das die Jäger als ihre Basis auserkoren hatten, und funkelte uns wütend an.

Er löste sich von mir und hob ergeben die Arme. »Ich wollte nur höflich sein«, tönte er und trat auf sie zu. Daraufhin verschwand er im Inneren des Ladens und ließ mich mit der Zicke zurück.

Kurz überlegte ich, ob ich einfach die Beine in die Hand nehmen und flüchten sollte. Sah mich einmal verstohlen um und entdeckte in kurzer Entfernung eine Treppe. Jedoch müsste ich dafür an der Punkerin vorbei und das würde ich nie im Leben schaffen. Mal abgesehen davon, dass meine Kondition mir einen solchen Sprint nicht erlauben würde.

»Beweg deinen Arsch hier rein«, befahl sie mir und ich ergab mich seufzend ihrem Befehl.

Mit hängenden Schultern trottete ich zu ihr und achtete darauf, dass sie mich nicht berührte. Als ich vor ihr den Laden betrat, konnte ich endlich erkennen, um was für einen es sich dabei handelte. Das Deckenfenster spendete ausreichend Licht, sodass ich die Schaufensterpuppen erkennen konnte. Manche besaßen nur noch einen Arm oder bestanden lediglich aus Rumpf und Beinen. Seltsamerweise hingen an ein paar Stangen noch Kleider, die sicher bereits aus der Mode waren.

Ich hörte Metall schaben und sah zur Seite. Da saß Sam mit einer Dose in den Händen und aß daraus. Mir kräuselten sich die Fußnägel, als ich sie dabei beobachtete, wie sie diesen Fraß in sich hineinstopfte.

Offenbar spürte sie meinen Blick auf sich ruhen, sah mich an und hielt im Kauen inne. »Was glotzt du so?«, fragte sie mich mit vollem Mund, was eher wie *Waff gopft du fo?* klang.

»Ich frage mich nur, wie man so ein Zeug aus der Dose essen kann«, erklärte ich ihr und reckte das Kinn. Ich war nicht nur eine ausgezeichnete Bäckerin, sondern beherrschte auch das Kochen perfekt. Zwar war ich manchmal zu faul oder mir fehlte die Zeit, eine ordentliche Mahlzeit zu kochen, dennoch war es mir wichtig, mir regelmäßig mit frischen Zutaten ein Essen zu zaubern.

Sie schluckte und erwiderte: »Das musst du gerade sagen«, und deutete mit ihrem Göffel – oder was auch immer das war – auf meinen Körper.

Hitze stieg mir in die Wangen und etwas stach in mein Herz. »Wenigstens sieht man mir an, dass mein Essen schmeckt.«

Sie hielt inne und kniff die Augen zusammen. Dann stellte sie die Dose neben sich ab und erhob sich. Hinter mir konnte ich es verhalten lachen hören, offenbar amüsierte es die Punkerin, wie ich mich mit Sam anlegte.

Die Jägerin kam bedrohlich auf mich zu und baute sich vor mir auf. Mit Erstaunen stellte ich fest, dass sie genauso klein war wie ich. Sie drückte die Brust durch und hob den Kopf, um ein paar Zentimeter zu gewinnen, doch das machte kaum einen Unterschied.

»Was willst du mir damit sagen?«, presste sie zwischen zusammengebissenen Zähnen hervor.

Ich straffte meine Schultern, sammelte etwas von dem Mut ein, den ich noch übrighatte, und warf die Vernunft über Bord. »Damit will ich sagen, dass es mich nicht wundert, dass du so dünn bist, wenn du dir nicht einmal vernünftig Essen kochen kannst.« Ich pokerte mit meiner Provokation hoch, hatte nicht vergessen, dass sie am längeren Hebel saß. Dennoch hatte ich das Gefühl, hier einen wunden Punkt getroffen zu haben. Ein Mädchen, das eine gefährliche Killerin sein wollte, aber nicht kochen konnte. Ein Mädchen, das sich womöglich eine andere Zukunft wünschte, als immer nur unterwegs zu sein.

Ihr Kiefer mahlte und sie schien nachzudenken. Ich glaubte fast, ihre Gedanken rattern zu hören. Als nach mehreren Sekunden immer noch nichts kam, trat ich auf sie zu und schob sie einfach zur Seite. Stille folgte, in der man eine Stecknadel hätte fallen hören können. Als ich am Tresen ankam, drehte ich mich zu ihr um und warf ihr einen gleichgültigen Blick zu.

Tränen glitzerten in ihren Augen und ihre Unterlippe bebte. Mitleid wallte in mir auf und Schuld stach mir ins Herz. Ich hatte das arme Dinge gerade verletzt, ohne es zu bemerken.

»Ich …«, stammelte ich, konnte die Entschuldigung aber nicht zu Ende sprechen.

Sie drehte sich ruckartig um und flüchtete aus dem Raum.

Hilflos blieb ich zurück und fragte mich, warum ich mich so schlecht fühlte. Auch wenn sie immer noch meine Entführerin war, tat sie mir leid. Wegen ihr saß ich in dieser Scheiße fest und wusste nicht, was mit mir passieren würde. Dennoch schämte ich mich dafür, das Mädchen, das so viel jünger war als ich, verletzt zu haben.

»Ich wollte das nicht«, sagte ich laut, nur viel zu spät. Eine warme Hand legte sich auf meine Schulter und ich sah auf. Der ältere männliche Jäger starrte mit warmen Augen und verständnisvollem Ausdruck auf dem Gesicht auf mich hinunter.

»Schon gut«, brummte er mit seiner beruhigenden Stimme, ließ von mir ab und folgte Sam in gemächlichem Gang. Ihn schien wahrlich nichts aus der Ruhe zu bringen, nicht einmal eine weinende Teenagerin.

Meine anderen beiden Entführer schienen das Gespräch bereits ausgeblendet zu haben und wuselten um mich herum. Ich bekam kaum mit, was sie taten oder sprachen. Meine Gedanken waren bei Sam und das schlechte Gewissen nagte an mir. Ich sollte mich bei ihr entschuldigen, schließlich war ich die Ältere von uns. Ich hatte mich zu diesem Streit nur hinleiten lassen, weil sie indirekt mein Gewicht angesprochen hatte. Das war mein Schwachpunkt, meine Achillesferse. Egal wie sehr ich auf mich einredete und egal wie oft mir Loan Komplimente zu meinem Äußeren machte, waren da dennoch Zweifel. Zweifel, die bereits seit meiner Jugend da waren und nicht zu verschwinden schienen.

»Mach dir nichts draus.« Malcoms Stimme holte mich aus meiner Starre und ich löste meinen Blick von der Tür.

Er drapierte gerade Messer und weitere Waffen auf dem Fußboden aus Linoleum, schien sie auf Schäden zu kontrollieren.

»Sam hat eine schwierige Vergangenheit, die hat hier jeder.«

Ich nickte und verstand doch nicht. Natürlich hatte jeder eine schwierige Vergangenheit, aber machte das die Leute direkt zu Vampirjägern und Mördern? Ich behielt meinen Gedanken für mich. Eine von mir verletzte Person am Tag reichte.

Stattdessen fragte ich: »Was meinte Kai vorhin mit: Sie wird uns nur ein paar Jahre bringen?«

Mal sah für einen Moment von seiner Arbeit auf, ein seltsamer Ausdruck huschte über sein Gesicht, den ich nicht zuordnen konnte. Dann löste er seinen Blick von mir und erklärte: »Ich glaube, da hast du dich verhört. Er sagte, ohne sie dauert es Jahre.«

Ich stutzte. War ich mir doch ziemlich sicher, dass er genau diese Worte verwendet hatte. »Aber ...«, setzte ich an, wurde aber von ihm unterbrochen:

»Ich weiß nicht, worauf du hinauswillst. Du musst dich verhört haben, lag sicher an dem Sauerstoffmangel. Ver hat dich ganz schön hart rangenommen.« Die letzten Worte sprach er mit Nachdruck, zeigten, dass er keine Widerworte duldete. Daher hielt ich vorerst den Mund und beobachtete ihn dabei, wie er jedes einzelne Messer prüfte, es dann Mithilfe eines kleinen Steins schleifte und in die jeweilige Scheide zurücksteckte.

Immer mehr Fragen drängten sich mir auf und wollten an die Oberfläche. Wer waren sie? Was wollten sie von mir? Warum jagten sie Menschen und keine Vampire? Und wieso hielten sie mich gefangen? Meine Gedanken wirbelten durcheinander, bis schließlich eine Frage aus mir herausbrach: »Warum tut ihr das?«

Malcom hielt in seiner Bewegung inne und sah zu mir auf. In seiner linken Hand befand sich ein Jagdmesser, in der anderen ein Schleifstein. Eine Gänsehaut bildete sich auf meinen Armen, als die Klinge auf den Stein traf und er sie gedankenverloren schleifte.

»Was genau meinst du?« Er kniff die Augen zusammen und sah mich skeptisch an. Der Ausdruck tat seinem jugendlichen Aussehen keinen Abbruch und fast hätte man meinen können, dass er einfach nur ein junger Mann war, der seinem Tagesgeschäft nachging. Wenn da nicht das Messer in seiner Hand wäre.

»Na, warum jagt ihr Vampire?«

»Oh, wir jagen sie nicht. Nicht mehr.«

»Aber, ihr habt doch am Anfang gesagt, dass ihr Tote jagt?« Ich verstand nicht, was er mir sagen wollte, und sah ihn fragend an.

Kurz lachte er auf, legte die Gegenstände auf den Boden und fuhr sich verlegen durch das Haar. »Das ist wohl eine lange und *langweilige* Geschichte.«

»Oh, ich habe Zeit«, witzelte ich.

Er hob einen Mundwinkel und schenkte mir ein schiefes Grinsen. Kurz huschte sein Blick zu der Punkerin. Ich folgte seinem Blick und sah mich zwei braunen Augen gegenüber. Sie starrte mich an, schien mich auf jedem Schritt und Tritt zu beobachten.

»Ist das dein Boss?«, flüsterte ich, sodass mich nur Malcom hören konnte.

»Jap«, erwiderte er wortkarg und widmete sich dann wieder seinen Waffen. »Obwohl wir uns eher als ein Team sehen. Dennoch ist sie die Älteste mit der meisten Erfahrung und wir anderen haben uns damit arrangiert, dass sie den Ton angibt.«

»Ihr seid schon ein merkwürdiger, zusammengewürfelter Haufen«, scherzte ich und hoffte so, sein Vertrauen zu gewinnen.

Er lachte kurz auf. »Ja, so kann man uns wohl bezeichnen.« Mit dem Jagdmesser war er nun auch fertig und griff nach der nächsten Klinge, die wie ein Küchenmesser aussah.

»Wie kommt es, dass so ein junger Mann wie du bei so einer Truppe landet? Hast du zu viele Egoshooter gespielt?« Ich hob fragend eine Augenbraue und lächelte ihn gespielt interessiert an. Er sollte mir sein Vertrauen schenken, sich wohl bei mir fühlen, so käme ich vielleicht an Informationen.

»Ego-was?« Verwirrt warf er mir einen Blick zu.

»Na, diese Ballerspiele, du weißt schon. Wo man Leute abknallt«, erklärte ich verunsichert. Warum wusste er nicht, was ein Egoshooter war? Selbst in meiner Jugend war das ein Begriff gewesen und ich war nur ein paar Jahre älter als er.

Ohne auf meine Erklärung einzugehen, machte er einfach weiter. Irgendetwas stimmte hier gehörig nicht und das lag nicht nur an den Jägern oder meiner Entführung. Sie verheimlichten mir etwas, das konnte ich spüren. Nur warum? Und vor allem was?

Ich trat einen Schritt auf ihn zu, schielte zu den Messern auf dem Boden und fragte mich, ob ich eins davon erreichen könnte. Bisher hatte ich nur altmodische Waffen bei den vieren entdecken können. Niemand trug eine Pistole oder gar ein Maschinengewehr. Das war auch eins dieser Dinge, die ich seltsam an ihnen fand. In Amerika war es ein Leichtes, an Schusswaffen zu kommen. Warum nutzten sie nur Messer und veraltete Waffen wie eine Armbrust?

Vielleicht, weil die nicht nachverfolgbar sind, flüsterte mir meine innere Stimme zu. Anhand einer Kugel konnte man Rückschlüsse auf die Waffe ziehen, mit der geschossen worden war. Da alle Waffen registriert werden müssen, kann man schnell und relativ einfach herausfinden, wer als potentieller Mörder infrage käme. Bei einem Messer oder einer Armbrust könnte niemand sagen, wer es getan hatte.

Womöglich könnte mir genau dieser Umstand zum Vorteil werden. Wenn sie keine Schusswaffen besaßen, wäre es mir sicher möglich, an eine Waffe zu kommen und zu fliehen. Ich müsste nur genug Abstand zwischen sie und mich bringen, dass mir ihre Schwerter oder Äxte nichts mehr anhaben konnten.

Was ist, wenn sie mit ihren Armbrüsten auf dich schießen?, flüsterte mir die zynische Stimme zu. Aber das würden sie sicher nicht tun. Ich schien wichtig für sie zu sein, daher war ich noch am Leben. *»Lasst es uns lieber jetzt tun, bevor sie uns zu nerven beginnt.«* Samanthas Stimme geisterte mir im Kopf herum. Zu der Zeit hatte ich nicht unter Sauerstoffmangel gelitten und abgesehen davon, dass ich völlig verängstigt war, war ich Herrin meiner Sinne gewesen. Das hatte ich mir also definitiv nicht eingebildet. Aber was könnten diese Worte bedeuten? Wollten sie mich wirklich tot sehen? Aber warum? Ich war doch nur ein Mensch!

Erneut trat ich einen Schritt vor. Wenn ich mich nur bückte, könnte ich eins der Messer erreichen.

Etwas Kaltes legte sich an meinen Hals und ich erstarrte. Der drahtige Körper von Veronica schmiegte sich an meine Seite und ihre Lippen ruhten an meinem Ohr. »Noch einen Schritt weiter und ich schneide dir deine Kehle durch«, flüsterte sie mir zu und ich schluckte.

»Ich wollte nicht …«, setzte ich an.

»Shh«, unterbrach sie mich und strich mit der Hand meine Haare aus dem Nacken.

Ein Schauer lief mir über den Rücken und ich schloss die Augen. Ich spürte mein Herz in der Brust heftig pochen und in meinen Ohren rauschte das Blut. Mit Veronica war nicht zu scherzen, sie war gerissen wie ein Fuchs.

»Tritt zurück, Prinzesschen«, flüsterte sie mir zu und ich tat wie geheißen. Die Klinge an meinem Hals verschwand und ich öffnete die Augen. Nun stand die Punkerin vor mir und blickte mir direkt in die Augen. Sie war genauso groß wie Sam, überragte mich vielleicht nur um etwa einen Zentimeter.

Mit Bewunderung musterte ich sie. So klein, dennoch die Anführerin eines vierköpfigen Killerkommandos.

»Du hast deine Deckung missachtet«, schalte sie Malcom und warf ihm einen abschätzigen Blick zu.

»Ich wollte sehen, wie viel Mumm in Rotkäppchens Knochen steckt.« Er grinste schief zu der Punkerin hinauf und ein Grübchen tauchte auf seiner unversehrten Wange auf. Mit einem Mal sah er noch jünger aus als sonst.

Mit einem Schnauben wandte sie sich von ihm ab und sah mir in die Augen. »Du kannst kochen.« Es klang eher wie eine Frage, obwohl es sicher als eine Aussage gemeint gewesen war.

Ich nickte daher, blieb jedoch stumm.

Zart hob sich einer ihrer Mundwinkel, indessen ihr Gesichtsausdruck mürrisch blieb. »Klasse! Ich habe schon länger nichts Vernünftiges mehr gegessen!« Mit diesen Worten stieß sie den Griff ihres Messers in meinen Bauch und trieb mich vorwärts.

Kapitel 13

Die alte Frau huschte wie ein junges Kaninchen von Ecke zu Ecke, führte mich immer tiefer in das versteckte Labyrinth zwischen den Häusern.

»Was ist das hier?«, rief ich ihr zu, bevor sie erneut hinter einer Häuserecke verschwand. Ich folgte ihr, meine Schritte wurden immer schneller und schneller und als ich in einen neuen Gang einbog, stieß ich beinahe mit ihr zusammen.

Sie starrte mich aus ihren grünen, fast grauen Augen heraus an und legte sich einen Finger auf den Mund. In diesem Moment wirkte sie verdammt wahnsinnig auf mich und ich fragte mich, ob es wirklich so eine gute Idee gewesen war, ihr einfach zu folgen. Schließlich wusste ich weder, was die Vampirjäger von mir wollten, noch, ob die alte Frau mir freundlich gesinnt war.

Wenigstens trägt sie keine Waffen bei sich, dachte ich zynisch und nickte ihr zu, dass ich verstanden hatte. Daraufhin drehte sie sich um und lief weiter.

Seufzend beugte ich mich meinem Schicksal und lief ihr nun stumm nach. Zumindest rechnete ich mir bei ihr höhere Chancen aus, dass ich unsere Begegnung überlebte.

Nach einem Dutzend weiterer schmaler Gänge und einer Treppe, die gerade mal vier Stufen umfasste, hielt sie endlich an. Kurz warf sie mir einen Blick über die Schulter zu, dann legte sie ihre Hände auf die sandfarbene Wand vor ihr, an der ich nichts Besonderes entdecken konnte, und drückte sanft zu. Ein leises Klicken ertönte und das Mauerwerk gab nach. Ich runzelte die Stirn und beobachtete sie dabei, wie sie die vermeintlich dicke Wand einfach zur Seite schob und dahinter ein dunkler Hohlraum auftauchte. Ohne ein Wort an mich zu richten, verschwand sie im Inneren und ich blieb wie paralysiert stehen.

Ich sah mich um. Viel war nicht zu entdecken, außer die teilweise gelben Wände, von denen die Farbe und der Putz abblätterten. Ich könnte einfach umkehren und nach Sophia suchen, aber vermutlich würde ich mich in diesen Gassen verlaufen und nie wieder nach draußen finden. Ich kaute auf meiner Unterlippe herum, bis ich entschied, der alten Frau blind zu vertrauen. Bisher hatte sie nicht versucht, mich zu töten oder zu fressen, und das war mehr, als ich von den Vampiren und den Jägern behaupten konnte. Außerdem hatte sie mir auch damals als Vampir nichts getan. Warum sollte sie also jetzt ihre Meinung geändert haben? Daher ließ ich meinen Nacken knacken, duckte mich, quetschte mich durch den engen Türspalt und betrat hinter ihr das feuchte Mauerwerk.

Es dauerte einige Augenblicke, bis sich meine Augen an die Dunkelheit gewöhnt hatten. Nach und nach zeichneten sich blanke Holzbalken vor mir ab, die anscheinend den niedrigen Fußboden des Hauses trugen.

Spinnenweben hingen tief hinab und trotz meiner gebückten Haltung war ich bereits in ein Netz hineingelaufen, das sich in meinen Haaren verfangen hatte. Angeekelt fuhr ich mir über den Kopf und schüttelte die Hände. Ich hasste Spinnenweben!

Holz knarrte und der Boden unter mir bog sich durch. Mein Herz machte einen Satz und plötzlich tauchten zwei glänzenden Augen direkt vor mir auf. Überrascht kreischte ich auf und Adrenalin schoss durch meine Adern. Heißer Atem traf meine Haut und ließ mich erstarren.

»Mach die Tür zu«, sagte eine raue, trockene Stimme und endlich erkannte ich die kantigen Gesichtszüge der Alten und die Narbe auf ihrer Oberlippe. Kaum hatte sie das gesagt, verschwand sie auch wieder in der Finsternis und ließ mich am Eingang zurück.

Ich atmete einmal tief durch und rügte mich nicht zum ersten Mal dafür, so ein Feigling zu sein. Auf den Hacken drehte ich mich um und umfasste die Kanten der Sperrholzplatte, die ich erst jetzt als solche erkannte, und schob sie langsam an Ort und Stelle zurück. Als ein kleines Zischen und ein Klacken ertönte, wusste ich, dass die Tür wieder eingerastet war. Nun lag meine Umgebung in völliger Schwärze und ich traute mich kaum, mich umzudrehen, aus Angst, die Orientierung zu verlieren.

Hinter mir knarzte etwas, kurz drang Licht in den Raum und ein Knall ertönte, der die Dunkelheit erneut über mich legte. War das eine Pistole? Shit! Ein mulmiges Gefühl zog in meinen Bauch ein und ich stellte nicht zum ersten Mal meine Entscheidung infrage, der alten Frau gefolgt zu sein. Schon damals in New York City hatte ich sie als verwirrt abgetan, mittlerweile drängt sich mir der Verdacht auf, dass sie verrückt war. Wer sonst verfolgte Vampire und kroch durch das Fundament eines verlassenen Hauses?

»Wo bist du?«, fragte ich und starrte blind in die Leere. Hätte ich doch bloß mein Handy mit oder eine Taschenlampe, dann könnte ich wenigstens etwas sehen. Mehrmals blinzelte ich und stellte verwundert fest, dass sich nach und nach Konturen abzeichneten. Ich erkannte die Balken, die ich bereits zuvor entdeckt hatte. Verwundert legte ich den Kopf in den Nacken und duckte mich leicht, um an die niedrige Decke zu starren. Sie bestand bloß aus einfachen Holzplatten, durch deren Ritzen Tageslicht drang. Erleichtert atmete ich auf, wenigstens würde ich nicht in diesem finsteren Grab sterben.

Die Platten über mir bewegten sich, bogen sich durch und Staub rieselte hinunter. Als mich die Schritte erreichten, musste ich husten und meine Augen tränten.

»Willst du da unten Wurzeln schlagen?«

Ich zuckte zusammen, als die Alte wieder sprach. »Lauf den Steg entlang und du kommst zu einer Treppe. Mach schon! Ich bin nicht mehr die Jüngste«, befahl sie mir mit rauem Unterton.

Noch einmal hustete ich, der Staub kitzelte mir im Hals und in der Nase, dann wischte ich mir die Tränen von den Wangen und kämpfte mich halb kriechend halb stehend vorwärts. Ich spürte die Treppe, bevor ich sie sah. Ein Keuchen entrang meiner Kehle, als mein kleiner Zeh gegen die unterste Stufe stieß.

»Shit!«, fluchte ich leise und biss mir danach auf die Unterlippe. Der Schmerz war für so ein kleines und irgendwie unnötiges Anhängsel verdammt stark. Als er sich so weit gelegt hatte, dass ich wieder auftreten konnte, erklomm ich die wenigen Stufen. Über mir wurde eine Luke geöffnet und das freundliche Gesicht meiner Retterin strahlte mir entgegen. So hatte sie es also aus dem Keller geschafft – oder was auch immer dieses Grab darstellen sollte.

»Da bist du ja endlich. Hast du im Dreck gespielt?«, fragte sie mich und sammelte direkt ein paar Spinnenweben aus meinem Haar und von meinen Schultern.

Als ich endlich wieder aufrecht stand und sie um einen Kopf überragte, klopfte ich mir selbst den Staub von den Klamotten und schüttelte mich. Zum Glück war mir da unten keine Spinne begegnet.

»Wo sind wir?«, fragte ich und schritt den kleinen Raum ab. Die Decke war sehr niedrig, was darauf schließen ließ, dass das Gebäude ziemlich alt war. Die Fenster waren mit einer dicken Staubschicht überzogen und auch hier tummelten sich die Spinnweben. Ich trat an eines heran, fuhr mit der Hand über das Glas und schaute hinaus. Doch da war nichts Spannendes zu entdecken, bloß die Wand des gegenüberliegenden Hauses.

»Wohnen Sie hier?«, hakte ich weiter nach, da sie bisher auf keine meiner Fragen geantwortet hatte. Ich lief einmal im Kreis, sah durch alle Fenster und blieb beim letzten hängen. Von hier aus hatte man einen perfekten Blick auf die Straße und das leerstehende Gebäude auf der anderen Seite. Ich erinnerte mich an dieses Haus. Früher war genau an dieser Stelle ein Barbier tätig gewesen. Auch ich hatte ihn oft besucht, aber viel mehr aus dem Grund, dass im Hinterzimmer mit Blut gehandelt worden war. Der Laden war nur Fassade gewesen, um das Geld zu waschen und nicht aufzufallen. Nun war alles still und wie leergefegt. Das Schild mit der Aufschrift *Barber Shop* war längst verblasst und die Fenster teilweise eingeschlagen. Das Viertel schien verlassen und wirkte wie eine Geisterstadt.

Ich löste mich von dem Anblick und von den Erinnerungen an vergangene Tage und drehte mich zu ihr um. Die Alte stand noch immer an Ort und Stelle und schien sich keinen Zentimeter bewegt zu haben. Aus ihren grau-grünen Augen heraus musterte sie mich mit einem warmen Lächeln auf den Lippen. Langsam wurde sie mir unheimlich und ich fragte mich, was sie von mir wollte. Warum sie mir geholfen hatte.

»Wer sind Sie eigentlich?« Eine weitere Frage konnte ja nicht schaden. Unruhig trat ich von einem Fuß auf den anderen.

Endlich senkte sie den Blick und starrte auf ihre Finger, die sie verschränkte.

»Du hättest nicht wiederkommen sollen.« Erneut ihre Stimme zu hören, verpasste mir eine Gänsehaut. Ich wusste nicht wieso, aber je länger ich mich in ihrer Gegenwart befand, desto gruseliger wirkte sie auf mich.

»Ich verstehe nicht«, erklärte ich und sah mich weiter um. Der Raum war leer, auf dem Fußboden zeichneten sich unsere Schuhabdrücke ab, aber sonst zeugte nichts davon, dass hier jemand lebte. Erst jetzt entdeckte ich eine Tür links neben ihr. Mein Blick huschte zwischen ihr und der Alten hin und her und ich rechnete mir meine Chancen aus, einfach zu gehen und nicht von ihr aufgehalten zu werden.

»Auf der Farm warst du sicher. Dort hätten sie dich nicht gefunden.«

»Was?«, platzte es aus mir heraus. »Woher wissen Sie …?« Ich stellte die Frage nicht zu Ende, schließlich hatte sie mir bisher keine beantwortet und nur weitere aufgeworfen. Also änderte ich meine Taktik: »Wer? Die Vampire?« Ich tat zwei Schritte in Richtung Tür und blieb dann stehen, um ihr Misstrauen nicht zu wecken. »Die wussten scheinbar die ganze Zeit, wo ich war.«

Sie schüttelte den Kopf und warf mir wieder ein liebevolles Lächeln zu, das etwas durch ihre Narbe abgeschwächt wurde. »Nicht die Vampire, die Jäger.«

Langsam glaubte ich, dass alle um mich herum verrückt geworden waren, einschließlich mir. »Aber das sind Vampirjäger, was sollten die von mir wollen? Warum sollten die mich suchen?« Meine Geduld kam an ihre Grenzen. Es juckte mir in den Fingern, einfach aus dem Raum zu stürmen und weiter nach Sophia zu suchen. Ihre Entführer hatte ich ja mittlerweile gefunden – oder besser gesagt, sie mich. Da konnte meine Geliebte nicht mehr weit sein. Vermutlich hielten sie sie wirklich im Einkaufszentrum fest, so wie ich es angenommen hatte. Außerdem glaubte ich nicht länger daran, dass mir die Alte helfen wollte. Sie schien verwirrt, als wäre sie aus einem Irrenhaus abgehauen.

Unauffällig schielte ich zu ihr und musterte sie. Ihr Haar war grau und zu einem ordentlichen Zopf gebunden. Sie trug eine blaue Strickjacke, auf die bunte Blumen gestickt waren, und eine graue Stoffhose. Kleidung, die ich an jeder x-beliebigen älteren Frau erwartet hätte. Zum Schluss fixierte ich ihre Handgelenke.

Nichts. Kein Patientenarmband. Aber das musste ja nichts heißen.

»Dein Herz. Du musst auf dein Herz aufpassen.« Sie kam auf mich zu und ich stolperte automatisch rückwärts, verlor so meinen Vorsprung, um zur Tür zu kommen.

Die Wand hinter mir stoppte meinen Rückzug und plötzlich stand die Alte ganz nah bei mir. Sie hob die Hand und ich hielt die Luft an. Würde daraus eine Kralle hervorschießen und mir offenbaren, dass es Werwölfe doch gab? Oder war diese Frau einfach nur etwas verwirrt und wusste nicht, was sie da sagte?

Sie tippte mit ihrem Zeigefinger auf meine Brust und ich zuckte unter der Berührung zusammen. »Sie wollen dein Herz. Du musst es beschützen.«

Ich verstand nicht, was sie mir sagen wollte, und starrte sie einfach nur stumm an. Als sie endlich von mir abließ und einen Schritt zurücktrat, stieß ich den angehaltenen Atem aus und rutschte an der Wand nach rechts, um etwas Abstand zwischen uns zu gewinnen.

»Warum?«, fragte ich und sah auf sie hinab. Noch immer trug sie das warme Lächeln, das sie langsam wie eine Psychopathin aussehen ließ.

»Sie zehren davon. Es ist ihr Leben, ihre Rückversicherung.«

Okay, nun war es eindeutig. Diese Frau hatte den Verstand verloren. Sie faselte etwas von meinem Herzen, Leben und Rückversicherung? Was sollte das alles bitte bedeuten? Ich sollte schleunigst zusehen, dass ich von hier verschwand.

»Es tut mir leid, aber ich weiß nicht, was Sie von mir wollen. Außerdem glaube ich, dass Sie den Falschen haben. Ich bin ein Mensch, ein ganz normaler Mensch mit einer Freundin und einem Job. Ich habe weder etwas mit Vampiren noch mit Jägern zu tun.« Mit jedem Wort machte ich einen Schritt nach vorn und kam schlussendlich bei der Tür an. Die Frau sah mir mit ihren großen Augen stumm hinterher und schien keine Anstalten zu machen, mich davon abzuhalten. »Daher werde ich jetzt einfach durch diese Tür gehen und Sie verlassen.« Ich hob meine Hand und legte sie auf die Klinke.

»Geh nicht zu ihr, das wird dein Verderben sein.« Ihre Worte ließen mich innehalten.

Ich wartete zwei Herzschläge ab, dann ließ ich den Arm sinken und drehte mich zu ihr um. Sie stand neben dem Fenster, hatte sich nicht gerührt und sah mich nun mit einer Mischung aus Trauer und Mitleid an. Einmal atmete ich tief durch, ballte meine Hände zu Fäusten und sagte dann mit gepresster Stimme: »Ich habe keine Lust mehr auf Ihre kryptischen Aussagen. Ich will eine Antwort! Wer sind Sie und was wollen Sie von mir?« Zum Schluss nahm meine Stimme einen bedrohlichen und wütenden Unterton an, doch ich konnte es nicht verhindern. Diese Frau trieb mich zur Weißglut und ich wurde mit jeder Sekunde, die ich bei ihr verschwendete, wütender. Vielleicht lag es an ihrem Alter, dass sie ein so seltsames Verhalten an den Tag legte. Aber darauf konnte ich keine Rücksicht nehmen, schließlich stand hier das Leben meiner Sophia auf dem Spiel.

Sie trat einen Schritt auf mich zu, straffte die Schultern und sagte: »Mein Name ist Hilde. Es freut mich, dich endlich richtig kennenzulernen, Loan Ryder.«

Kapitel 14

»Woher kennen Sie meinen vollen Namen?« Verunsichert trat ich von der Tür zurück und starrte sie an. Sie hatte bisher nur Andeutungen gemacht, dass sie mehr wusste, als gut für sie war. Es nun aus ihrem Mund zu hören, stellte mir die Nackenhaare auf. Was steckte wohl hinter ihrer lächelnden Fassade?

Ich kramte in meinem Gedächtnis herum und suchte nach ihr, nach ihrem Namen. Vielleicht waren wir uns schon einmal begegnet, vielleicht, als sie jünger gewesen war. Ich musterte ihr Gesicht, versuchte, mir eine jüngere Version vorzustellen, eine ohne Narbe, mit wachen grünen Augen und mit braunem Haar. Oder blondem? Rot? Nichts passte zu ihr.

Dann fiel mir ein Ring an ihrer linken Hand auf, sie schien verheiratet zu sein. Er war einfach gearbeitet und passte nicht mehr zu der heutigen Mode. Das Gold war matt und ein kleiner Stein verzierte das Schmuckstück. Er schien sehr alt zu sein, fast könnte man meinen, älter als sie. Vielleicht ein Erbstück?

»Ich kenne alle Namen meiner Kinder.«

Hörte sie sich eigentlich selbst sprechen, den Irrsinn, der aus ihrem Mund drang? Ich schnaubte.

»Meine Mutter ist tot, vermutlich schon seit Jahrhunderten. Hören Sie auf, meine Zeit zu verschwenden. Es gibt da jemanden, der meine Hilfe braucht. Also, wenn Sie nichts Vernünftiges zu der Unterhaltung beizutragen haben, werde ich einfach gehen.« Meine Worte klangen härter als beabsichtigt, aber mein Geduldsfaden war kurz davor, zu reißen. Ich drehte mich bereits um, da erhob sie erneut die Stimme: »*Wenn die Flamme der Nacht erwacht, durch Kuss aus Leidenschaft entfacht, wird dem Ewigkeit vergolten sein, der das Herz des Todes nennt sein.*« Ihre Worte hallten in meinen Ohren nach, klangen rauer und tiefer als bisher und eine Gänsehaut bildete sich auf meinen Armen.

»Na klasse, jetzt fängt sie auch noch zu reimen an«, murmelte ich leise vor mich hin und fuhr mir durch das Haar. Die Strähnen rutschten mir durch die Finger und rahmten einen Moment später wieder mein Gesicht ein.

»Äh, ja«, stammelte ich und fühlte mich unter ihrem stechenden Blick immer unwohler. Sie kam mir nicht mehr nur wie eine verrückte alte Schreckschraube vor, sie sah nun auch so aus. »Ich glaube, es ist besser, wenn ich jetzt gehe.« Ich riss mich zusammen, nicht sofort die Flucht zu ergreifen, bewegte mich langsam, aber entschieden, und drückte die Klinke der Tür hinunter.

»Verdammt, Loan!« Ihre Stimme ließ mich zusammenfahren. Sie klang nicht nur aufgebracht, sie klang zornig. »Ich dachte, du wärst ein kluger Junge. Bisher hast du meine Hinweise doch auch verstanden!«

Mit der Hand an der Klinke sah ich zu ihr zurück. In ihre grau-grünen Augen hat sich ein wütender Ausdruck eingeschlichen und sie presste die Lippen zu einer Linie zusammen.

»Ich habe echt keine Ahnung, was Sie von mir wollen, und verstehe nur die Hälfte von dem, was Sie sagen. Vielleicht sprechen Sie einfach etwas deutlicher?« Ich hob fragend die Schultern und legte den Kopf schief. Möglicherweise war diese Frage respektlos, aber mir lief die Zeit davon.

»Es ist eine Prophezeiung, verstehst du denn den Inhalt nicht?« Sie zog die Augenbrauen zusammen und rang die Hände.

Den Inhalt? Ich dachte nach. Was hatte sie noch einmal gesagt? Eine Flamme? Irgendwas mit Herz und Ewigkeit. Doch ich bekam die Sätze nicht mehr richtig zusammen und schüttelte den Kopf.

»Okay, keine Ahnung, was Sie mir damit sagen wollen, aber ich habe es eilig. Wenn Sie mir nicht helfen wollen, Sophia zu retten, werde ich jetzt gehen und wir können uns später gern über das Gedicht beugen und es analysieren. Ja?«

»Verstehst du denn nicht, mein Kind?«, fragte sie und ich musste ein Augenrollen unterdrücken.

Die einzige Frau in meinem Leben, die mich *mein Kind* genannt hatte, war Mutter Oberin gewesen und sie kam einer Mutter so gar nicht nahe. Ich meine, wer zwang denn seine Kinder dazu, schon von klein auf zu arbeiten, und warf sie dann, kaum dass sie die Volljährigkeit erreicht hatten, auf die Straße?

Ich schüttelte den Gedanken an meine Kindheit ab, rang mich zu einem Lächeln durch und erklärte der alten und verwirrten Frau: »Ich bin Ihnen sehr dankbar, dass Sie mich heute vor diesen Typen gerettet haben. Aber ich bin weder Ihr Sohn noch anderweitig mit Ihnen verwandt. Sie sollten lieber nach Hause gehen, Sie scheinen verwirrt zu sein.« Ich ließ sie gar nicht erst zu Wort kommen, machte auf dem Absatz kehrt und schloss die Tür hinter mir.

Eine ungewöhnliche Kälte umhüllte mich. Sie bestand aus Verwirrung, Angst und Sorge. Den Vampiren war ich vorerst entkommen, aber Eugenia würde sicher nicht lockerlassen, um mich zu finden. Ich war ihr einziger Anhaltspunkt für eine Heilung, die sie sich anscheinend so sehr wünschte. Dann waren da noch die Vampirjäger und Sophia, die sich schrecklich fürchten musste. An einem Tag hatte sie erfahren müssen, dass es Vampire gab, ihr Freund einer davon gewesen war und dann war sie auch noch von Vampirjägern entführt worden, die hinter mir her waren. Nun lag es in meiner Verantwortung, sie da wieder rauszuholen.

Ich drückte meine Schultern durch, ließ den Nacken knacken und trat dann die drei Stufen zur Straße hinunter. Dort sah ich mich um, versuchte, Anhaltspunkte zu erkennen, an denen ich mich orientieren konnte. Es war schon sehr lange her, dass ich in diesem Viertel gewesen war. Seitdem hatte sich vieles verändert. Die Menschen waren zwar nur vereinzelt zurückgekehrt, dennoch standen die meisten Geschäfte immer noch leer. Das Viertel war tot, galt nicht umsonst als Geisterstadt. Ein Schandfleck von New York City, über das kaum jemand sprach.

Nachdem ich mich umgesehen und das Dach des Einkaufszentrums in östlicher Richtung erspäht hatte, machte ich mich auf den Weg. Ich hatte zwar keine Ahnung, wie ich Sophia da rausbekommen sollte, aber ich würde mir schon etwas einfallen lassen. Schließlich hatte ich auch die letzten dreihundert Jahre als Vampir überlebt, obwohl ich diesen Weg freiwillig nie gewählt hätte. Diese Entscheidung hatte man mir abgenommen, als man mir meine Menschlichkeit raubte.

Die rote Frau geisterte gegen meinen Willen in meinen Gedanken herum. Erinnerte mich daran, dass ich auch nach dem Tod zu den niederen Geschöpfen auf Erden zählte. Sie hatte mich ihre schmutzige Arbeit verrichten, die unzähligen leblosen Körper verschwinden und den ein oder anderen Menschen in ihrem Namen töten lassen. Ich hatte es damals nicht besser gewusst. Sie hatte mich erschaffen, ich fühlte mich ihr verpflichtet. Nach ihrem Tod hatte ich lange Zeit nichts mit mir anfangen können, fiel in ein Loch und kam da nicht mehr raus. Der Hunger von damals brannte mir noch immer in der Kehle. Schreie hallten in meinem Kopf wider, Schreie der sterbenden Dorfbewohner, die ich auf dem Gewissen hatte. Das Blutbad, das vorherrschende Chaos und die verzerrten Gesichter, all das hatte sich in mein Gedächtnis gebrannt. Erneut schüttelte ich den Kopf und musste schlucken.

Genau in diesem Moment knurrte mein Magen und erinnerte mich daran, dass ich nun wieder ein Mensch war. Dass ich mich nie wieder von menschlichem Blut ernähren müsste, nie wieder zu einem solch wütenden Monster werden würde und irgendwann, nach einem langen und hoffentlich ereignislosen Leben, einfach einschlafen würde. Nach dreihundert Jahren Kälte und Einsamkeit konnte ich mir nichts Schöneres vorstellen.

Es dauerte nicht lange, da erreichte ich das Einkaufszentrum. Die Sonne färbte den Himmel mittlerweile orange und ich fragte mich, wie spät es war. Ohne Handy und Armbanduhr konnte ich nur raten, dass später Nachmittag sein musste. Kein Wunder, dass mein Magen sich meldete, seit heute Morgen hatte ich nichts mehr gegessen. Aber ich schob mein belangloses Verlangen nach Nahrung zur Seite und konzentrierte mich auf das Wesentliche – Sophias Rettung.

Sicher wäre es dumm von mir, einfach durch die Vordertür hineinzuspazieren und die Jäger aufzuschrecken. Schlauer wäre es, einen Nebeneingang oder noch besser einen Lieferanteneingang zu nehmen und zuerst einen Bauplan zu suchen. Die Vampirjäger waren gerissen, nutzten noch immer altmodische Waffen anstelle von Pistolen und Handfeuerwaffen. Sie waren zwar weniger präzise, dennoch genauso tödlich. Außerdem hatten sie Damian in eine Falle gelockt und es offensichtlich auf mich abgesehen, auch wenn ich keine Ahnung hatte, warum.

»*Dein Herz. Du musst es beschützen.*« Die Stimme der alten Frau drängte sich mir auf. Was könnte sie damit gemeint haben? Wollten sie mir einen Pflock in die Brust rammen? Aber wozu? Ich war kein Untoter. Ich schob den Gedanken beiseite, er half mir sowieso nicht. Später wäre auch noch Zeit, sich darüber den Kopf zu zerbrechen. Sophia war wichtiger!

Die Schatten wurden länger und würden mir helfen. Mit meinem dunklen Mantel und den schwarzen, kinnlangen Haaren würde ich einfach mit der Dunkelheit verschmelzen und sie würden gar nicht mitbekommen, wie ihnen geschah. Mein Plan war es, Sophia da rauszubekommen, ohne dass jemand verletzt wurde oder gar starb. Ich war schon immer Pazifist gewesen, als Vampir jedoch zu den schlimmsten Taten gezwungen gewesen.

Vorsichtig schlich ich die Gasse entlang, in der ich Damian zurückgelassen hatte. Ich drängte mich dicht an die Hauswände. Fast erwartete ich, dass sein lebloser Körper hier irgendwo herumlag, mit einem Bolzen im Herzen. Ich verstand nicht, wieso sich das Gerücht immer noch hielt, Vampire würden *nur* durch einen Pflock durchs Herz sterben. Aber die Menschen hielten gern an ihren Märchen und Mythen fest.

Als ich die Stelle erreichte, an der ich vermutete, ihn zurückgelassen zu haben, sah ich mich kurz um. Das Licht des Tages schwand immer mehr und ich konnte nur noch wenige Farben erkennen, der Rest war ein Grau in Grau. Neben mir blitze etwas auf und ich senkte den Kopf. Knapp neben meinem rechten Schuh glänzte mir ein kleiner Gegenstand entgegen, vom letzten Licht der Sonne angestrahlt. Ich bückte mich und hob ihn auf. Es handelte sich dabei um einen Wurfstern. Behutsam drehte ich die Waffe hin und her und erkannte etwas Dunkles an zwei der Spitzen. Ich musste es nicht genau sehen, um zu wissen, worum es sich dabei handelte.

Da ich keine anderen Waffen besaß und bestimmt auf die Schnelle auch nichts Besseres finden würde, wischte ich das Blut – das sicher von Damian stammte – an meinem Mantel ab und steckte ihn dann in die Tasche. Mit Sicherheit konnte ich den noch gebrauchen.

Einen weiteren kleinen Moment sah ich mich um und erkannte einen dunklen Fleck auf der Erde, bei dem ich mir sicher war, dass er vorher noch nicht dagewesen war. Ich kniete mich hin und musterte ihn.

Hier musste Damian gelegen haben, verwundet oder tot wusste ich nicht. Da sein kalter Kadaver jedoch nirgends zu sehen war, hatten entweder die Jäger ihn oder die Vampire. Im Grunde war es auch nicht wichtig. So viel Blut, wie er in den letzten zwei Tagen verloren hatte – mal von seiner Vergiftung abgesehen –, würde er Monate, wenn nicht gar Jahrhunderte brauchen, um zu alter Stärke zurückzukehren. Er würde mir sicher nicht mehr in die Quere kommen.

Ein Lächeln stahl sich auf meine Lippen. Manche würden es Karma nennen, was mit ihm passiert war. Jahrelang hatte er mich und andere Vampire gequält, sich an unserem Elend ergötzt, und nun – endlich – war er es, dem es dreckig ging. Es geschah ihm nur recht, dass er seine gesamte Kraft verloren hatte. Ich

konnte nur hoffen, dass es ihm ein halbes Leben kostete, sie zurückzugewinnen – ein Vampirleben.

Langsam erhob ich mich und meine Knie knack-
ten dabei. Einmal drehte ich mich im Kreis und
scannte die Umgebung. Hinter mir entdeckte ich ein
eingeschlagenes Fenster, das vorher noch intakt gewesen war. Es musste beim Kampf zu Bruch gegangen sein. Glück für mich. So musste ich nicht mehr
nach einem Eingang suchen.

Scharfe Splitter ragten aus dem Rahmen, doch vor
mir bot sich eine Öffnung, die gerade groß genug für
mich sein würde. Kurz überlegte ich, wenigstens die
unteren Splitter zu entfernen, damit ich mich nicht
verletzen konnte. Aber ich befürchtete, dass ich damit
nur unnötig auf mich aufmerksam machen würde,
und das würde mir meinen Vorteil rauben – das
Überraschungsmoment. Daher stieg ich mit einem
Bein über die kleinsten der unteren Splitter, hielt mich
an der oberen Kante fest, schwang das zweite Bein
hinterher und schon befand ich mich im Inneren des
Einkaufsladens. Glas knirschte unter meinen Schuhen
und ich eilte gehetzt in den Gang.

Die Dunkelheit war hier fast allumfassend und
schnell fand ich mich erneut an einer Wand wieder,
an der ich mich weiter vorwärts schob. Es dauerte
nicht lange, dann hatten sich meine Augen an die
schlechten Lichtverhältnisse gewöhnt. Ich erkannte
Schaufenster, Plastiktüten raschelten unter meinen
Tritten und ich zuckte vor jedem Geräusch zurück.
Als eine viel zu große Ratte aus einem Loch hervor-
kroch und quietschend an mir vorbeilief, wäre mir
beinahe das Herz aus der Brust gehüpft.

Es pochte und schlug heftig gegen meine Rippen. Adrenalin schoss durch meine Adern und ich hatte das Gefühl, das Gehör einer Fledermaus zu besitzen. Plötzlich waren alle Geräusche lauter als sonst, selbst mein Atem klang in meinen Ohren wie das Schnaufen einer Dampflok. Ich musste mich dazu zwingen, ruhig zu atmen, sonst würde ich zu schnell in Panik geraten.

Als ich endlich die Mitte des Einkaufszentrums erreichte, fand ich mich am Fuße zweier Rolltreppen wieder. Licht drang von oben auf den Boden und ich legte den Kopf in den Nacken. Über die ganze Länge des Daches zogen sich Fenster und offenbarten einen sternenklaren Himmel. Der Mond stand direkt über mir und schickte seine kalten Strahlen zur Erde. Ich war ihm dankbar, sonst könnte ich sicher nichts sehen.

Einmal lief ich im Kreis, duckte mich dabei an die Wände und sah die zwei Stockwerke weiter nach oben. Ich lauschte auf ein Geräusch, eine Stimme, irgendetwas, das mir verriet, dass sie hier waren.

Doch nichts geschah. Als ich bereits die zweite Runde drehte und die Hoffnung fast aufgab, sie hier zu finden, vernahm ich ein Lachen. Augenblicklich blieb ich stehen und horchte erneut. Mein Kopf ruckte dabei hin und her und ich suchte die Quelle. Erneut erklang das Lachen und endlich entdeckte ich ein kleines Flackern im obersten Stockwerk. Dort mussten sie sein.

Ich konnte die Rolltreppe nicht nehmen, da sie mich so sicher sofort entdecken würden. Also lief ich noch einmal im Kreis und entdecke eine Tür zwischen zwei

Läden, die zum Treppenhaus führte. Als ich die Klinke hinunterdrückte, passierte zuerst nichts. Vielleicht brauchte man einen Schlüssel dafür?

»Mist«, flüsterte ich, gab aber noch nicht auf. Ich drückte mich gegen die Tür, versuchte so, sie zum Nachgeben zu bringen. Noch immer passierte nichts. Ich trat einen Schritt zurück und raufte mir die Haare. Da fiel mein Blick auf einen Sticker, der direkt oberhalb der Klinke angebracht war. Erneut trat ich näher und kniff die Augen zusammen, um die Schrift im schlechten Licht entziffern zu können.

»Ziehen«, flüsterte ich und hätte mir am liebsten mit der flachen Hand auf die Stirn geschlagen. Ein weiteres Mal drückte ich die Klinke runter und zog nun daran. Die Tür gab nach und die Scharniere quietschten leise. Als ich sie ganz geöffnet hatte, lauschte ich. Noch immer drangen sanfte Stimmen und Lachen an mein Ohr.

Sie vergnügten sich, während meine Phi sicher Todesqualen litt. Ich wollte mir gar nicht ausmalen, was sie mit ihr anstellten.

Leise betrat ich das finstere Treppenhaus und achtete darauf, dass die Tür beim Schließen keine lauten Geräusche machte. Als sie ins Schloss fiel, fand ich mich in tiefster Schwärze wieder. Ich konnte nichts erkennen, nicht einmal die Hand vor Augen. Erneut fluchte ich leise und lief mit ausgestreckten Armen vorwärts. Dabei riss ich meine nutzlosen Augen so weit auf, dass sie mir wehtaten, dennoch brachte es nichts.

Mein Zeh stieß mit der ersten Stufe zusammen und mir entkam ein spitzer Schrei, der mir sofort in der Kehle erstickte. Schon das zweite Mal an diesem verfluchten Tag! Ich biss die Zähne zusammen und ballte die Hände. Nachdem der Schmerz etwas nachgelassen hatte, tastete ich rechts neben mir nach dem Geländer. Als ich es fand, machte ich den ersten Schritt und tastete dann links nach der Mauer. Zum Glück war der Aufgang recht schmal, daher konnte ich mich an Wand und Geländer gut orientieren und fand ohne weitere Zwischenfälle in den zweiten Stock. Dort dauerte es etwas, bis ich endlich die Tür ertastete und drückte auch hier die Klinke hinunter. Da ich aus meinen Fehlern gelernt hatte, drückte ich vorsichtig dagegen und das schwere Metall gab augenblicklich nach. Dieses Mal beschwerten sich die Scharniere nicht und ich atmete die angehaltene Luft aus.

Zu meinem Glück tat sich der rechte Gang vor mir auf und ich hatte einen guten Blick auf das flackernde Licht. Aber leider auch auf nicht mehr. Denn sie schienen in einem der alten Geschäfte zu sein und sich prächtig zu amüsieren. Ich hörte noch immer das fröhliche Gemurmel, das durch gelegentliches Lachen unterbrochen wurde.

Ob sie wohl gerade Damians Ableben feierten? Oder Sophia vielleicht irgendeinem kranken Gott opferten, an den sie glaubten? Ein Blick auf die vier Jäger hatte mir gereicht, um mir ein Bild von ihnen zu machen. Alle schwarz gekleidet, grimmig und bis an die Zähne bewaffnet. Mit solchen Leuten sollte man sich lieber nicht anlegen und ich war so dumm und brach in ihr Versteck ein.

Bevor mich meine aufkeimende Panik lähmen konnte, trat ich aus dem Treppenhaus, schloss leise die Tür hinter mir und schlich geduckt vorwärts zu dem Geländer. Es bestand aus Glas und gab den Blick auf die anderen beiden Geschosse frei. Ich konnte von hier gut die beiden Rolltreppen in den ersten Stock und den Laden überblicken, in dem rötliches Licht wie von Kerzen flackerte. Schatten tanzten an den Wänden und ich erkannte auch einige Silhouetten. Ich sah mich zur anderen Seite um und überlegte, ob es schlau wäre, dort hinzukriechen, um einen Blick in den Laden zu werfen. Jedoch würden sie mich von dort entdecken, wenn ich nicht aufpasste. Kurz überlegte ich hin und her, entschied mich dann aber dafür, dass es das Risiko wert war. Ich musste wissen, ob Sophia noch lebte.

Immer noch in der Hocke und in geduckter Haltung kroch ich vorwärts. Fast wäre ich dazu geneigt gewesen, auf allen vieren zu kriechen, empfand das jedoch als zu erniedrigend. An der Ecke des Geländers hielt ich kurz inne und sah zurück. Ich konnte bereits eine Person erkennen, ein Mann, der sich offenbar entspannt gegen das Glas des Schaufensters lehnte. Mit dem Rücken zu mir und einem Fuß gegen das Fenster gedrückt, würde er mir nicht in die Quere kommen. Ich glaubte, dass es sich dabei um den griesgrämig aussehenden Typen handeln musste, der mich verfolgt hatte.

Ich sah wieder nach vorn und schob mich weiter vorwärts. Als sich etwas in meinem Sichtfeld bewegte, fiel ich doch auf die Hände und starrte mit bebenden Herzen zur Seite. Anscheinend hatte sich der

Jäger nur bewegt, deutete auf jemanden, den ich nicht erkennen konnte, und dann schüttelte er sich vor Lachen, das bis zu mir vordrang – dunkel, rauchig und eine Spur sexy. Warum das ausgerechnet mir auffiel, wusste ich nicht.

Da ich immer noch nicht die gesamte Ladenfläche überblicken konnte, kroch ich einfach auf allen vieren weiter, das Gesicht zur anderen Seite gerichtet und hielt an, als ich den Punkt direkt gegenüber des Eingangs erreichte.

Ich ließ mich auf meine Hacken sinken, legte die Hände auf das kühle Glas, um das Gleichgewicht nicht zu verlieren, und scannte die Umgebung.

Neben dem Ureinwohner entdeckte ich die kleine Brünette, die einen Meter neben ihm auf dem Boden saß. Sie warf ihm verliebte Blicke zu und nippte dabei an einem Becher.

Mein Blick wanderte weiter und ich entdeckte die Punkerin mit ihrer furchtbaren Frisur. Sie lachte gerade und präsentierte dabei ihre schneeweißen und geraden Zähne. Hätte nicht gedacht, dass sie so attraktiv aussehen konnte. Das Lachen zauberte ihr Fältchen ins Gesicht, die sie kurioserweise jünger erscheinen ließen.

Ich sah mich weiter um und entdeckte endlich meine Phi auf einem Tresen, der sicher früher mal die Kasse gewesen war. Sie saß da, mit leicht gebeugten Schultern und ebenfalls einem Lächeln im Gesicht. In ihrer Hand hielt sie eine Dose, aus der sie sich mit einer Gabel bediente. Sie starrte auf einen Punkt in der Mitte des Quartetts und ich folgte ihrem Blick.

Hinter dem Körper des Jägers verborgen saß ein Mann auf dem Boden, gestikulierte wild in der Luft herum und schien eine Geschichte zu erzählen. Alle hörten ihm gebannt zu und ab und an brandete Gelächter aus dem Laden. Selbst Phi lachte.

»Was zur Hölle …?«, flüsterte ich und konnte es nicht fassen. Wieso war sie nicht gefesselt? Warum lief sie nicht weg oder flüchtete? Ich hatte mir alles Mögliche ausgemalt, was mit ihr passiert war und sie amüsierte sich? Machte sie sich keine Sorgen? War das alles nur ein Spaß für sie?

Ein fieser, kleiner Gedanke machte sich in mir breit. Was war, wenn Damian recht hatte? Wenn das wirklich alles geplant gewesen war. Was war, wenn …

Ich konnte den Gedanken nicht zu Ende denken. Das war einfach unmöglich. Wieso sollte sich Sophia mit irgendwelchen Vampirjägern zusammentun, um mich zu jagen? Das war doch verrückt. Oder?

Dies galt es nun, herauszufinden. Ich kroch langsam zurück und so nah an das Geschäft heran, wie ich mich traute. Ich wollte sie belauschen, hören, über was sie so redeten und lachten. Vielleicht sogar über mich? Weil ich auf sie hereingefallen war?

Schwachsinn, zwang ich die inneren Zweifel zur Ruhe. Ich hatte Phi belogen, ich hatte sie dazu gebracht, New York City zu verlassen, sie konnte niemals etwas damit zu tun haben.

Was ist, wenn sie nicht zufällig im Drunken Devil *gewesen ist? Vielleicht hat sie alles bis zu diesem Moment geplant, um dich zu bekommen?*

Angst kroch mir den Rücken hinunter. Ich wollte der Stimme nicht glauben. Aber ich musste ihr auch recht geben. Ich hatte Sophia kaum gekannt, bevor ich mit ihr zusammen abgehauen war. Genau wie ich Geheimnisse vor ihr hatte, könnte sie auch welche vor mir haben.

Kopfschmerzen bahnten sich an und ich rieb mir über die Stirn. Dabei stieß ich auf meine alte Verletzung, die ich mir beim Sturz vom Pferd zugezogen hatte. Schorf bedeckte die Stelle und darunter juckte es leicht.

Sanft massierte ich mir die Schläfen. Nichts ergab wirklich Sinn und ich traute mir selbst nicht mehr über den Weg. Sophia hatte mich nicht verraten, niemals!

Und wenn doch?

Warum?

Sophia

»Er stand so vor mir und hat mich angefaucht.« Mal hob die Arme wie eine Figur aus einem alten Horrorstreifen und bleckte die Zähne. »Dann hat er mir gesagt, dass ihn ein Schwert nicht töten würde und ich lieber verschwinden sollte. Ach ja, und er hat mich Kind genannt.« Daraufhin musste Veronica herzlich lachen und ich stimmte verhalten mit ein. »Dabei war ich sicher älter als er.« Mal schüttelte sich vor Lachen und präsentierte dabei seine weißen Zähne.

Dieser Satz löste auch bei dem sonst so unterkühlten Kai ein Grinsen aus. Es schien ein Art Insider zu sein, denn egal wie lange ich meinen Gefängniswärtern auch zuhörte, die Worte ergaben einfach keinen Sinn für mich. Mal war doch höchstens volljährig, wie konnte er da älter als ein Vampir sein?

»Daraufhin habe ich zu ihm gesagt: Ich sehe vielleicht jung aus, aber ein abergläubisches Kind bin ich schon lange nicht mehr und habe ihm einfach mit meinem Schwert den Kopf abgeschlagen. Den Gesichtsausdruck werde ich nie vergessen. Eine Mischung aus Entsetzen und Überraschung.«

Erneut erfüllte ein Lachen den Raum und ich zwang meine Mundwinkel dazu, sich zu heben.

Noch wusste ich nicht, wo mein Platz in der Gruppe war, ob ich überhaupt einen hatte oder sie mich einfach nur erduldeten, weil ich ihnen etwas halbwegs Vernünftiges zu essen gekocht hatte. Das war mir zwar nicht sonderlich leichtgefallen, besaßen sie doch hauptsächlich Dosenravioli und Trockenfleisch. Dennoch war es mir geglückt und die Mischung aus angeschwitztem Fleisch und Nudelgericht schmeckte besser als erwartet.

»Ach, das waren schöne Zeiten, als Vampir und Mensch noch unwissend waren. Manchmal vermisse ich diese Zeiten.« Etwas melancholisch starrte er in sein Ravioli-Fleisch-Gemisch und rührte darin herum.

»Das klingt so, als wärst du tausend Jahre alt«, scherzte ich und erntete dafür giftige Blicke. Mein Herz stolperte, um sich daraufhin aufzurappeln und doppelt so schnell weiterzuschlagen. »Habe ich etwas Falsches gesagt?« Ich sah jedem von ihnen in die Augen und entdeckte bei jedem etwas anderes. Bei Veronica Argwohn, bei Kai Gleichgültigkeit, bei Samantha Hass und bei Mal … Mitleid?

»Was willst du damit sagen?« Veronicas Stimme durchschnitt die Stille und verpasste mir eine Gänsehaut.

»Das war nur ein Scherz«, stammelte ich und umklammerte meine Dose fester. Mir wurde heiß und kalt zugleich und Schweiß rann mir den Nacken hinunter.

Veronica kniff die Augen zusammen, schien mich durchleuchten zu wollen.

»Lass sie doch, Ver. Sie versucht nur, sich anzupassen.« Mal rettete mich, sah mich dabei jedoch nicht an.

»Ich glaube, sie weiß mehr, als sie zugeben will.« Nun schaltete sich auch Samantha ein und ich konnte ihre Abneigung gegen mich förmlich in der Luft greifen.

»Ich … habe keine Ahnung, wovon du sprichst.« Ich hasste mich dafür, dass meine Stimme zitterte. Am liebsten hätte ich mich selbst geohrfeigt. Warum hatte ich etwas sagen müssen? Hätte ich nicht einfach schweigen können? Vor einem Moment war noch alles gut gewesen und sie hatten mich in ihrer Mitte toleriert – jede freie Minute ohne die Fesseln an meinen Gelenken war eine gewonnene – und nun verdächtigten sie mich, sonst was zu sein.

»Wer bist du wirklich, Sophia Miller?« Veronicas Stimme war voller Argwohn.

Die Worte ließen mich zusammenzucken. »Woher kennt ihr meinen vollen Namen?«, japste ich atemlos und starrte sie mit großen Augen an. Eine Gänsehaut bildete sich auf meinen Armen. Zeitweise hatte ich gedacht, dass ich ein x-beliebiges Opfer war, dass sie nur die Verbindung zwischen Loan und mir sahen. Aber nun war ich mir nicht mehr so sicher.

Stille breitete sich in dem ehemaligen Geschäft aus und alle Augen ruhten auf mir. Ich hatte das Gefühl, als würden sie jeden Zentimeter meines Körpers scannen, und instinktiv legte ich mir einen Arm vor den Bauch.

Mit einem Mal löste sich Kai von der Glasfront, kam auf mich zu, bog dann zu Veronica ab und klopfte ihr auf den Rücken. »Sie ist nur eine Erlöserin, das hat er uns doch gesagt«, redete er mit ruhiger und fester Stimme auf sie ein. Er besaß eine solch einnehmende Ausstrahlung, dass selbst ein Kolibri für eine Sekunde stillhalten und ihm zuhören würde.

»Wahrscheinlich hast du recht.« Veronica knirschte mit den Zähnen und Samantha schnaubte.

Dann wandte er sich Mal zu: »Wir alle vermissen die früheren Zeiten. Nur denk daran, wir tun immer noch etwas Gutes, nur eben … anders.«

Mal nickte ihm zustimmend zu und Kai verzog kurz seinen Mund zu etwas, das wie ein Lächeln aussah. Aber da war ich mir nicht so sicher.

»Nur dass uns dieses Leben alles kostet«, murmelte Sam. Sie starrte mich nicht länger hasserfüllt an, sondern stocherte verdrießlich in ihrer Dose herum. Ihr schien etwas auf der Seele zu brennen, sie zu belasten.

»Lass das«, fuhr Veronica sie an. »Du hast dich für dieses Leben entschieden. Wann hörst du endlich auf, Trübsal zu blasen?«

Samantha warf wütend ihre Dose von sich, mit einem lauten Knall landete die auf der Erde und Tomatensoße bespritzte den Boden. Dann sprang sie auf die Füße und stapfte auf Veronica zu. Mit einem erhobenen Finger knurrte sie: »Da wusste ich noch nicht, was es mich kosten würde!«

Sie ließ Veronica links liegen und eilte auf den Ausgang zu. Dabei lief sie an mir vorbei und hielt kurz inne, wandte sich mir zu. »Lass dir von mir einen Rat geben. Genieß dein Leben, solange du es noch hast. Ich würde alles dafür geben, so zu sein wie du. Doch das wurde mir ja leider verwehrt.« Bei dem letzten Wort funkelte sie kurz zu ihrer Anführerin hinüber und wandte sich dann von mir ab. Als sie das Geschäft verließ, drang ein Schrei an meine Ohren und ich zuckte erneut zurück. Samantha schien sich Luft zu machen.

»Ich sehe mal nach ihr«, brummte Kai und verließ ebenfalls den Raum. Damit blieb ich mit Veronica und Mal zurück.

Um nicht weiter aufzufallen, senkte ich den Kopf und stocherte nun meinerseits in der Dose herum. Ich hatte nicht viel essen können, da mein Magen vor Nervosität flau war. Doch der Hunger trieb es dann doch irgendwie rein, schließlich hatte ich seit drei Tagen nur spärlich etwas zu essen bekommen.

»Denk dir nichts dabei.«

»Mmh?« Fragend sah ich auf und fand mich Mals Blick gegenüber.

»Samantha ist unser jüngstes Mitglied und sie leidet immer noch darunter, dass sie kein … normales Leben mehr führen kann.« Er zuckte mit den Schultern und grinste mich schief an.

»Oh«, krächzte ich und räusperte mich daraufhin. »Wie alt ist sie denn?«

»Mmh, gute Frage. Das kann ich dir gar nicht so genau sagen. Wir haben irgendwann aufgehört, die Jahre zu zählen.« In seinen blauen Augen blitzte der Schalk auf und ich fragte mich, was er mir damit sagen wollte.

»Vielleicht beantwortest du uns erst mal ein paar Fragen, bevor wir dir deine beantworten.« Veronica sah mich abschätzig an, schien mir nicht zu trauen.

Dabei war sie doch meine Entführerin und ich das Opfer hier.

»Okay, was wollt ihr denn wissen?«

Mal und Veronica wechselten einen vielsagenden Blick und am Ende senkte Mal den Kopf, so als wolle er kapitulieren.

»Fangen wir doch am besten damit an, dass du uns erzählst, wie es dazu gekommen ist, dass du mit einem Wiedergeborenen zusammen bist und der gesamte New Yorker Zirkel hinter dem Kerl her ist.«

»Ich weiß nicht mal, was ein Wiedergeborener sein soll!«, tönte ich eine Spur zu frech und biss mir im nächsten Moment auf die Zunge.

»Du musst dich nicht länger dummstellen. Hier ist niemand, den du beeindrucken musst.« Veronica stellte ihre Dose neben sich auf den Boden und musterte mich herausfordernd.

»Ich habe echt keine Ahnung, was hier abgeht. Bis vor einem halben Jahr war bei mir noch alles in Ordnung. Und plötzlich stehe ich knietief in der Scheiße.« Hilflosigkeit machte sich in mir breit, mischte sich mit der allgegenwärtigen Machtlosigkeit und legte sich kalt um mein Herz. Vor Loan war mein Leben zwar hart gewesen, aber wenigstens war es in geregelten Bahnen abgelaufen. Ich hatte einen Job, Freundinnen, eine Wohnung und einen Traum. Nur wegen Loan hatte ich all dem den Rücken gekehrt und musste es nun selbst ausbaden. Aber vermutlich war das meine eigene Schuld. Wer ließ sich schon blind auf so ein Abenteuer ein, da war es doch nur klar, dass irgendwann die Retourkutsche kommen musste.

»Aber wie kannst du es nicht bemerkt haben? Ich meine, Vampire sind so blass und … kalt.« Mal zog die Augenbrauen zusammen und Falten bildeten sich auf seiner Stirn.

»Also, na ja … Als ich Loan kennengelernt habe, sah er schon irgendwie kränklich aus. Aber das hat sich Schlag auf Schlag geändert, bis ich ihn fast nicht mehr wiedererkannt habe. Und wenn man ihn heute so sieht, ist das schon ein ziemlicher Unterschied.« Als ich es aussprach, wusste ich, dass es die Wahrheit war. Gerade auf der Farm hatte er begonnen, sich zu verändern. Zuerst hatte ich es nur auf die Arbeit dort geschoben. Denn ab dem ersten Tag packte er mit an, versuchte sich an den schwersten Heuballen und hackte ganz selbstbewusst das Holz.

»Das liegt an der Heilung.«

»Wie?«, fragte ich nach, meinte, mich verhört zu haben.

Veronica seufzte und fuhr sich über die Haarstoppel an den Seiten. »Du hast ja wirklich keine Ahnung. Hat er es dir nicht erzählt?«

»Leider nein, habe erst vor ein paar Tagen davon erfahren, dass es Vampire gibt und er … einer davon war.« Es auszusprechen war seltsam. Es machte mir klar, dass das hier die Wirklichkeit war und kein Traum, dabei wünschte ich mir, es wäre einer.

»Sobald sich ein Vampir verliebt, fängt es an. Die Haut erhält ihre natürliche Farbe zurück, der Geschmack kommt nach und nach zurück …«

»Sein Herz fängt an zu schlagen«, ergänzte Mal und erhaschte so meine Aufmerksamkeit. Neugierig sah ich ihn an und hoffte darauf, dass er mehr sagte.

»Es ist ein bisschen wie in einem Märchen. Am Ende heilt der erste Kuss der wahren Liebe den Vampir und macht ihn wieder zu einem Menschen.« Mal grinste mich breit an und kniff dabei die Augen zusammen. »Romantisch, oder?«

»Aber eine Sache verstehe ich nicht. Wenn sie wieder zu Menschen werden, warum jagt ihr sie dann?«

Mal und Veronica tauschten erneut einen Blick aus. Nach ein paar Sekunden des Schweigens richtete dann die Punkerin wieder das Wort an mich: »Die Liebe heilt den Vampir, aber genauso gut kann sie ihn vergiften.«

»Wie kann sie denn einen Vampir heilen und gleichzeitig vergiften?« Ich war heillos überfordert mit der Situation und verstand die Welt nicht mehr. In der einen Sekunde erzählte mir Mal etwas von einem Märchen, in der nächsten Veronica von einem Horrorfilm.

»Wenn das Herz eines Wiedergeborenen gebrochen wird, verwandelt er sich in ein blutdurstiges und mordendes Monster. Wie der Wolf in diesem Märchen.« Mal zwinkerte mir zu. »Dies gilt es zu verhindern. Bisher haben wir es einmal miterleben müssen und seitdem kämpfen wir gegen diese Wesen.«

»Das heißt ...«

»Dein Wiedergeborener könnte eines Tages so ein Monster werden«, ergänzte Malcom und sah mich dabei gequält an.

Ich musste schlucken. Das waren viele Infos für einen Tag und ich hatte das Gefühl, dass sie mir immer noch nicht alles gesagt hatten. Mir brummte der Schädel und hinter meinen Augen pochte es unangenehm.

»Aus diesem Grund jagen wir keine Vampire mehr, weil die Wiedergeborenen eine größere Gefahr für die Menschheit darstellen.«

»Das ergibt Sinn«, murmelte ich und rieb mir die Stirn. Der Kopfschmerz wurde immer schlimmer, dennoch wollte ich noch eine Frage stellen. »Und was macht ihr mit ihnen, wenn ihr sie gefunden habt? Tötet ihr sie einfach?«

»Du bist neugieriger, als dir gut tut.« Erneut trat ein harter Ausdruck auf Veronicas Gesicht. Ich schluckte und senkte schnell den Blick. »Das ist genug Frage-Antwort für heute.« Mit diesen Worten erhob sie sich vom Fußboden und verließ ebenfalls den Raum.

Erneut legte sich Stille über mich, aber ich hieß sie freudig willkommen. Angestrengt kniff ich die Augen zusammen und sperrte das Licht der Fackeln hinter meinen Lidern aus. Die Dunkelheit hieß mich willkommen und linderte etwas von meinem Schmerz.

»Hier.« Mals Stimme klang auf einmal so nah, dass mein Herz einen Satz machte.

Ruckartig riss ich die Augen auf und starrte in sein jugendliches Gesicht. Meinen Blick fiel auf seine Hand, in der er eine kleine Pille hielt.

»Das ist Aspirin, sollte gegen deine Kopfschmerzen helfen«, erklärte er mir und streckte mir auch seine andere Hand hin, in der er eine Flasche mit Wasser hielt.

»Danke«, murmelte ich und nahm beides entgegen. Im ersten Moment zögerte ich, ob ich die Pille wirklich nehmen sollte. Dann lachte Mal kurz und meinte: »Keine Sorge, Rotkäppchen, ich will dich nicht vergiften.«

Ich schielte zu ihm hinauf und fühlte mich im ersten Moment etwas dumm, der verflog aber schnell. Ich legte mir die Pille auf die Zunge und spülte sie mit Wasser hinunter.

»Meine Freunde sind normalerweise nicht so, aber die aktuelle Situation ist für uns alle sehr anstrengend und die Stimmung ist angespannt. Wir suchen schon seit Monaten nach einem weiteren Wiedergeborenen und gerade für Veronica kann es nicht schnell genug gehen.« Er grinste mich breit an, doch in seinen Augen flackerte etwas Gefährliches auf. Ich wandte schnell den Blick ab und richtete ihn lieber auf meine Finger, mit denen ich an dem Plastik der Wasserflasche herumfummelte.

»Ich verstehe nur immer noch nicht, was ihr von Loan und mir wollt. Er ist zwar ein Wiedergeborener – so wie du ihn nennst –, aber er würde nicht einmal einer Fliege etwas zu leide tun.«

»Das nicht, aber wir …« Er stockte, sein Blick huschte zum Ausgang und es schien, als würde er mit sich ringen. Vielleicht war es ihm unangenehm, ohne Veronicas Zustimmung etwas auszuplaudern. Daher nahm ich meinen Mut zusammen, rutschte von dem Tresen hinunter und trat auf ihn zu. Sanft berührte ich ihn am Unterarm und augenblicklich galt mir wieder seine gesamte Aufmerksamkeit.

»Findest du nicht, dass ich es verdient habe, zu wissen, mit wem ich seit Monaten zusammenlebe? Wenn ich in Gefahr bin, dann sag es mir bitte.« Ich legte einen flehenden Unterton an den Tag, denn nur so glaubte ich, an ihn heranzukommen. Er schien ein fürsorglicher, junger Mann zu sein. Ganz anders als seine Kollegen. Vermutlich war er ihre Schwachstelle, das schwächste Glied, das es zu knacken galt.

Verunsicherung huschte über seine Züge. Dann rieb er sich mit der Hand über das Gesicht, entzog sich so meiner Berührung. Laut atmete er aus, sah mich dann wieder an.

»Wahrscheinlich hast du recht.« Erneut blickte er sich um, schien zu lauschen. »Aber lass uns das nicht hier besprechen.« Nun packte er mich am Handgelenk und zog mich hinter sich her. Stolpernd folgte ich ihm, überfordert durch seinen plötzlichen Stimmungswechsel.

Er schleifte mich den Flur entlang Richtung Toilette und betrat vor mir das Badezimmer – wenn man es denn als solches bezeichnen wollte. Es sah immer noch genauso dreckig und verlottert aus wie beim ersten Mal. Endlich ließ Mal mich los, trat an ein Waschbecken und lehnte sich mit der Hüfte dagegen. Seine Arme verschränkte er vor der Brust und musterte mich abschätzig.

Ich legte einen neutralen Gesichtsausdruck an den Tag, wollte nicht, dass er erkannte, welch große Angst sich in meinem Inneren zusammenballte. Auch wenn er nur ein Junge von vielleicht achtzehn Jahren war, gehörte er dennoch zu meinen Entführern und war daher nur mit größter Vorsicht zu genießen.

»Wie viel weißt du wirklich?«, überfiel er mich direkt.

Er schien mir nicht zu glauben, aber in seiner Position würde ich das vielleicht auch nicht tun.

»Ich weiß gar nichts.« Ich hob die Arme und schob die Unterlippe vor. »Erst vor ein paar Tagen habe ich von der Existenz der Vampire erfahren. Das war genau der Tag, an dem ihr mich … geschnappt habt.« Ich ließ das Wort *entführt* lieber weg, um ihn nicht als potenziellen Verbündeten zu verlieren.

Noch immer ging mir das Bild der gebleckten, spitzen Zähne nicht aus dem Kopf. Wie oft hatte ich davon geträumt, meine Vampirromane wären Wirklichkeit und irgendwann würde ein gutaussehender und verschlossener Vampir sich in mich verlieben und verbeißen? Doch ich hatte niemals damit gerechnet, dass meine Fantasien sich irgendwann bewahrheiten würden. Und nun wollte ich das nicht mehr. Diese drei Fremden hatten mich zu Tode erschreckt und ich wünschte mir, ich würde noch immer in Unwissenheit leben. Dann wäre ich sicher nicht in dieses Schlamassel geraten.

»Weißt du noch, wie sie hießen oder aussahen?«, hakte Mal nach und ich musste überlegen.

»Die Frau hatte rote Augen, daran kann ich mich erinnern. Sie war sehr klein und trug dunkle, rote Kleidung.« Ich rieb mir über die Stirn und rief mir das Bild der drei Vampire ins Gedächtnis. Doch irgendwie war da nur Rot, Schwärze und Zähne. »Ich glaube, sie hieß irgendetwas mit E. Eva, Evelin …« Meine Kopfschmerzen flammten erneut auf und ich massierte mir die Schläfen. »Der eine Mann hat einen Hut getragen, aber an seinen Namen erinnere ich mich nicht mehr.« Bevor der Schmerz in meinem Schädel explodierte, schüttelte ich den Kopf und schob das Bild der hungrigen Vampire beiseite.

Hoffentlich wirkt das Aspirin bald.

Mal nickte mehrmals, sah dabei auf seine Schuhspitzen.

»Kennst du sie?«

Seine blauen Augen richteten sich auf mich und ein Schauer lief mir über den Rücken. Das Blau in seinen Iriden glitzerte wie das Meer und etwas kribbelte in meinem Bauch, das ich achtlos zur Seite schob.

Mal löste seine angespannte Haltung auf, wechselte das Standbein und legte seine Hände auf den Rand des Waschbeckens. Kurz darauf hob er sie wieder an, verzog das Gesicht und rieb sich schnell die Handflächen an der Hose ab. »Jap, den Typen mit dem Hut kenne ich. Wir sind ihm bereits zweimal begegnet und hätten ihn beinahe ausgeschaltet.«

»Beinahe? Wie meinst du das?« Ein Knoten bildete sich in meinem Magen.

»Na ja, wir mussten ihn am Leben lassen. Das gehörte zum Plan.«

»Und der wäre?«

»Kann ich dir nicht sagen.« Er grinste mich verschmitzt an, als würde er ein ganz tolles Geheimnis für sich behalten.

Ich seufzte laut auf und fuhr mir durch die Haare. Aus meinem Zopf hatten sich viele Strähnen gelöst und ich fasste den Entschluss, sie schnell neu zu fassen. Also zog ich das Band aus meinem Haar, kämmte es mit den Fingern und versuchte, es einigermaßen zu bändigen.

»Was kannst du mir denn verraten?«, hakte ich weiter nach. Ich wollte die Hoffnung nicht aufgeben, dass ich wenigstens etwas Brauchbares aus ihm herausbekommen würde.

Erneut sah er mich kritisch an und warf dann einen Blick zur Tür. »Wir sind schon zu lange hier, wir sollten zurück zu den anderen«, sagte er plötzlich wie aus dem Nichts und eilte bereits auf den Ausgang zu.

»Halt!«, rief ich und trat ihm in den Weg. Verblüfft sah er auf mich hinunter und seine Augenbrauen berührten beinahe seinen Haaransatz.

Ich atmete einmal tief durch und senkte meine Stimme. Dann legte ich ihm vorsichtig meine Hände auf die Brust, was seine Augen nur noch größer werden ließ, und lächelte ihn kokett an.

»Komm schon, du kannst mir vertrauen. Sei nicht wie mein Vampir-Freund …«

»Wiedergeborener«, korrigierte er mich.

»Von mir aus. Wiedergeborener-Freund, der mich unsere ganze Beziehung über im Dunkeln gelassen hat. Du weißt gar nicht, wie sauer ich auf ihn bin. Am liebsten würde ich den Albtraum vergessen und von vorn anfangen. Aber das kann ich nicht mehr. Nun weiß ich, dass diese Welt gefährlicher ist, als es mir bewusst war. Es gibt Vampire, Monster, Wiedergeborene und … Vanatoren«, beendete ich meine Aufzählung und sah ihm tief in die Augen. »Bitte, sag mir einfach nur, wer die Guten in diesem Spiel sind. Ich will wissen, worauf ich mich mit Loan eingelassen habe.«

Einen Moment musterte er mich, schien in meinem Gesicht nach etwas zu suchen. Es bedurfte meiner gesamten Kontrolle, meine Gefühle für mich zu behalten, daher lächelte ich nur zaghaft. Er sollte nicht sehen, wie verängstigt ich wirklich war.

Ein Seufzen, dann trat er zurück und Kälte umfing mich. Mir war gar nicht aufgefallen, wie nahe wir uns gestanden hatten, und plötzlich flammte mein Gesicht heiß auf.

»Das ist schwer zu sagen, Sophia. Es ist nicht alles schwarz und weiß.«

»Mal! Bitte!«, flehte ich ihn an und überbrückte erneut die Entfernung zwischen uns, während er zurückwich. Hilflos ließ ich die Arme sinken und Tränen brannten in meinen Augen. Ich versuchte es gar nicht erst, sie zu unterdrücken, sondern ließ ihnen freien Lauf. Seine kantigen Gesichtszüge verschwammen zu einem Grau in Grau. »Ich will doch nur wissen, ob ich bei euch sicher bin. Werdet ihr mir etwas antun? Bin ich in Gefahr?« Meine Stimme brach und ich musste schlucken. Schnell wischte ich mir die Tränen aus den Augen, wollte seine Reaktion sehen.

Gequält sah er mich an, rieb sich über den Hinterkopf, sodass seine Locken fröhlich auf und ab wippten. »Ach, Scheiße«, ließ er verlauten und schob ein Stöhnen hinterher. Dann schloss er zu mir auf und beugte sich zu mir hinunter, bis seine Lippen neben meinem Ohr zum Stillstand kamen. Sein heißer Atem kitzelte mich und es lief mir kalt den Rücken hinunter. Alles in mir schrie danach, ihn von mir zu stoßen und einfach wegzurennen. Nur wo sollte ich hin? Wie weit würde ich kommen, bevor mich einer von ihnen niederstreckte? Also drückte ich meinen Fluchtinstinkt nieder und erstarrte.

»Wir sind die Bösen. Wir töten Menschen, aber für das Gute. Daher kann ich dir nicht sagen, ob du bei uns sicher bist. Solange du deinen Zweck erfüllst, Rotkäppchen, kann ich sie vielleicht davon überzeugen, dich gehen zu lassen.«

»Und welcher wäre das?«

»Die Untoten anzulocken.« Damit schob er sich an mir vorbei und verließ das Badezimmer.

Für einen Moment erlaubte ich mir zu atmen und schnappte panisch nach Luft. Auf meinem ganzen Körper breitete sich eine Gänsehaut aus und die Panik schnürte mir die Kehle zu. Torkelnd lief ich zu einem Waschbecken, stützte mich am Rand ab und starrte in das schmutzige Becken. Es roch unangenehm aus dem Abfluss, dennoch sog ich gierig meine Lunge voll.

Als ich den Blick hob, starrte ich in mein verängstigtes Gesicht. Meine Haare lagen so gut es eben ging, wenn man sich mehrere Tage lang nicht ordentlich kämmen konnte. Das fahle Licht machte mich blass, Schatten zeichneten sich unter meinen Augen ab und mein Mund stand offen. Ich machte einen erbärmlichen Eindruck, meine gespielte Sicherheit war gefallen wie ein Vorhang. Ich war allein und musste mit vier Mördern klarkommen, die auch mich jederzeit töten könnten und vielleicht auch würden. Was passierte, wenn ich meinen Zweck erfüllte? Was war, wenn ich für sie nutzlos wurde?

Würden sie mich dann wirklich einfach gehen lassen, so wie es Malcom mir gesagt hatte?

»Reiß dich zusammen«, flüsterte ich meinem Spiegelbild zu. Erneut fingerte ich an meinem Pferdeschwanz herum, zog ihn richtig straff, sodass meine Kopfhaut spannte. Der Schmerz erdete mich und ließ mich klarer denken. Meine Kopfschmerzen waren dank des Aspirins zum Glück wirklich verschwunden.

»Sophia, komm!«, bellte Mal von draußen. Er klang auf einmal älter, verärgert über etwas.

»Ja«, krächzte ich.

Etwas raschelte hinter mir und ich wirbelte herum. Mein Herz pochte mir bis zum Hals, doch nichts rührte sich. War es nur wieder eine Ratte gewesen?

»Na, mach schon, oder muss ich dich holen kommen?«, rief mir Mal durch die Tür zu und Ungeduld schwang in seiner Stimme mit.

»Ich bin gleich fertig, muss nur noch … nur noch die Hose hochziehen«, log ich ihn an. Aber das würde ihn wenigstens davon abhalten, wieder reinzukommen. In seiner Nähe fühlte ich mich verwirrt. In der einen Sekunde war er der verletzliche junge Erwachsene, der womöglich Interesse an mir hatte — wenn ich seine Signale richtig deutete. In der anderen war er ein berechnender und kalter Killer, der nicht nur sprichwörtlich über Leichen gehen würde.

Da ich mich nicht vor einer Ratte davonjagen lassen würde, schritt ich ärgerlich auf die einzige Kabine mit Tür zu und schlug sie auf. Der Knall hallte mir in den Ohren nach und meine Augen weiteten sich vor Schreck.

Mal platzte in das Badezimmer und mein Blick ruckte zu ihm. »Was tust du da?«, blaffte er mich an und hatte mit einem Mal ein langes Messer in der Hand.

»Das könnte ich dich auch fragen«, erwiderte ich und deutete auf die Waffe.

Als sein Blick darauf fiel, grinste er schief und steckte sie schnell weg. »Sorry, schlechte Angewohnheit.« Er kniff die Augen zusammen. »Und jetzt du.«

Ich sah von dem Inneren der Kabine zu Mal. Meine Knie zitterten und ich konnte keinen klaren Gedanken fassen. »Ich dachte, ich hätte hier etwas gehört«, stammelte ich und wandte mich schnell von der Kabine ab. Die Tür schwang zu und hätte mich beinahe getroffen, wenn ich nicht im letzten Moment einen Schritt zur Seite getan hätte.

»Na, dann komm. Veronica vermisst dich sicher schon«, erklärte er und steckte lässig seine Hände in die Hosentaschen.

Schnell löste ich meinen Blick von der immer noch schwingenden Tür und eilte auf ihn zu. Als wäre der Teufel hinter mir her, schob ich mich an ihm vorbei und betrat den Flur. Als Mal hinter mir zurückblieb, fragte ich: »Kommst du?«

Einmal sah er sich noch im Raum um, zuckte dann mit den Schultern und folgte mir mit einem jugendlichen Grinsen auf den Lippen. Er trat neben mich und legte eine Hand auf meinen unteren Rücken. Damit übte er Druck aus und ich setzte mich in Bewegung.

»Ich kann allein laufen«, murmelte ich etwas verbissen.

»Ich weiß.« Mehr sagte er nicht.

Heimlich sah ich über meine Schulter zurück und
erkannte eine Silhouette aus dem Bad huschen.

# Kapitel 16

Noch immer rauschte mir das Blut in den Adern und Adrenalin ließ meine Knie wie Wackelpudding zittern. Sie war mir so nah gewesen, ich hätte nur die Tür aufstoßen und nach ihr greifen müssen. Stattdessen hatte ich wie ein Feigling auf dem Klobrillenrand gestanden, die Luft aufgrund des elendigen Gestanks angehalten und gelauscht.

Noch immer brannten mir ihre Worte in den Ohren. *Am liebsten würde ich den Albtraum vergessen und von vorn anfangen.* Sie wollte mich vergessen, einfach wie einen schlechten Traum beiseiteschieben und weitermachen, als wäre nie etwas geschehen. Das war schlimmer als meine anfängliche Befürchtung, sie könnte mit ihnen unter einer Decke stecken. Zumindest stimmte das nicht, machte die Sache nur nicht besser.

Sophia und dieser Mal – wie sie ihn genannt hatte – verschwanden in dem Laden, in dem sie ihr Hauptquartier eingerichtet hatten. Am liebsten würde ich nach ihr rufen, mich bis zu ihr durchkämpfen und sie in meine Arme nehmen. Ihr Blick, ihr geschockter und verletzter Blick, ging mir nicht aus dem Kopf. Sie hatte mich wie einen Geist angestarrt und ich hatte mich wie einer benommen. Was dachte sie jetzt bloß von mir?

Verzweifelt raufte ich mir die Haare. Wären mir die Füße mit der Zeit nicht eingeschlafen, hätte ich nicht das Standbein wechseln müssen und wäre nie gegen den Spülkasten gekommen. Das Geräusch hatte sie aufgeschreckt, ich hatte ihren beschleunigten Atem in der Stille gehört. Natürlich hatte sie mich daraufhin entdeckt. Im ersten Moment fürchtete ich, sie würde schreien, das hätte unser beider Untergang bedeutet. Ihr leerer, fast hasserfüllter Blick hatte mehr geschmerzt als alle Wunden, die ich jemals in meinen dreihundertvierunddreißig Jahren erlebt hatte. Aber vielleicht interpretierte ich da auch zu viel hinein und sie war einfach nur geschockt und verängstigt, genau wie ich. Schließlich stand Mal – ihr Entführer – vor der Tür und bedrängte sie.

Ich trat einen Schritt vor, wollte ihr folgen und mich erklären. Es gab so viel, das ich ihr sagen wollte – ihr sagen musste. Allen voran eine Entschuldigung. Sie war nur wegen mir in diesen Mist hineingeraten. Es war meine Schuld, alles war meine Schuld. Wie hatte ich bloß denken können, dass sich alles von selbst regeln würde? Ich hatte meine wahre Liebe gefunden und würde sie wieder verlieren, wenn ich nicht etwas unternahm.

Ein Entschluss machte sich in mir breit. Ich würde sie retten, auch wenn es mein Leben kosten würde. Etwas mutiger tat ich noch einen Schritt vorwärts. Eine Hand packte mich, ein Quietschen entrang meiner Kehle und etwas Kaltes legte sich an meinen Hals.

»Hast du echt gedacht, du könntest dich lange bei deinen Freunden verstecken?«, flüsterte mir eine aalglatte Stimme ins Ohr und ein kühler Atem strich über meine Haut.

Er hat mich gefunden, schoss es mir durch den Kopf. Furcht flutete mich und ich wollte schreien, wäre da nicht die Panik, die mich erstarren ließ.

Als hätte Damian meine Gedanken gelesen, packte er stärker zu, drückte seine eiskalte Hand fester auf meinen Mund und machte mir das Atmen schwer.

»Komm ja nicht auf den Gedanken, deine Freunde zur Hilfe zu rufen. Du wärst schneller tot, als du den Namen deiner kleinen Hure rufen könntest.«

Am liebsten hätte ich mit dem Kopf geschüttelt. Er glaubte nach all dem immer noch, ich hätte sie auf ihn angesetzt? Wie konnte er bloß so naiv sein? Oder machte ihn die Wut auf mich so blind, dass er nicht einmal das Offensichtliche sehen konnte?

»Damian, verstehst du denn nicht …«, nuschelte ich unter seiner Hand, doch verstand selbst kein Wort.

»Sei still, du elender Bastard«, zischte er mir ins Ohr und umschlag meinen Bauch mit seinem Arm. Seine Lippen waren gefährlich nah an meiner Hauptschlagader und er fuhr mir den Hals hinauf, ich spürte seinen kalten Atem an meiner Kehle und legte den Kopf automatisch schief. Er ließ seine Zunge über meine Schlagader gleiten und ein Schauer lief mir über den Rücken.

»Du solltest lieber nett zu mir sein. Deine Freunde haben mich übel erwischt. Aber etwas Blut von dir würde mir sicher helfen.«

Ich schloss die Augen, hielt die Luft an. Wenn er wollte, konnte er mir hier und jetzt das Herz aus der Brust reißen. Was hielt ihn schon davon ab? Er hasste mich seit unserer ersten Begegnung grundlos und ließ es mich zu jeder Sekunde spüren.

Seine Eckzähne schabten über meine Haut und ich rief mir Sophias Gesicht vor Augen. Ihr feuerrotes Haar, das sie immer zu einem Pferdeschwanz trug, ihr Grübchen, das sich nur in die rechte Wange grub, ihre meerblauen Augen, aus denen sie mich immer so glücklich anstrahlte. Ich liebte alles an ihr, sogar ihre Selbstzweifel, die sie so menschlich machten. Wenn ich schon starb, dann sollte mein letzter Gedanke ihr gelten.

Der Mund verschwand, Damian drehte mich zu sich herum und plötzlich sah ich mich zwei haselnussfarbenen Augen gegenüber. »Das machen wir später. Vorher will dich jemand sehen.« Breit grinste er mich an und ein dunkles Funkeln ließ seine Augen erstrahlen. Seine Haut war blass und ich konnte schwarze Linien unter seinem Hemdkragen erkennen. Die Vergiftung schien ihn noch immer in seinen Krallen zu haben.

Damian packte mich am Nacken wie einen Hund, ein Keuchen entrang mir und ich stolperte blind vorwärts. Es war verdammt dunkel im Gang und ich konnte kaum meine Hand vor Augen sehen. Aber Damian schien zu wissen, wo es lang ging. Zielstrebig hielt er auf die Tür zum Treppenhaus zu und schubste mich hinein. Ich verlor das Gleichgewicht und strauchelte. Kaltes Metall grub sich in meine Hüfte und beinahe verlor ich den Halt. Eine Hand packte mich am Kragen und zog mich zurück.

»Noch ist deine Zeit nicht gekommen«, zischte mir Damian zu. Er stand verdammt nah an mir und ich spürte erneut seinen kalten Atem auf meinem Gesicht.

Er trieb mich die Stufen hinunter und ich wunderte mich darüber, dass er offenbar keine Schwierigkeiten hatte, heil unten anzukommen. Ich musste regelmäßig stoppen und wäre beinahe die Treppe hinuntergefallen. Eigentlich dürfte er genauso wenig sehen wie ich. Durch seinen hohen Blutverlust hatte er seine Kräfte verloren. Noch dazu kam seine Vergiftung.

»Hör auf, dir den Kopf zu zerbrechen! Sie werden dich nicht retten kommen.«

»Das will ich auch gar nicht«, murmelte ich und meine Stimme klang viel zu laut in der Dunkelheit.

Seine Schritte hinter mir stockten kurz, bis er mir einen Schuh in den Rücken rammte und ich den letzten Meter zu Boden fiel. Ich schlug mit dem Kopf auf, prellte mir das Handgelenk und in meinen Ohren dröhnte es. Ein Stöhnen kam über meine Lippen und ich berührte mit der verletzten Hand meine Stirn. Die alte Platzwunde war wieder aufgerissen und warmes Blut klebte an meinen Fingerspitzen.

»Steh auf, Köter«, knurrte Damian und packte mich unter der Achsel. Mehr wankend als stehend zog er mich hinter sich her und schleifte mich bis nach draußen. Ich bekam kaum noch etwas mit, die Welt schien sich zu drehen und mir wurde schlecht.

»Ich glaube, ich muss mich übergeben.« Kaum hatte ich es ausgesprochen, lag ein bitterer Geschmack auf meiner Zunge und ich beugte mich vor. Ich würgte, spuckte meinen kargen Mageninhalt aus und wischte mir dann mit dem Ärmel meines Mantels über den Mund. »Ich habe eine Gehirnerschütterung. Sollte wohl besser in ein Krankenhaus«, nuschelte ich, erntete dafür aber nur ein abfälliges Schnauben seitens Damian.

Erneut stieß er mich vorwärts, trieb mich in Richtung Straße. Die Gasse sah im Mondlicht viel gruseliger aus als bei Tag. Mich würde es nicht wundern, wenn einer der Jäger aus den Schatten hervorkriechen und mich erledigen würde. Aber dann wäre es wenigstens vorbei und Sophia wieder in Sicherheit. Schließlich war sie nur ein Mensch, was sollten sie schon von ihr wollen?

Bei dem Gespräch in der Toilette hatte ich außerdem von Mal aufgeschnappt, dass sie Damian verschont hatten. Er hatte von einem Plan gesprochen, dass sie ihn am Leben lassen mussten, aber warum? Das ergab für mich alles keinen Sinn. Sie waren Vampirjäger. Da wurde ihnen einer auf dem Silbertablett serviert, und dennoch töteten sie ihn nicht. Stattdessen jagten sie mich. Warum? Und was meinte Sophia mit Wiedergeborenen-Freund? War das irgendein Code?

Mein Schädel brummte nun nicht mehr nur von der Gehirnerschütterung. Das ganze Denken tat außerdem meinem Gemüt nicht gut, mit jeder Sekunde verdüsterte es sich.

An der Straße angekommen, erkannte ich den SUV, in dem ich bereits öfter gesessen hatte, als mir lieb war. Damian riss die Tür auf, packte mich erneut wie ein Tier am Nacken und drückte mich auf die Rückbank. Im Kofferraum knurrte etwas bedrohlich und scharrte mit den Krallen. Er hatte also einen Verlorenen mitgebracht. War ich wirklich so wertvoll? Oder fürchtete er sich vor den Jägern? Ohne seine Kräfte wäre er ihnen in einem Kampf unterlegen.

Die Tür knallte er zu, schien nun nicht mehr auf Vorsicht bedacht. Der Wagen wackelte, als er vorn einstieg und dem Fahrer befahl, Gas zu geben.

Verstohlen testete ich die Türgriffe, doch ich wurde schnell enttäuscht. Die Kindersicherung war eingeschaltet und ich war auf der Rückbank gefangen.

Ich begegnete Damians kaltem Blick im Rückspiegel, wie er mich abschätzig musterte. »Wie hast du es bloß geschafft, so lange zu überleben?«, fragte er, eher an sich selbst gewandt als an mich. Daher machte ich mir nicht die Mühe, ihm zu antworten. Hätte selbst ich darauf keine adäquate Antwort gewusst.

»Wo bringt ihr mich hin?«, nuschelte ich stattdessen. Meine Zunge fühlte sich schwer an und Müdigkeit nagte an meinen Knochen. Ich lehnte den Kopf gegen das kühle Fenster und verzog kurz das Gesicht vor Schmerz. »Zu Eugenia?«

Lachen schallte zu mir rüber und ich blinzelte angestrengt. Ich schaffte es kaum noch, meine Augen offen zu halten. Eine Stimme flüsterte mir zu, wach zu bleiben, weil ich sonst Gefahr lief, nicht mehr zu erwachen.

»Mir geht es nicht so gut, fahrt ihr mich zu einem Arzt?«

Jemand schnaubte und Damian drehte sich auf seinem Sitz zu mir herum. Das spärliche Licht der Straßenlaterne und der blaue Schein des Mondes ließen ein Schattenspiel über sein Gesicht wandern, das ihn tausend Mal gefährlicher wirken ließ.

»Da, wo wir dich hinfahren, wartet sicher keiner auf dich, der dir helfen wird.« Seine Stimme triefte nur so vor Schadenfreude.

»Warum tust du es nicht hier? Gleich jetzt?«, flüsterte ich, hatte kaum Kraft mehr, mich akkurat zu artikulieren.

Sein Mundwinkel zuckte. Dann erwiderte er: »Du hast jemanden verärgert, er will dich zuerst sehen.«

»Du meinst sie.« *Du meinst Eugenia*, fügte ich in Gedanken hinzu, schaffte es aber nicht mehr, es auszusprechen. Meine Augenlider wurden schwer und warme, umarmende Schwärze begrüßte mich.

Ein Lachen. Dann brach die Dunkelheit über mir zusammen.

Kapitel 17 

Kälte kroch mir den Rücken hinab. Hitze brannte in meinem Gesicht und Schweiß, kalter Schweiß lief mir die Stirn hinab. Ich blinzelte gegen das Licht an, erkannte eine Fackel, dessen Flammen nach mir leckten.

Ein Stöhnen drang aus meinem Mund und ich wich dem Feuer aus. Ketten klirrten, etwas zog an meinen Armen. Ich legte den Kopf in den Nacken und musterte meine Hände, die nicht meine zu sein schienen. Zumindest spürte ich sie nicht, alles abwärts meiner Schultern fühlte sich taub an.

»Er ist wach, Ältester«, sprach eine Stimme und ließ meinen Kopf wieder nach vorn fallen. Er rollte schlaff hin und her, bis er auf meiner Brust zum Erliegen kam.

Jemand trat an mich heran. Erneut blendete mich eine Fackel und ich lehnte mich instinktiv in die andere Richtung. Meine Fesseln rasselten und ich fürchtete einen Moment, ich würde den Halt verlieren. Bloß meine an die Decke gebundenen Arme hielten mich aufrecht.

»Sehr gut«, knurrte jemand, den ich nicht erkannte. Zu sehr wurde ich von dem rötlichen Licht geblendet.

»Wo ist Eugenia?«, krächzte ich und stellte fest, wie trocken mein Mund war. Die Lippen waren rissig, die Zunge rau, ich hatte fürchterlichen Durst und noch immer plagte mich Übelkeit.

»Das ist nicht wichtig«, erklang die schneidende Stimme des Fremden erneut. Sie löste eine Erinnerung in mir aus, sie kam mir bekannt vor, nur wollte mir nicht einfallen, woher.

»Und was mache ich dann hier?« Meine Stimme brach und ich setzte noch einmal an. »Was wollt ihr von mir?«

Endlich verschwanden die Fackel und das Brennen auf meiner Haut ließ nach. Ich blinzelte mehrere Male und nahm endlich meine Umgebung wahr: Eine unterirdische Zelle, die grob aus dem Stein gehauen worden war. Sie sah noch älter und gröber aus als die, in der mich Eugenia untergebracht hatte. Fast schon wie eine natürliche Höhle, die sich der Mensch – oder wohl besser Vampir – zu Nutzen gemacht und sie einfach erweitert hatte. In regelmäßigen Abständen waren massive Stahlringe eingelassen, ebenfalls an der Decke und auf dem Boden.

»Wo bin ich?«, fragte ich mit heiserer Stimme, als ich immer noch keine Antwort erhalten hatte.

Der Fremde stand mit dem Rücken zu mir, ich konnte nur sein schwarzes, langes Haar und die dunkle Robe erkennen. In der linken Hand hielt er eine Fackel, dessen Licht Damians Gesicht erhellte. Kurz zuckte ich bei seinem Anblick zusammen. Schatten tanzten über seine Augen und er funkelte mich wütend an. Seine Kiefer mahlten und er wirkte angespannt.

»Erinnerst du dich nicht mehr, Loan Ryder?« Der Fremde richtete das Wort an mich und seine Stimme schnitt mir förmlich ins Fleisch. Ich wusste nun wieder, wer er war.

»Quinton!«, keuchte ich und riss die Augen weit auf.

Langsam drehte sich der Angesprochene um und zwei rote Augen starrten mich an. Es schien mir fast so, als würde in ihnen Feuer lodern, was aber auch nur eine Spiegelung der Fackel sein konnte. Seine Gesichtszüge waren verhärtet und seine Haltung bedrohlich. In diesem Moment wirkte er auf mich wie ein Jäger und ich war seine Beute.

Ich musste schlucken.

»Gut, du erinnerst dich doch.« Er kam wieder auf mich zu und blieb knapp vor mir stehen. »Ich hatte schon befürchtet, ich hätte keinen bleibenden Eindruck bei dir hinterlassen.«

Ich wusste nicht, ob er das als Scherz meinte oder in vollem Ernst sprach. Daher blieb ich lieber stumm. In meiner Situation wäre es das Dümmste, den Ältesten zu verärgern.

»Du hast länger überlebt, als gedacht. Ich hätte dir keinen Monat gegeben.« So etwas wie Verwunderung huschte über sein Gesicht, während er mich von oben bis unten musterte. »Aber wie ich sehe, bist du wohlauf.« Unsere Blicke trafen sich. »Bis auf das.« Er hob eine Hand und berührte mich an meiner Stirn.

Ein heißer Schmerz schoss durch meinen Kopf, fuhr mir bis in die Knochen und ließ mich keuchend zurückzucken. Blut glitzerte an seinen Fingerkuppen und, nachdem er mir noch einen gierigen Blick zuwarf, steckte er sie sich in den Mund. Genüsslich schloss er die Augen und kostete von mir.

»Mmh. Nicht schlecht, Ryder. Das habe ich wirklich nicht von dir erwartet.« Er öffnete seine Augen wieder und ein böses Lächeln hob seine Mundwinkel an. »Ich habe dich nie als Kämpfer eingeschätzt.«

»Dann kennt Ihr mich wohl zu schlecht«, konterte ich.

Quinton gluckste vergnügt, überbrückte die letzte Distanz zwischen uns und plötzlich lagen seine Zähne nah an meinem Hals. Ich spürte seinen kalten Atem auf meiner Haut und mein Puls schoss in die Höhe.

»Es wird mir eine Freude sein, von dir zu kosten, Loan Ryder«, raunte er mir zu. Etwas Feuchtes berührte mich unterhalb des Ohrs und ich zuckte zusammen. Mit seiner Zunge leckte er mir den Schweiß vom Hals und hinterließ dort ein unangenehmes Kribbeln. Dann trat er wieder einen Schritt zurück und sein Blick erschreckte mich. Seine Augen waren schwarz umrandet, das Rot seiner Iriden glühte und seine Fangzähne waren ausgefahren. So sah ein Urvampir aus, der Hunger verspürte.

Meine Brust schnürte sich zu und ich bekam kaum mehr Luft. Ich würde hier sterben. Hier, in dieser kleinen Kammer unter der Erde. Vermutlich würde es lange dauern, bis er mich wirklich gehen ließ. Ich hatte den Ältesten vorgeführt, war ihm entschlüpft wie ein glitschiger Fisch. Nun, da er mich erneut in seinen Fängen hatte, würde ich das Tageslicht nie wieder erblicken.

Tränen brannten in meinen Augen, nicht aus Kummer um mein baldiges Ableben, sondern um sie. Mir war noch nie im Leben etwas so wichtig gewesen wie meine Sophia.

Ein Kloß bildete sich in meinem Hals und ich blinzelte angestrengt, um mein Sichtfeld zu klären. Wenn dies die letzten Sekunden vor meinem Tod waren, dann wollte ich sie mit gerecktem Kinn erleben. Zu häufig hatte ich mich geduckt und mich versteckt. Dies würde hier ein Ende finden.

»Was hatte ich gesagt, Ryder? Waren meine Worte so schwer zu verstehen?« Quinton legte den Kopf von der einen Seiten zur anderen und erinnerte mich in diesem Moment an eine Schlange, die sich zum Angriff bereit machte. »Sagte ich nicht klar und deutlich, dass ich dich in meiner Stadt nie wiedersehen will? Ich sagte es doch deutlich?« Er wandte sich Damian zu, der stoisch nickte. »Da siehst du es. Also, warum bist du zurückgekehrt, Ryder?«

»Das war nicht freiwillig«, krächzte ich und räusperte mich, um den Kloß zu verdrängen.

»Ich sagte Euch, dass er …«

»Schweig still!«, fuhr der Älteste Damian an. Er warf kurz einen Blick auf ihn und giftete: »Ich will es von *ihm* hören.« Dabei deutete er auf mich.

Verwirrt runzelte ich die Stirn. Damian hatte bisher für die Älteste gearbeitet. Ich war davon ausgegangen, dass er ein ähnliches Ziel wie sie verfolgte.

Dass er ebenfalls Interesse an der Heilung hatte, oder sich zumindest aus Quintons Kontrolle entziehen wollte. Was hatte ihn dazu bewogen, seine Meinung zu ändern? Warum war er in Quintons Schoß zurückgekehrt und wunderte sich nun, dass er wie ein Hund getreten wurde, den der Älteste in ihm sah? Das ergab alles keinen Sinn!

»Also, Ryder, fahre fort«, forderte er mich auf.

Kurz huschte mein Blick zu Damian, der nun gelassen an der Wand hinter ihm lehnte und die Arme vor der Brust verschränkt hatte. Dann wieder zu Quinton, der mich immer noch lauernd musterte. Ich überlegte, was ich ihm erzählen sollte. Schließlich wusste ich, dass die Älteste ohne Quintons Wissen gehandelt und sogar einen Komplott gegen ihn geschmiedet hatte. Konnte ich sie jetzt einfach ans Messer liefern? Sie war zwar in den vergangenen Tagen nicht gerade nett zu mir gewesen, dennoch musste ich daran denken, dass sie mich bei der Blutstrafe vor einem halben Jahr verteidigt hatte. Sie war die Einzige gewesen, die aufgestanden war und sich für mich ausgesprochen hatte. Auch wenn ihr Versuch nichts daran geändert hatte, konnte ich es nicht einfach abtun. Nur reichte das aus, um nun den Mund zu halten?

»Damian hat mich aufgespürt und hierher verschleppt. Freiwillig wäre ich niemals zurückgekehrt.«

Ein Schnauben erklang aus Damians Richtung und ein flüchtiger Blick zu ihm verriet mir, dass er mich abfällig ansah.

»Ach, nur er war da?«

Nervös kaute ich auf meiner Unterlippe herum und fragte mich, was Damian ihm schon alles erzählt hatte. Vielleicht war das der Plan gewesen. Die Älteste zu infiltrieren, sie dann an Quinton zu verraten und sie so aus dem Weg zu schaffen.

»Überleg lieber nicht zu lange, sonst entscheide ich mich am Ende doch dafür, dir einen qualvollen Tod zu bescheren«, unterbrach Quinton meine Gedanken.

»Wenn ich eh sterbe, warum sollte ich Euch dann überhaupt etwas verraten?«, platzte es aus mir heraus. Am liebsten hätte ich mich selbst geohrfeigt. Ich wusste nicht, wo plötzlich dieser Mut herkam, der absolut unangebracht war.

Das schien auch Quinton so zu sehen. Er kniff seine Augen zusammen und schürzte die Lippen. »Ganz schön vorlaut für einen sterbenden Mann.« Quinton rieb sich über das Kinn und wandte sich von mir ab.

Ich blieb weiterhin stumm, sah es nicht ein, ihm zu helfen, wenn ich sowieso sterben würde – ob qualvoll oder nicht war mir in dem Moment auch egal.

»Vielleicht müssen wir dir einen Anreiz bieten. Etwas, das deine Zunge lockert«, überlegte der Älteste laut und drehte sich zu Damian um. »Wie hieß noch einmal der menschliche Wurm, in den sich der Schwächling verliebt hat?«

Mein Herz erstarrte zu Eis. Er würde doch nicht …?

Auf Damians Gesicht erschien ein gehässiges Grinsen, dann suchte sein Blick meinen. »Das Miststück heißt Sophia Miller.«

»Nein! Ihr könnt nicht …«, setzte ich an. Quinton wirbelte zu mir herum, seine glühenden Iriden brannten sich in meine und mir erstarben die Worte auf der Zunge.

»Du wagst es, mir Befehle zu erteilen?«, knurrte er mich an und er klang wie ein Löwe kurz vorm Angriff. Von einer Sekunde auf die andere veränderte sich sein Gesichtsausdruck, seine Züge wurden weicher und ein schleimiges Lächeln lag auf seinen Lippen. »Loan, was denkst du von uns? Natürlich würde ich deiner Geliebten niemals ein Haar krümmen.«

Erleichtert atmete ich auf und erschlaffte in den Ketten, ich hatte gar nicht bemerkt, wie verkrampft ich gewesen war.

»Jedoch verlange ich etwas dafür.«

»Das hatte ich befürchtet«, murmelte ich nur für mich. Resignation machte sich in mir breit. Ich war machtlos, hilflos und am Ende auch willenlos. Ich musste mich ihm beugen, wenn ich wollte, dass sie Sophia in Ruhe ließen. Quinton hatte mich mal wieder in der Hand, nur dieses Mal besaß ich kein Ass im Ärmel. Kein geheimes Tagebuch, das ich gelesen und versteckt hatte. John und Tom würden vielleicht nie von meinem Tod erfahren und so würden die geheimen Seiten nie an die vampirische Öffentlichkeit dringen. Ich hatte mit dem Feuer gespielt und mich verbrannt.

»Na gut, ich verrate Euch alles. Aber im Gegenzug verlange ich etwas.«

»Du bist nicht in der Position, Forderungen zu stellen.« Quintons kalte Stimme zerschnitt mein

Herz und ließ es bluten. »Aber ich gewähre dir einen letzten Wunsch. So viel muss sein.«

Ich hob den Kopf und sah zu ihm auf. Seine rot glühenden Augen lagen noch immer auf mir und er sah auffordernd auf mich hinab. Wie ein schlaffer Mehlsack hing ich in den Ketten und wurde nur von ihnen aufrechtgehalten. Ich war ihm ausgeliefert, mehr als jemals zuvor.

»Bitte rettet Sophia und verschont sie. Von alldem wusste sie nichts, ich habe ihr nie etwas erzählt. Sie weiß von gar nichts.«

»Du lügst!«, keifte mich Damian an. Er stieß sich von der Wand ab und richtete sich auf. Kurz huschte sein Blick zu Quinton, der ihm mit einem Nicken signalisierte, dass er weitersprechen durfte. »Du hast Eugenia erzählt, dass die alte Frau ihr das Tagebuch gegeben hat. Sie weiß davon! Also erzähl hier keine Märchen.«

Quinton richtete seine Aufmerksamkeit wieder auf mich und hob auffordernd eine Augenbraue.

Ich seufzte, bevor ich zum Sprechen ansetzte: »Das stimmt. Aber sie weiß nicht, dass die Geschichte wahr ist. Hätten Damian und Eugenia sich nicht vor ihr geoutet, würde sie immer noch im Ungewissen leben.«

»Und das ist nun die Wahrheit?«

»Ja.« Ich ließ mich noch weiter in die Ketten hängen, sodass ich ein Ziehen in meinen Schultern spürte. Nur war das nicht mehr wichtig. Sophia war alles, was jetzt noch zählte.

»Nun gut. Ich glaube dir. Dein kleines Menschlein wird verschont und wir werden versuchen, sie aus den Fängen der Vanatoren zu befreien.«

Vanatoren? Ich kannte den Begriff nicht, hatte ihn nur einmal aus Sophias Mund gehört und ihn nicht weiter beachtet. Was bedeutete er?

»Ihr meint die Jäger?«, hakte Damian nach und sprach damit meine Gedanken aus. »Ja, natürlich! Wen sollte ich sonst damit meinen?«, fauchte Quinton den Hüter an.

Verunsichert hob ich den Kopf und fragte mich, warum er so aggressiv darauf reagierte.

Quinton funkelte erst Damian an, dann ruckte sein Kopf zu mir. Er reckte das Kinn. »Nun sprich endlich und erzähle mir alles!«

Einmal atmete ich tief durch. Ich würde nun die Älteste verraten, im Austausch für Sophias Leben. Das war keine leichte Entscheidung, die einiges an Überwindung kostete. Nur musste es sein. Die Älteste könnte sich vielleicht noch retten, sie war ebenfalls ein Urvampir und damit sehr mächtig. Sophia war nur ein Mensch, sie hätte keine Chance gegen den Zirkel.

»Eugenia hat mich herbeischaffen lassen.« Die Worte platzten aus mir heraus und augenblicklich fühlte ich mich schlecht. Meine Finger wurden taub und Kälte kribbelte in meinen Gliedmaßen, ob des Verrats oder der Minderdurchblutung konnte ich nicht sagen.

»Mhm, ja, und weiter?« Der Älteste nickte, nahm die Fackel in seine andere Hand und hielt sie mir entgegen. Geblendet blinzelte ich, richtete meinen Blick auf die Schatten an der Wand hinter ihm.

»Ich wusste nicht genau, was sie von mir wollte. Es schien etwas mit der Heilung zu tun zu haben.«

»Was hast du ihr gesagt?«

»Nichts.« Ich zuckte mit den Schultern.

»Lüg mich nicht an!«, donnerte es von Quinton und ich zuckte zusammen.

»Na ja, ich wusste ja nichts«, stammelte ich. »Ihr habt es mir mit Biologie erklärt, aber das wollte sie mir nicht glauben. Mehr weiß ich doch selbst nicht! Es ist mir einfach passiert, ohne dass ich darauf hätte Einfluss nehmen können.« Mit jedem Wort war meine Stimme lauter geworden und meine Verzweiflung machte sich Luft. Die letzten Tage und Stunden waren einfach zu viel für mich, die gesamte Situation war zu viel für mich. Sophias Leben hing davon ab, wie zufrieden Quinton mit meiner Aussage war. Würde sie ihm nicht reichen, würde ich sie damit zum Tode verdammen. Entweder durch die Jäger oder durch die Hand des Ältesten. Das konnte ich nicht zulassen.

Tränen der Verzweiflung brannten in meinen Augen und ein Schluchzer kitzelte meine Kehle. Beides drängte ich zurück und biss mir auf die Innenseite meiner Wange.

»Damian erwähnte eine alte Frau. Wer ist sie?«

Hilde, schoss es mir durch den Kopf. »Ja, da ist diese alte Dame mit der Narbe im Gesicht. Sie hat mich und auch Sophia damals aufgesucht. Und als Damian und ich nach ihr gesucht haben, hat sie mich einfach gefunden. Ich kann mir nicht erklären, wie.«

»Wie lautet ihr Name?«

»Weiß ich nicht«, log ich. Irgendetwas sagte mir, dass ich ihn lieber für mich behalten sollte. Sie schien wichtig zu sein und im Gegensatz zu Eugenia hatte sie mich wirklich gerettet und es nicht nur versucht.

»Wie lautet ihr Name?« Quinton wurde lauter.

»Warum ist das so wichtig? Sie ist nur eine verwirrte alte Frau. Die kann Euch unmöglich gefährlich werden.«

»IHR NAME!« Der Älteste kam auf mich zugeschossen und seine kalten Finger legten sich um meinen Hals wie ein Schraubstock. Er schnürte mir die Luft ab, meine Kehle wurde immer enger und meine Lunge brannte. Hecktisch schnappte ich nach Atem, doch fand keinen. Ich zappelte, wand mich in meinen Fesseln, machte es damit nur schlimmer. Quinton erhöhte den Druck und weiße Lichter flackerten in meinem Sichtfeld.

»Nenn. Mir. Ihren. Namen«, presste er zwischen zusammengebissenen Zähnen hervor. Seine Nase war meiner so nah, dass sie sich fast berührten.

Die Ränder wurden schwarz und krochen langsam zur Mitte, bis ich nur noch Quintons brennende Iriden sehen konnte. Mit meinem letzten Atemzug krächzte ich ihren Namen: »Hilde.«

Quinton riss seine Augen auf, sie waren das letzte, das ich sah.

Der Griff um meinen Hals lockerte sich und plötzlich war ich frei. Hektisch schnappte ich nach Luft, sog so viel in meine Lunge, wie ich konnte. Nach und nach klärte sich mein Sichtfeld und Quinton tauchte wieder vor meinen Augen auf. Er war einen Schritt zurückgetreten und stierte abwesend auf einen Punkt neben meinem Kopf. Meine Beine gaben nach und plötzlich hing ich wie ein nasser Sack da, nur gehalten durch meine Fesseln.

»Sie ist hier«, flüsterte er zu sich selbst. Sein Blick richtete sich auf die Erde und seine Augen zuckten nervös hin und her. »Sie lebt.«

Damian löste seine abwehrende Haltung und trat verwundert auf den Ältesten zu. »Was macht das schon? Sie ist nur eine alte Frau. Wenn sie noch nicht tot ist, wird sie es sicher bald sein. Menschen sterben wie die Fliegen.«

»Du verstehst nicht!«, brüllte Quinton und drehte sich zu ihm um. Dabei umwehte ihn sein langer Mantel wie die Flügel einer Fledermaus. »*Sie* ist es! Sie lebt!« Er sprach es so aus, als müsste Damian wissen, von wem er sprach. »Das sollte so nicht sein. Sie hätte schon vor Jahren sterben müssen. Entweder durch ihn oder sie. Das ist so nicht richtig, das darf so nicht sein.« Der Älteste murmelte wirres Zeug vor sich hin und lief dabei auf und ab.

Ich hatte mit dem Sauerstoffmangel zu kämpfen, mein Herz pochte heftig in meiner Brust und das Blut rauschte mir in den Ohren, übertönte beinahe Quintons Worte. Der Fackel lästig geworden, drückte der Älteste sie Damian in die Hand, der sie überrumpelt entgegennahm, und lief ungerührt weiter. »Sie muss verschwinden … nicht bleiben … zu gefährlich.« Ich verstand kaum, was er da sprach, noch immer dröhnte mein Schädel. Zumindest war mein Sichtfeld wieder so weit geklärt, dass ich den Raum in seiner Gänze wahrnehmen konnte.

Damian stand ratlos mit der Fackel in der Hand nahe der Tür und verfolgte mit seinem Blick den Ältesten, wie er unruhig auf und ab tigerte. Eine Hand lag an Quintons Mund, wodurch seine Worte noch schwerer zu verstehen waren.

»Was bedeutet das, Ältester? Bestraft Ihr ihn jetzt?« Ungeduld schwang in Damians Stimme mit und ich konnte mir vorstellen, dass er sich den Verlauf des Verhörs anders vorgestellt hatte. Aus irgendeinem Grund hatte er Eugenia hintergangen und gierte nun nach meinem Tod. Vielleicht wollte sogar er selbst es sein, der mir den Todesstoß verpasste.

»Sagt doch etwas.«

Endlich blieb Quinton stehen und drehte dem Hüter das Gesicht zu. Damian erstarrte und senkte schnell den Blick. Er war eben noch immer der kleine Schoßhund des Ältesten. Bei Eugenia hätte er die Stimme erhoben und sich gegen sie gestellt, doch er schien dem Ältesten gegenüber tiefen Respekt zu empfinden.

»Ja, ich werde ihn bestrafen. Aber anders als geplant«, offenbarte er ihm und drehte sich dann mir wieder zu.

Ich kämpfte mich auf die Füße, ignorierte den Schwindel, der sicher von meiner Platzwunde am Kopf und dem kürzlichen Sauerstoffmangel herrührte, und reckte das Kinn. »Ich habe Euch nun alles gesagt, was ich weiß. Nun seid Ihr an der Reihe, Euer Versprechen einzulösen.«

»Ja, ja.« Quinton wedelte mit der Hand vor seinem Gesicht herum, als würde er eine lästig gewordene Fliege vertreiben. Dann trat er auf mich zu, spitze

Nägel kratzten über meinen Hals und Quinton verfolgte die Spur mit seinen Augen. Das Schwarz war aus ihnen verschwunden und übrig blieb bloß das sengende Feuer. »Sie werden es für mich tun, so wie es vereinbart gewesen ist.«

»Sie?«, fragte ich mit heiserer Stimme.

Sein Blick richtete sich auf mich und verbrannte meine Seele. Ich wollte mich abwenden, konnte es jedoch nicht. »Damian, mein Bruder, ich habe einen Auftrag für dich. Schaff diesen Sack aus Blut und Fleisch zurück. Sollen sie es für uns erledigen.«

»Was? Aber ich habe ihn da gerade erst für Euch herausgeholt«, fauchte Damian und trat einen Schritt vor.

Quinton drehte sich zu ihm um und sprach mit ruhiger, bedrohlicher Stimme: »Nachdem du ihn da auch reingebracht hast. Hättest du nichts getan, wäre er schon längst tot.«

Der Hüter knirschte mit den Zähnen. »Er sollte durch meine Hand sterben. Wegen ihm habe ich alles verloren«, knurrte er und seine braunen Augen richteten sich auf mich. Noch immer war er verdammt blass, selbst für einen Vampir, und noch immer zeichneten sich schwarze Linien unter seinem Hemdkragen ab.

»Ich verstehe«, brummte Quinton versöhnlich. »Wir brauchen ihn noch, wenn auch nur als Köder.«

Damians Blick löste sich von mir und er fixierte den Ältesten.

»Er soll die alte Hexe anlocken und dann tötest du beide.«

Ich sog scharf die Luft ein. Ich sollte was? Ein Köder sein? »Was ist mit Sophia? Ihr habt versprochen …« Meine Stimme brach. »Ihr wolltet sie retten!«

Der Älteste wandte sich wieder mir zu, ein Mundwinkel war zu einem schiefen Lächeln verzogen. »Oh, das werde ich, aber auch so viel mehr. Ich verfolge eigene Interessen und es erscheint mir wie eine Fügung des Schicksals, dass ich mich gleich zweier Probleme entledigen kann.« Der Älteste drehte sich um und sah zu Damian. »Er gehört dir. Schaff ihn zu den Jägern, halte ihn so lange am Leben, bis er seinen Zweck erfüllt hat, und dann kannst du mit ihm machen, was du willst. Nur lass etwas von ihm übrig, das sollen sich die Jäger holen.«

»Was? Nein!« Ein Keuchen entrang meiner Kehle und ich bäumte mich in meinen Fesseln auf. Doch gegen das harte Metall war ich chancenlos. Durch Quintons Hand zu sterben, wäre sicher kurz und schmerzlos gewesen. Aber Damian? Er würde es genießen, mich leiden lassen, quälen und es hinauszögern. Nur ein Gedanke tröstete mich: Ich würde vor meinem Ableben noch einmal Sophia sehen und könnte ihr sagen, wie sehr ich sie liebte und wie sehr mir alles leidtat.

Auf Damians Gesicht breitete sich ein bösartiges Grinsen aus und er kam langsam auf mich zu. »Es wird mir eine Freude sein, dich zu töten.« Mit diesen Worten zog er mir einen Sack über den Kopf und ein Schrei verließ meinen Mund. Mein Schicksal war damit besiegelt.

Damian 

Der Wurm lief neben ihm her, sein Keuchen war so laut, dass es dem Hüter in den Ohren hallte. Er schubste ihn vorwärts und murrte: »Sei still!« Daraufhin erhielt er nur ein Stöhnen, da sich der Schwächling offenbar verletzt hatte. Aber das sollte nicht seine Sorge sein. Er würde ihn nur wie befohlen zurück zu den Jägern bringen und dort auf seine Chance lauern, ihn endlich zu erledigen. Schon zu lange führte er den Hüter an der Nase herum. Das ließ er nicht mehr mit sich machen. Er verdiente Respekt!

»Damian!« Die erstickte Stimme der Ältesten erklang und er blieb stehen, packte den Wurm am Arm, sodass er stolpernd zum Stehen kam. Langsam drehte er sich um und blickte in den Gang zurück, aus dem er gekommen war. Am Ende stand die Älteste Eugenia und machte einen kläglichen Eindruck auf ihn. Dunkle Schatten lagen unter ihren Augen und ihre Finger zitterten, was sie zu verstecken versuchte.

»Was tust du hier?« Die Älteste trat einen Schritt auf ihn zu, knetete unruhig ihre Hände und zischte dann: »Hast du es getan, hast du Quinton …« Sie stockte und schien um Fassung zu ringen. So schwächlich hatte er sie noch nie gesehen. Sich gegen sie zu wenden, war die richtige Entscheidung gewesen. Es hatte ihn zwar direkt in Quintons Arme getrieben, dem er noch am selben Tag im Gang begegnet war, dennoch war alles besser als das. Sie war es nicht wert, auf dem Thron zu sitzen, dem Ältesten Rat anzugehören. Daher war es das Beste für den Zirkel, wenn sie verschwand.

»Wie ich sehe, hast du ihn gefunden.« Sie deutete mit dem Kinn auf seinen Gefangenen und er warf ihm einen gleichgültigen Blick zu. »Hast du deine Meinung geändert?«

Loan Ryder trug noch immer den Sack über dem Kopf und würde ihn erst wieder abbekommen, wenn sie das Auto erreicht hatten. Niemand durfte ihn sehen, niemand sollte etwas bemerken. Doch nun war es zu spät. Die Älteste hatte den Wicht erkannt und jetzt verlangte sie Antworten.

»Die Zeiten haben sich geändert, Älteste«, erklärte er ihr mit monotoner Stimme. Sie sog scharf die Luft ein und er ergötzte sich an ihrer Unsicherheit.

»Was willst du damit sagen?«

»Ich habe es satt, für Euch zu arbeiten.« Er warf ihr einen missbilligenden Blick zu. In ihrem Gesicht konnte er den Schock lesen, das Rot der Iriden wurde von den spärlichen Lampen nur noch verstärkt, dennoch hatten sie ihren gefährlichen Glanz verloren. Für ihn war sie nur noch ein lästiges Problem, das es zu beseitigen galt. »Eure Ansichten sind falsch. Die Vampire sollten sich nicht von ihrer Natur abwenden und wieder zu solch schwächlichen Fleischbergen werden. Seht ihn Euch an.« Zur Untermalung seiner Worte trat er nach Ryder, erwischte sein Knie und dieser stürzte zu Boden. Ein Schrei drang aus seiner Kehle und hallte viel zu weit den Tunnel entlang. »Sei still«, befahl er ihm und trat erneut zu.

»Damian! Was tust du da? Was ist mit unserer Abma…«

»Die ist zunichte! Das habe ich Euch doch bereits gesagt!«, knurrte er sie an. Sie war lächerlich, eine Witzfigur. Wie hatte er jemals zu ihr aufsehen können? »Es war Euer Plan. Ich bin Euch nur gefolgt, weil Ihr mich in der Hand hattet. Dieses Buch …« Er stockte und wurde sich wieder gewahr, wo er sich gerade befand. Augenblicklich klappte er den Mund zu, straffte die Schultern und setzte erneut an: »Es wäre besser für Euch, Ihr würdet Eure Meinung schnell ändern. Der Älteste Quinton weiß davon … und auch von dem Buch«, fügte er hinzu.

Mit Genugtuung beobachtete er, wie ihre Gesichtszüge entglitten und sie ihn panisch anstarrte. Das war für ihn das Zeichen, dass er richtig gehandelt hatte. Die Älteste war schwach, war es nicht wert, ein Vampir, eine Älteste zu sein. Wenn sie wieder ein Mensch sein wollte, war das ihre Sache. Aber sie würde nicht länger seinen Zirkel, seine Familie infiltrieren. Er gehörte hierher, sie nicht mehr.

»Vielleicht solltet Ihr packen. Quinton war nicht sonderlich erfreut, als ich ihm von Euren Plänen berichtet habe.«

»Damian, wie konntest du?« Bestürzt trat sie einen Schritt vor und ihr Mund klappte auf. In ihrem Gesicht rangen Furcht und Unglauben um die Herrschaft.

Genugtuung machte sich in ihm breit. Er war fertig mit ihr. »Versucht es gar nicht erst, mir ein schlechtes Gewissen einzureden, Älteste. Ich bin es leid, zu gehorchen und Befehle auszuführen. Quinton hat mir …« Er stockte.

»Er hat was? Sprich schon.« Eugenia trat einen weiteren Schritt auf ihn zu. Das war zu nah. Auch wenn er sie in der Hand hatte, war sie als Älteste stärker als er. Außerdem war er geschwächt und konnte sich gerade so auf den Beinen halten. Es war besser, wenn er sie nicht weiter provozierte. Auf sie wartete sowieso der Kerker.

»Damian, egal was er dir geboten hat, es ist eine Lüge. Du kannst ihm nicht trauen. Er hat uns belogen, uns alle. Asrath ist nicht … er wurde geheilt. Alles, was er uns über ihn erzählte, entsprach nicht der Wahrheit. Lässt dich das denn so kalt?« Sie streckte die Hand aus und er fragte sich, was sie von ihm erwartete.

Kurz musterte er ihre feingliedrigen und zarten Finger, dann sah er sie wieder an und erwiderte: »Asrath ist tot. Es ist egal, ob er durch die Hand eines Jägers starb oder durch Altersschwäche. Das macht keinen Unterschied.«

»O doch! Das tut es!«

Damian packte Ryder am Hemdskragen, der noch immer wie ein Wurm – der er nun einmal war – auf der Erde hockte, und zog ihn mit einem Ruck hoch. »Das ist mir einerlei. Ich habe neue Befehle. Ich bete für Euer Seelenheil.« Mit diesen Worten drehte er sich um und stieß Ryder weiter den Flur entlang. »Ach, wartet«, sagte er und sah sie über seine Schulter hinweg an. »Das war eine Lüge. Selbst die Götter können Euch nicht mehr helfen, Verräterin.« Er spuckte auf den blanken Boden und wandte sich endgültig von ihr ab. Sie war es nicht wert, dass er ihr noch weitere Aufmerksamkeit schenkte. Vermutlich war sie sowieso tot, bevor er überhaupt zurückgekehrt war.

»Warum?« Es war nur ein Flüstern und Damian glaubte, sich verhört zu haben. Manchmal hatte er das Gefühl, dass die Wände zu ihm sprachen. Das Herrenhaus und die unterirdischen Gänge waren alt und die Geister der Zeit spukten hier unten. Zumindest glaubte er daran.

»Warum hilfst du Quinton? Er behandelt dich wie Dreck.« Da war sie wieder, die Geisterstimme. Dumpf drang sie an sein Ohr und er wandte sich dem Wurm zu.

»Das geht dich nichts an«, raunte er und packte ihn am Nacken. Er drückte fest zu und schob ihn wie ein Kind weiter. Der Schwächling stolperte vorwärts, verlor beinahe das Gleichgewicht und wurde nur durch den Hüter aufrecht gehalten. Das Blut entfaltete seine Wirkung, er gewann langsam an Kraft zurück.

»Aber ich dachte, du wolltest die Vampire befreien.«

Der Hüter schnaubte. »Das sollte sie glauben. Dabei hatte ich keine Wahl. Ich …« Er brach ab. Was erzählte er da? Warum sprach er mit dem Wurm wie mit einem Gleichgesinnten? Schon als er noch zu Seinesgleichen gehört hatte, war er schwach und

erbärmlich gewesen. Die schlimmste Sorte von
Vampir. Er war nicht so! Er war schon immer stark,
hatte stark sein müssen.

*Das Prasseln von Feuer drang an sein Ohr, er konnte die
Hitze auf seiner Haut spüren und den Rauch auf seiner Zunge schmecken. Holz knackte über ihm, es stöhnte unter der
Kraft der Flammen und würde bald nachgeben. Verängstigt
wimmerte er und umklammerte seine Knie. Er war allein,
mutterseelenallein. Seine Eltern hatten ihn verlassen, zurückgelassen, um zu sterben. Sie wollten ihn nicht, er war ein
Krüppel. Konnte nicht lesen und schreiben, hatte Schwierigkeiten zu sprechen. In ihren Augen war er eine Schmach, ein
Schandfleck auf dem Familienstammbaum. Er war es nicht
wert, den Namen seines Vaters zu tragen, sein Erbe fortzu-
führen. Daher hatten sie sich ihm entledigt.*

»Warum stoppen wir?« Die Stimme des Wurms
drang an sein Ohr und er schüttelte die Erinnerung
ab. Jetzt war kein Moment, um Schwäche zu zeigen.
Er musste sich noch einmal beweisen, dann wäre er
seinem Ziel ein Stückchen näher.

»Weiter«, knurrte er, schob ihn am Nacken vorwärts und ließ ihn dann los. Angewidert wischte er
sich seine Hand an der Hose ab, sie war nass vom
Schweiß des Menschen. Er roch streng, so als hätte
er sich seit Tagen nicht gewaschen – was auch der
Wahrheit entsprach. Sie hatten ihn zwar mit Essen
und Trinken versorgt, aber die Körperhygiene außer
Acht gelassen.

»Damian, bitte. Können wir das nicht anders klären?«, jammerte der Fleischsack und erntete dafür nur ein Augenrollen, das er leider nicht sehen konnte.

»Ich wüsste nicht, was du anzubieten hättest«, erwiderte er kalt. Sie kamen bei der Treppe zum Herrenhaus an und Ryder stolperte über die erste Stufe. Das entlockte Damian ein belustigtes Schnauben und er beobachtete ihn dabei, wie er sich wieder aufrappelte und die Handflächen rieb. »Ups«, höhnte er. Zusammen stiegen sie die Stufen hinauf ins erste Stockwerk des Herrenhauses. Die nackten Steine wurden von Holzplanken abgelöst und auch der Geruch veränderte sich. Hier oben verschwand der moosige Gestank nach Erde und Fäulnis, stattdessen roch es nach Lack, Blumen und Staub.

Oben angekommen, drückte er die Rückwand des Schranks auf, hinter dem sich der Geheimgang befand, und trat ins Tageslicht. Kurz blendete ihn die Helligkeit, doch schnell hatte er sich daran gewöhnt.

»Weiter geht's.«

Sie liefen stumm nebeneinanderher und er war froh, dass der Wurm nicht weitersprach. Es war ihm sowieso schon ein Graus, ihn noch einmal zu begleiten und seine Gegenwart ertragen zu müssen. Am liebsten hätte er ihm die Kehle mit den Zähnen herausgerissen und sich an seinem Blut ergötzt. Sicher schmeckte er köstlich, eine Mischung aus Vampir, Mensch und Jungfrau. Allein bei dem Gedanken lief ihm das Wasser im Mund zusammen, aber das musste noch warten. Erst würde er Quintons Auftrag erfüllen, diese alte Frau erledigen, und dann war Loan Ryder Freiwild. Vielleicht würde er seine kleine

Freundin zuerst töten, nur damit Ryder zusehen musste, wie sie starb. Das würde ihm ein besonderes Vergnügen sein. Und am Ende würde er sich seine verdiente Belohnung abholen. Quinton würde davon nie erfahren und es würde ihn auch nicht interessieren. Dann war halt ein Mensch am Tag mehr gestorben. Und einem Toten gegenüber war er keine Rechenschaft schuldig.

Loan Ryder schien sich seinem Schicksal als Köder ergeben zu haben, oder er war ohnmächtig. Das konnte der Hüter schlecht sagen, da er immer noch den Sack über dem Kopf trug. Er könnte ihn befreien, aber damit würde der Spaß vergehen. So war es viel lustiger.

Für einen kurzen Moment erlaubte er sich, an die Älteste zu denken, und daran, dass er sich fast verplappert hatte.

Quinton hatte ihn vor ein paar Tagen abgefangen, als er das zweite Mal schwerverletzt in seinem Bett aufgewacht war. Der Älteste hatte sofort bemerkt, dass etwas nicht stimmte. Nach wenigen strengen Worten offenbarte Damian ihm all das, was in den letzten Wochen hinter seinem Rücken passiert war. Er gestand ihm, dass er das Buch behalten und die Älteste es entdeckt hatte. Glücklicherweise schien Quinton ihm sein Fehlverhalten nicht übel zu nehmen, ja, ganz im Gegenteil. Er legte ihm einen Arm um die Schultern, führte ihn in seine Gemächer und bot ihm dort einen Drink an. Im Vertrauen hatte er ihm dann alles berichtet, bis zu dem Moment, in dem er vor Wut aus dem Zimmer gestürmt war, Eugenia und ihr Vorhaben hinter sich gelassen hatte und auf eigene Faust agieren wollte. Eigentlich war es ein glücklicher Zufall gewesen, dass Quinton ihn abgefangen hatte. So hatte Eugenia nichts mehr gegen ihn in der Hand und der Älteste schien ihm verziehen zu haben. Zumindest vertraute er dem Hüter nun eine solch wichtige Aufgabe an.

Oder es gibt keinen anderen Idioten, der das für ihn erledigen könnte, flüsterte ihm eine zynische Stimme zu. *Nur du und er wissen davon. Sobald du nutzlos für ihn bist, wird er dich genauso aus dem Weg schaffen, wie er es schon zahlreiche Male vorher getan hat.*

Ein Schauer lief über seinen Rücken. Er erlaubte sich, für eine Sekunde darüber nachzudenken, was es bedeutete, dass Quinton so sehr darauf bedacht war, dass keiner etwas über Asrath oder das Tagebuch erfuhr. Doch er kam zu keinem triftigen Grund und schüttelte den Gedanken daher ab. Ihm sollte es recht sein, er hatte andere Pläne. Und früher oder später würden ihm diese gelingen. Er war geduldig. Er hatte Zeit. Egal wie lange es dauern würde, er wäre bereit.

Die Fahrt bis zum Einkaufszentrum zog sich unnatürlich in die Länge und er hatte das Gefühl, kostbare Zeit zu verschwenden. In Damians Fingern zuckte es. Ihm ging es gegen den Strich, dass dieser Mensch neben ihm immer noch atmete, nach allem, was er getan hatte. Nur wegen ihm waren seine Kräfte nicht mehr vorhanden und er um Jahre zurückgeworfen. Er wusste nicht, wie lange es dauern würde, bis er zu seiner alten Stärke zurückgefunden hatte. Und alles nur wegen Ryder Er hasste ihn dafür. Plötzlich fühlte er sich wieder an seine Kindheit erinnert. Die Schläge seines Vaters waren immer fest gewesen, zumeist nicht im Gesicht, damit es Mutter nicht sah, aber dafür auf Armen, Beinen und Gesäß. Regelmäßig hatte er nicht sitzen können oder musste sein Reittraining vorschieben, damit Mutter keinen Streit mit Vater anfing. Er hatte es gehasst, wenn sie stritten. Jedes Mal hatte er das Gefühl gehabt, dass sie sich nur wegen ihm in die Haare bekamen. Nur weil er langsamer als andere Kinder gewesen war.

Wut ballte sich in seinem Inneren zusammen und Hitze kroch ihm die Schläfen hinauf. Ein Schrei steckte ihm in der Kehle, doch er ließ ihn nicht frei. Wie gern hätte er vor seinem Vater gestanden und ihn angebrüllt: *Hier bin ich! Ich lebe! Und es hat nur hundert Jahre gedauert, bis ich das Lesen endlich beherrschte.*

Schmerz sickerte bis in seinen Verstand vor und er sah auf seine Hände hinab. Er hatte sie unbemerkt zu Fäusten geballt und öffnete sie nun. Weiße Sicheln zeichneten sich auf seiner Handinnenfläche ab, die schnell verblassten, bis nichts mehr von ihnen zu sehen war.

Wie lächerlich er doch war. Diese ganze Geschichte lag mehrere Jahrhunderte zurück und er hatte immer noch daran zu knabbern. *Erbärmlich!* Mehr fiel ihm dazu nicht ein.

Der Wagen stoppte und er sah auf. Ryder saß immer noch ruhig neben ihm und lehnte mit seinem Kopf am Fenster. Er schien zu schlafen, oder sich totzustellen. Aber selbst, ohne seinen Puls zu messen, wusste Damian, dass er lebte – sein Brustkorb hob und senkte sich.

»Wir sind da«, erklärte Grag unnötigerweise.

»Ich sehe es!«, knurrte Damian genervt und öffnete seine Tür. Er lief einmal um den Wagen herum und öffnete auch Ryders. Dieser fiel halb auf die Straße und der Hüter hielt es nicht für nötig, ihm zu helfen.

Mit einem Ruck zog er ihm den Sack vom Kopf und der Wurm blinzelte gegen die Helligkeit an.

»Wie spät ist es?«, fragte er mit belegter Stimme. Er leckte sich über die Lippen, legte den Kopf in den Nacken und starrte in den Himmel.

»Ist das wichtig?« Damian drehte sich auf seinen Fersen um und lief Richtung Einkaufszentrum. Als er keine Schritte hinter sich hörte, drehte er sich um und starrte zurück. Grag stand neben Ryder und musterte ihn kritisch. Der Fleischsack hingegen machte einen elendigen Eindruck. Er war ganz blass, an seiner Stirn klebte noch immer Blut und er zitterte am ganzen Leib.

»Wo liegt das Problem, Ryder? Hast du nicht gut geschlafen?«

»Ich habe gar nicht geschlafen«, murmelte dieser.

»Das interessiert mich nicht. Mach endlich, dass du herkommst. Grag! Schaff ihn ran!« Mit diesen Worten drehte sich Damian herum und eilte auf den Haupteingang des Zentrums zu. Es gab eine Drehtür, die selbstverständlich stillstand. Rechts daneben befand sich ein Nebeneingang, eine einfache Glastür, die unter Damians Tritt klirrend nachgab. Glas regnete zur Erde und verteilte sich als Scherben auf dem Boden.

»Das war aber nicht gerade subtil«, brummte Ryder.

»Wir schleichen uns ja auch nicht an sie heran!« Damian trat durch die zerstörte Tür. »Seid gegrüßt, Kanalratten! Ich hab da was, was ihr wollt!« Seine Stimme hallte laut in der leeren Halle wider. »Wir sind gekommen, um zu verhandeln.«

Sophia

Nervosität legte sich wie ein Wespenschwarm in meinem Magen nieder. Sie schwirrten dort herum und machten es mir unmöglich, von dem Essen zu kosten, das ich selbst zubereitet hatte.

Es war schon seltsam, in einem verlassenen Kaufhaus zu kochen. Erst recht war es skurril, bloß auf einem Gaskocher und nur mit Hilfe zweier Töpfe etwas halbwegs Genießbares zuzubereiten. Aber den Dosenfraß allein weigerte ich mich zu essen. Wenn hier ein funktionierender Herd herumstünde, würde ich sogar so weit gehen und unser Brot selbst backen. Selbstgemacht schmeckte es einfach immer am besten – das hatte mir schon meine Granny beigebracht.

»Ich erinnere mich noch an den verdutzten Ausdruck auf dem Gesicht des Wiedergeborenen.« Mal zog eine Fratze, die halb geschockt und halb wie ein Schwein aussah. »Das war echt so herrlich. Und wie er gestammelt hat. I-ich b-bin nur ein M-mensch. Von V-vampiren weiß ich n-nichts.« Er stotterte absichtlich heftig und zog die Wörter künstlich in die Länge. Alle lachten und auch ich zwang mich zu einem gequälten Kichern.

Die Wespen stachen in meine Mageninnenwand und krabbelten meine Kehle hinauf. Mir wurde schlecht. Es fühlte sich so falsch an, mit Mördern an einem Tisch zu sitzen – symbolisch gesprochen. Denn vielmehr hockten wir alle auf der Erde und aßen unsere Mahlzeit aus Dosen. Dennoch war ich hier, ohne Fesseln, kochte für sie und wurde von ihnen wie eine Ebenbürtige behandelt. Genossen sie einfach nur mein Essen und meine Gegenwart, oder lag es viel mehr daran, dass sie glaubten, von mir ginge keine Gefahr aus? Ich war nicht besonders gut im Kämpfen, auch wenn ich früher mit meinen Brüdern um die besten Plätzchen gerungen und natürlich verloren hatte.

Ein Stich, nicht von den Wespen. Heimweh, wurde mir klar. Wie lange war es her, dass ich meine Eltern, meine Brüder oder unseren Hund Alec gesehen hatte? Wie große Sorgen mussten sie sich um mich machen? Waren sie bereits bei den Cops gewesen? Aber selbst das würde nichts bringen. Diese Jäger schienen fernab der Zivilisation und Gesetze zu leben. Mich würde es wundern, wenn auch nur einer von ihnen einen gültigen Ausweis besaß.

»Mhm.« Mal stopfte sich gerade eine Gabel voll Gulasch in den Mund und sah dann zu mir hinüber. »Das ist echt der Wahnsinn! Wie machst du das bloß, Rotkäppchen?«

Ich zuckte bloß mit den Schultern. Mir war Mal zwar von allen am liebsten, dennoch trog seine engelsgleiche Erscheinung – er war ein kleiner Teufel und sicher genauso tödlich wie die anderen.

»Ich glaube, wir müssen dich behalten.« Malcom lachte und seine weißen Zähne blitzten auf. Fast erwartete ich, dass sich seine Eckzähne verlängerten und sie immer spitzer wurden. Doch nichts davon geschah. Er wandte bloß den Blick ab und widmete sich wieder seinem Essen.

»Das ist echt verdammt gut. So gut habe ich schon seit Monaten nicht mehr gegessen.«

Ich fragte mich, ob er es jemals zustande brachte, den Mund zu halten. Er war wie ein Wasserfall, aus dem die Worte nur so heraussprudelten. Am Anfang hatte ich das als sympathisch gefunden, mittlerweile gruselte es mich. Ob er seine Opfer auch zu Tode quasselte? Erzählte er ihnen Märchen, während er ihnen die Kehle durchschnitt?

»Warum kannst du nicht so gut kochen, Samantha?« Er warf ihr ein schelmisches Grinsen zu und sie schnaubte bloß.

»Du weißt warum.« Sie funkelte ihn wütend an.

Als müsste er streitschlichten, rückte Kai näher zu ihr und legte eine Hand auf ihrem Knie ab. Augenblicklich entspannte sie sich etwas und senkte den Kopf.

»Oh, shit. Tut mir leid.« Auch Malcom schien niedergeschlagen zu sein.

»Gib nicht so viel auf seine Worte, er ist eben ein Dummkopf.« Kai sprach ruhig und liebevoll auf sie ein und ich fragte mich das erste Mal, in welchem Verhältnis die beiden zueinander standen. Wie um meine Gedanken zu befeuern, hob Sam den Blick und küsste Kai auf den Mund.

Mir fiel meine Kinnlade hinunter. Er war mindestens doppelt so alt wie sie und sie küssten sich, einfach so. Und es sah nicht wie ein Kuss zwischen Vater und Tochter aus, eher wie einer, den Liebende austauschen.

»Ja, so habe ich auch das erste Mal geschaut.« Malcom ergriff erneut das Wort und hatte seine alte Gelassenheit zurückgewonnen. Vergnügt rückte er seine Beine zurecht und kreuzte sie zum Schneidersitz.

»Halt die Klappe«, giftete Samantha gegen ihren Kollegen, der es nur mit einem Schulterzucken zur Kenntnis nahm.

»Er könnte dein …« *Vater sein*, wollte ich sagen, doch die Wörter blieben mir im Hals stecken.

»Ich bin älter, als ich aussehe«, fuhr sie nun mich an und ich zuckte leicht zurück.

»Dennoch müssten mindestens an die zwanzig Jahre zwischen euch liegen!« Mir war es in dem Moment egal, wie unhöflich ich klang, und dass ich meine Freiheit mit diesen Worten gefährdete. Ich konnte einfach nicht begreifen, wie sich ein erwachsener Mann auf ein Kind einlassen konnte.

»Ha!«, stieß sie pikiert aus. »Es sind sogar sechzig Jahre!«

»Sech…?« Schockiert starrte ich Kai an. Wie alt war er bitte? Er könnte somit nicht ihr Vater, sondern ihr Großvater sein.

»Hast du es immer noch nicht kapiert?« Samantha rollte mit den Augen. Von Veronica kam ein leises Grunzen, das sicher ein Lachen darstellen sollte. »Wir sind so gut wie unsterblich. Jeder von uns zählt an die hundert Jahre.«

Hundert Jahre? Ich verstand die Welt nicht mehr. »Aber … wie?«

Samantha wollte etwas erwidern, wurde aber von einem Geräusch davon abgehalten, das alle innehalten ließ, und auch ich hielt den Atem an. Niemand traute sich, auch nur einen Finger zu bewegen. Stimmen drangen zu uns hinauf, oder besser gesagt nur eine. Jemand brüllte etwas.

»Seid gegrüßt, Kanalratten! Ich hab da was, was ihr wollt! Wir sind gekommen, um zu verhandeln.«

Plötzlich kam Bewegung in die Truppe. Alle vier rafften sich in Höchstgeschwindigkeit auf, warfen ihre Essensration achtlos auf die Erde, schnappten sich ihre Jacken und Waffen und stürmten aus dem Laden. Mit einem Mal war ich allein und konnte es nicht fassen.

Noch immer traute ich mich nicht, mich zu rühren, und starrte weiterhin wie ein verängstigtes Kaninchen auf die Fensterfront des Einganges. Ich lauschte. Eine Tür fiel ins Schloss und Schritte hallten durch die Halle bis zu mir.

»Wer seid ihr?«, rief Veronica, die die Ruhe wegzuhaben schien. Ich bewunderte sie dafür, immer einen klaren Kopf zu bewahren – oder zumindest so zu tun als ob. Sie erschien auf der Galerie auf der anderen Seite und umklammerte ihre Armbrust mit beiden Händen. Anspannung zeichnete sich auf ihrem Gesicht ab und ihr Blick huschte unruhig hin und her.

Ein Lachen drang bis zu uns hinauf. Es klang kalt und glatt wie Eis. Mir lief ein Schauer über den Rücken und endlich konnte ich mich rühren. Auch ich stellte meine Dose zur Seite, rutschte von der Theke hinunter und trat ein paar Schritte durch den Raum. Veronicas Blick hob sich und traf auf mich. Ich hielt in meinen Bewegungen inne und starrte sie an. Sie schüttelte leicht den Kopf und bedeutete mir, im Laden zu bleiben. Ob sie es tat, weil sie sich um meine Sicherheit sorgte oder damit ihre Geisel nicht flüchtete, wusste ich nicht zu sagen. Aber das war auch egal.

Sobald sie wieder ihre gesamte Aufmerksamkeit der Armbrust und dem Fremden widmete, lief ich weiter. An der Galerie angekommen, lehnte ich mich vor und starrte nach unten. Bisher hatte ich noch keinen Blick ins Erdgeschoss werfen können. Die Jäger waren immer in meiner Nähe gewesen, hatten mich bewacht und jeden Schritt und Tritt mit Argusaugen beobachtet.

Wir waren wirklich hoch oben und dank der aufsteigenden Sonne konnte man immer mehr und mehr sehen. Der Fußboden war übersät mit Dreck, Tüchern, Dosen und sonstigen Dingen, die ich aus dieser Entfernung nicht erkennen konnte. Ich entdeckte auch mehrere Topfpflanzen, deren vertrockneten Äste und Blätter entweder bereits abgefallen waren, oder sich immer noch an das Gewächs klammerten. Der Begriff *Lost Place* geisterte mir durch den Kopf und plötzlich wurde mir schwindelig. Die Höhe machte mir Angst und ich trat lieber vom Geländer zurück. Veronica hatte fast das andere Ende erreicht und ihr Blick ruhte noch immer auf dem Erdgeschoss. Sie fuchtelte kurz mit den Armen, schien jemandem aus ihrer Gruppe Befehle zu geben und blieb dann stehen.

»Zeig dich, Blutsauger!«, rief sie hinunter und erneut ertönte dieses kalte Lachen.

»Warum denn so unhöflich? Ich komme in Frieden und habe sogar ein Geschenk für euch.«

»Den Wiedergeborenen?«

»Wenn du ihn so nennen möchtest.«

Mit einem Mal versteifte sich Veronica und sie hob die Armbrust ein Stück an. Alles an ihr schrie Kampf und ihr Finger zuckte am Abzug.

»Hat er dich geschickt?«

Kurze Stille, dann erwiderte der Vampir: »Ja.«

Von wem war die Rede? Was wollten die Vampire hier und hatten sie wirklich Loan bei sich?

Schnell rannte ich wieder zum Geländer und starrte nach unten. Aus dem Schatten löste sich eine Gestalt, deren Gesicht ich nicht erkennen konnte. Zu spät erkannte ich, dass sie einen Hut trug. Der Mann hatte seine Arme erhoben und drehte sich mehrmals im Kreis. Etwas Rotes blitzte auf und ich hielt die Luft an. Das war er. Diese Augen. Ich erkannte sie sofort. Sie hatten zwar etwas von ihrer Brutalität verloren, schienen nicht mehr zu glühen, dennoch bestand kein Zweifel.

Mein Herz schlug mir bis zum Hals und das Blut rauschte in meinen Ohren. Angst schnürte mir den Brustkorb zu und alles in mir schrie danach, mich einfach zu verstecken. Weiße Zähne und rote Augen blitzten in meinen Gedanken auf. Ich fühlte mich wie ein Kind, das einen Albtraum hatte, doch ich drückte dieses Gefühl nieder. Vor diesem Kerl wollte ich keine Schwäche zeigen.

»Er gibt nie etwas umsonst. Also, was verlangt er dieses Mal?« Veronica hatte die Verhandlungen aufgenommen und während ich noch versuchte, der Panik nicht nachzugeben, schien etwas von ihren Schultern abgefallen zu sein. Ihre Haltung war nicht länger verkrampft. Sie zielte zwar noch immer auf den Vampir, aber wirkte nicht mehr so verbissen darauf, ihn auch zu töten.

»Das Mädchen.«

»Was?«, flüsterte ich und glaubte, mich verhört zu haben.

»Sophia! Lauf! Er will dich t…« Ein dumpfer Schlag.

»Loan!«, kreischte ich und mein Schrei hallte viel zu laut im Einkaufszentrum wider. Seine Stimme hatte einen seltsamen Klang, dennoch hatte ich ihn sofort erkannt.

»Renn weg! Rette dich!«, brüllte er und ein erneuter Schlag gefolgt von Stöhnen drang zu mir hinauf. Er war hier! Dort unten stand er und war genauso gefangen wie ich.

»Das würde ich dir nicht raten, kleines Täubchen. Wenn du davonfliegst, wird dein Geliebter seinen Kopf verlieren.«

»Er ist nicht mein Geliebter!« Aus einer inneren Eingebung heraus sprach ich weiter. »Er hat mich belogen und mich in Gefahr gebracht. Wie kommst du darauf, ich würde ihn noch sehen wollen?« Meine Worte klangen sicherer, als ich mich fühlte.

Lachen ertönte. Schneidend, bösartig. Der Vampir krümmte sich, schüttelte sich. »Hast du das gehört,

Ryder? Du hast es verkackt. Deine Liebste hat sich von dir abgewandt.«

»Sophia, ich … Es tut mir leid.«

»Stopft ihm endlich das Maul«, zischte der Vampir und deutete nach links. Ich beugte mich zur Seite und schielte nach unten, doch die Personen befanden sich zu tief im Gebäude, die Empore des ersten Stocks versperrte mir die Sicht. Langsam bewegte ich mich zur Seite, den Blick weiter auf den Schatten gerichtet.

Eine Hand packte meinen Unterarm und jemand riss mich herum. Ich starrte in dunkle, fast schwarze Augen. Kai sah gefühllos auf mich hinab und zog mich hinter sich her. Ich wehrte mich, stemmte mich gegen seinen festen Griff, dennoch half es nichts. Er zerrte mich unnachgiebig zu Veronica, die nur einen kurzen Blick auf mich warf und dann den Mund öffnete.

»Also, die Kleine gegen den Wiedergeborenen? So sieht der Deal aus? Das ist alles?« Unsicherheit schwang in ihrer Stimme mit. Ich schaute nach unten und fand mich erneut dem starren Blick des Vampirs gegenüber. Er schien mich keine Sekunde aus den Augen gelassen zu haben.

»Warum wollt ihr mich? Ich bin doch nur ein Mensch!«, brüllte ich aus voller Lunge und kassierte dafür einen Schlag in die Rippen. Ein Grunzen kam mir über die Lippen und ich starrte Kai giftig an. »Ich bin nur ein Mensch, ich habe keinen Wert. Warum sollten sie mich gegen ihn tauschen?«, sprach ich ruhiger und nur zu Veronica und Kai. Auch sie mussten einsehen, dass das keinen Sinn ergab.

Kai sah zu der Anführerin und ihr Blick huschte kurz zu mir. »Das ist nicht wichtig. Wenn wir dafür den Wiedergeborenen bekommen, wird es so geschehen. Du weißt, wir alle haben keine Zeit mehr. Wir brauchen ihn!«

Mein Herz setzte für einen Schlag aus, stolperte und schlug weiter. Ihre kalte, rationale Aussage schockierte mich. Die Illusion, ich könnte mir ihr Vertrauen erschleichen und ihnen so entkommen, ging gerade in Flammen auf. Sie waren skrupellose Jäger, hatten alles Menschliche verloren, das sah ich in diesem Moment ein und Wut brannte in mir auf. Kraft sammelte sich in meinen Händen. Ich ballte sie zu Fäusten, presste die Zähne fest zusammen und holte tief Luft. Dann ließ ich dem Feuer freien Lauf.

Ein gellender Schrei drang aus meiner Kehle, der Veronica zusammenzucken ließ. Ich drehte mich unter Kais Griff hindurch, stand nun frontal vor ihm und trat ihm beherzt in den Schritt. Zuerst reagierte er nicht, doch dann schien der Schmerz sein Hirn zu erreichen, er grunzte, ließ mich los und sackte in sich zusammen. Ich stürmte an ihm vorbei. Flüche regneten auf mich nieder. Dennoch rannte ich weiter. Schritte verfolgten mich, Stimmen wurden laut und undeutliche Rufe hallten durch das Gebäude.

Ich erreichte das andere Ende der Empore, krallte mich am Geländer fest, um besser um die Kurve zu kommen, und warf dabei einen Blick hinter mich. Veronica war mir dicht auf den Fersen. Ihr Gesicht war wutverzerrt, ihr Blick rasend.

»Bleib stehen!«, fauchte sie, doch ich würde den Teufel tun.

Schnell sprintete ich weiter auf die Rolltreppe zu. In meinem Augenwinkel bewegte sich etwas und ich erkannte einen Lockenkopf. Mal rannte auf der anderen Galerie ebenfalls Richtung Rolltreppe. Er wollte mir den Weg abschneiden, wurde mir klar.

Ich sammelte meine Kraftreserven und beschleunigte noch einmal. Nur leider war das vergebene Lebensmüh, natürlich war er schneller.

Er schoss auf mich zu und seine Locken wippten dabei auf und ab. Als er bei mir ankam, streckte er den Arm nach mir aus, während ich ihm auswich, stellte ihm ein Bein und rannte weiter. Hinter mir hörte ich einen dumpfen Aufschlag, ich sah nicht zurück. Mein Herz pochte heftig, mein Atem rasselte. Lange würde ich das nicht mehr aushalten, aber ich konnte sie auch nicht einfach gewinnen lassen. Sie durften Loan nicht bekommen, das würde seinen Tod bedeuten.

»Kleine, lass gut sein.« Die Stimme des Vampirs drang an mein Ohr und ich sah hinunter. Er stand immer noch in der Mitte der Halle und verfolgte meine Flucht geduldig. Er hatte die Hände hinter dem Rücken verschränkt und wirkte fehl am Platz.

Was stimmt bloß mit dem Kerl nicht?, fragte ich mich insgeheim.

Ich erreichte endlich die Rolltreppe und sprintete auch diese hinunter. Die Rufe und Schreie wurden immer lauter. Die Jäger brüllten sich Befehle zu, die ich nicht verstand. Dafür rauschte mir mein Blut zu laut in den Ohren und der Atem war zu rasselnd.

Als ich im ersten Stock angelangte, bekam ich kaum noch Luft, in meiner Seite pikste es und auch meine Beine wurden müde. Suchend sah ich mich um, nach einem Versteck, einer Waffe oder irgendetwas anderem, das ich verwenden könnte. Doch da waren nur leere Verkaufsflächen zu sehen, deren Tische und die wenigen Kleiderständer mir kaum als Versteck dienen könnten.

Eine Hand schoss aus einem Laden, packte meinen Pullover und schleuderte mich herum. Jemand schlug mir die Faust ins Gesicht und Sterne tanzten vor meinen Augen. Ich stolperte rückwärts, wurde aber von der Person gehalten.

»Miststück«, zischte eine weibliche Stimme und ich blinzelte gegen die Schwärze an, um sie zu erkennen.

»Sam«, murmelte ich und fasste mir an die Nase. Etwas Feuchtes und Warmes blieb an meinen Fingern kleben und ich sah sie fassungslos an. »Was soll das?« Auch wenn sie bisher mir gegenüber sehr feindselig gewesen war, hatte ich von ihr ein solches Verhalten niemals erwartet.

»Du stehst uns im Weg.« Ihre Stimme war hart, gefühllos und voller Hass.

»Was habe ich dir bloß getan, dass du mich so hasst?« Die Frage war rein hypothetisch gemeint, sicher würde sie sie mir nicht beantworten. Umso überraschter war ich, als sie zögerte.

»Ich hasse dich doch nicht.«

»Aber seit der ersten Sekunde willst du mich tot sehen.«

Sam rollte mit den Augen. »Das hat doch nichts mit dir zu tun. Wir brauchen dich und deinen Freund um … zu überleben.«

»Was soll das bedeuten, bitte erkläre es mir!« Ich sah sie flehend an. Wenn ich schon sterben sollte, dann wollte ich wenigstens zuvor die Wahrheit erfahren haben.

»Wir …« Sie stockte.

»Habt ihr den kleinen Vogel wieder eingefangen?«, höhnte der Vampir und erneut brach ein Schrei aus meiner Kehle heraus.

»Halt die Schnauze!«, brüllte Sam zu ihm hinunter.

»Na, warum auf einmal so unhöflich?«

Samantha ignorierte seine Stichelei und wandte sich mir zu. Ein trauriger, fast mitleidiger Ausdruck hielt auf ihrem Gesicht Einzug. »Wir zehren von der Macht der Wiedergeborenen. Ihre Unsterblichkeit verlängert unser Leben um … ein halbes Jahrhundert. Das verlangt uns viel ab und jeder hat seinen Preis gezahlt. Aussteigen können wir nicht mehr, deshalb … Es ist nichts Persönliches, aber ich muss dich ihm übergeben.«

»Nein, bitte nicht! Samantha!« Ich versuchte, an ihr Gewissen zu appellieren, aber das schien schon seit Jahren tot zu sein.

Sie warf mir einen letzten, entschuldigenden Blick zu, dann schubste sie mich vorwärts in Richtung Mal, der just in diesem Moment angehechtet kam. Auf seinem Gesicht zeichnete sich Erleichterung ab.

Enttäuschung machte sich in mir breit, hatte ich zu ihm doch das meiste Vertrauen aufgebaut, aber er war nicht anders als seine Kumpanen. Auch er sah in mir nur ein Mittel zum Zweck. Vermutlich war ich in seinen Augen nicht einmal ein Mensch, genauso wenig wie es Loan für sie war.

Veronica und Kai schlossen zu uns auf und warfen mir nur abschätzige Blicke zu. Dann schnappte sich Sam meinen linken Arm und Mal den rechten. Ich wollte mich ihnen entziehen, jedoch sorgte das nur dafür, dass sie fester zupackten.

»Mach es nicht schlimmer als es sowieso schon ist«, murmelte mir Mal zu, ich schnaubte bloß als Antwort. Einerseits, weil ich ihm nichts mehr zu sagen hatte, andererseits, weil ich immer noch um Atem rang.

Ver und Kai stapften vor uns her, gerade Veronicas Gang hatte etwas Triumphierendes. Sie hatten ihr Ziel erreicht, bald würde ihnen ein Wiedergeborener in ihre Hände fallen und sie könnten somit weitere fünfzig Jahre unbeschwert leben. Ich wollte mir gar nicht vorstellen, was sie dafür tun mussten. Was sie *Loan* dafür antun mussten.

Erst jetzt fiel mir auf, dass Veronica ihre Armbrust nicht mehr bei sich hatte, stattdessen hielt sie nun in jeder Hand ein Messer. Gemeinsam liefen wir die letzte Rolltreppe hinunter und traten auf den Vampir zu. Dieser grinste mich zufrieden an und ich würde ihm am liebsten ins Gesicht spucken. Ich kannte ihn kaum, dennoch war da ein brennender Hass in mir, der sich Luft machen wollte.

»Hier ist sie. Wo ist der Wiedergeborene?« Veronica war wieder in die Rolle der Verhandlungspartnerin geschlüpft und baute sich vor mir auf.

Der Vampir warf einen Blick über die Schulter, nickte einmal kurz und starrte dann wieder nach vorn.

Ich stellte mich auf die Zehenspitzen und beugte mich zur Seite, damit ich einen Blick an Kai vorbei auf Loan erhaschen konnte. Eine Gestalt wurde aus dem Schatten gezerrt, die einen Knebel im Mund trug. Ein Keuchen drang aus meiner Brust und ich hob die Hände vor den Mund. Loans rechte Gesichtshälfte war geschwollen und er blutete an der Augenbraue. Er lief gekrümmt, als hätte er Schmerzen im Bauch.

»Du Arsch, was hast du ihm angetan?«, brüllte ich und zog so die Aufmerksamkeit aller Anwesenden auf mich.

»So, so. Er ist dir also doch wichtig«, spottete der Vampir und ich biss mir auf die Unterlippe. Aber es war zu spät, meine Täuschung war aufgeflogen.

Loan warf mir einen Blick zu. Trauer, Hoffnung und Schmerz glänzten in seinen Augen und ich konnte es nachempfinden. Ich liebte ihn, egal wie sauer ich in den letzten Tagen auf ihn gewesen war.

»Wieso gebt ihr ihn einfach her?«, wollte Veronica wissen und lenkte den Fokus von mir ab.

Der Vampir zuckte mit den Schultern, knetete seine Hände, die in Handschuhen steckten. »Seht es als Friedensangebot.«

»Wieso sollte er ein Friedensangebot schicken? Wer schickt dich wirklich? Quinton würde so etwas nicht ohne Hintergedanken tun.«

Der Name ließ Loan zusammenzucken und er starrte Veronica perplex an. Er schien etwas in ihm auszulösen und Loan murmelte durch seinen Knebel, was ich nicht verstand.

»Ich kann nur das sagen, was man mir aufgetragen hat. Ihr sollt es als Friedensangebot sehen und er entschuldigt sich dafür, dass ich und meine Brüder euch in die Quere gekommen sind. Es war uns nicht bewusst und wir haben Befehle von einer Verräterin erhalten. Um die müsst ihr euch nun keine Sorgen mehr machen, sie wird euch nicht mehr belästigen.«

»Also steht unsere alte Vereinbarung noch?« Veronica wirkte skeptisch.

Der Vampir faltete seine Hände vor der Brust und grinste die Jäger an. »Solange für euch nichts dagegenspricht, möchte Quinton diese Partnerschaft gern fortführen.«

Veronica löste ihre Angriffshaltung auf, ihre Muskeln entspannten sich sichtlich, nur die Messer steckte sie noch nicht weg. Ein Rest Skepsis schien sie nicht loszulassen.

»Nun gut. Dann übergebt ihn uns.«

Ein leises Lachen war zu hören. »So leicht ist das leider nicht.«

»Wieso? Was gibt es noch zu besprechen?«

Der Vampir trat auf sie zu und leckte sich über die Lippen. »Wir sind noch nicht vollzählig.« Sein Blick fand meinen und bohrte sich in meine Seele. Da war so viel Hass und Schadenfreude, ein Strudel aus Chaos, der mich in den Abgrund ziehen wollte.

»Wir sind nur zu viert«, erklärte Veronica, deutete dabei auf sich und die anderen. Mich ließ sie außen vor, als wäre ich nicht wichtig, würde nicht zählen. Aus ihrer Stimme war die Verunsicherung zu hören.

Hier ging etwas nicht mit rechten Dingen zu. Warum sollten sie Loan entführen, wenn sie ihn am Ende doch nur diesen Mördern auslieferten? Was ergab das für einen Sinn?

»Das ist eine Falle«, flüsterte ich und hoffte, dass Mal mich ernst nahm. Ich warf ihm einen Blick zu, leider ignorierte er mich. Nur an seinem angespannten Kiefer konnte ich erkennen, dass er auch etwas ahnte.

»Das sehe ich, dennoch fehlt noch ein Ehrengast. Vielleicht sollten wir ihn gemeinsam begrüßen. Brünhild! Willst du dich nicht zu uns gesellen?«

Kapitel 20

»Brünhild?«, murmelte ich durch den Knebel hindurch und starrte Damian an. Wie konnte das sein?

Eine Gestalt schälte sich aus dem Schatten unter der Rolltreppe. Sie hielt etwas in den Händen, das ich als Pistole erkannte. Als das Licht ihr Gesicht traf, konnte ich es nicht fassen. Es war die alte Frau mit der Narbe – Hilde, wie sie sich mir gegenüber vorgestellt hatte. Was tat sie hier?

»Sei gegrüßt, Damian. Es freut mich, dich endlich einmal persönlich kennenzulernen.«

»Das Vergnügen liegt ganz auf meiner Seite.« Er deutete eine Verbeugung an und lupfte sogar seinen Hut. »Es ist eine Ehre, Euch endlich persönlich zu begegnen.«

Hilde – Brünhild, oder wie sie sonst nun hieß – umrundete die Jäger, die sie nicht aus den Augen ließen. Auch hier wurden verdutzte Blicke ausgetauscht, als würden sie sich kennen. Kurz sah ich zu Sophia, auf deren Gesicht Erkenntnis abzulesen war. Ihr Mund stand leicht offen und ihre Schultern bebten. Mir war es ein Graus, sie zwischen den Vampirjägern stehen zu sehen, aber so gefesselt und geknebelt wie ich war, konnte ich ihr nicht helfen.

»Ihr habt lange gebraucht, um zu uns zu stoßen.«

Meine Aufmerksamkeit kehrte zu Damian zurück, der wieder eine aufrechte Haltung angenommen hatte und die Arme hinter dem Rücken verschränkte.

»Es war schwierig, eure Spur zu verfolgen. Und es konnte ja keiner ahnen, dass du mit ihm zurückkehrst.« Endlich verschwand das Wilde aus ihren Augen und sie wirkte klarer auf mich. Nicht mehr so verrückt.

»Quinton schickt mich …«

»Das habe ich mitbekommen.«

Ein leises Lachen drang aus Damians Kehle. »Er hat mir auch eine Botschaft für Euch mitgegeben.« Seine Hand zuckte und etwas blitzte auf. Geschockt starrte ich auf seine Finger, die in schwarzen Handschuhen steckten. Er hielt ein kleines Messer fest und mir schwante Übles.

»Lauft, das ist eine Falle!«, brüllte ich, jedoch verschluckte der Knebel meine Worte. Ich bäumte mich gegen meine Fesseln und die starken Hände Grags auf, aber es half nichts.

Hilde warf mir einen flüchtigen Blick zu und war für einen Moment abgelenkt. Damian nutzte seine Chance, machte einen Schritt vor und schleuderte den Dolch direkt auf Hildes Brust zu.

Ein Schrei löste sich aus meiner Kehle, während ich dem Flug der Waffe mit den Augen folgte. Alles schien sich zu verlangsamen und mehrere Dinge passierten gleichzeitig. Die brünette Jägerin neben Sophia stieß sie zur Seite und die anderen drei zückten ihre Waffen. Hilde hob ihre Pistole und feuerte ab, ob sie ihr Ziel traf, konnte ich nicht sagen. Grag packte mich am Kragen, zerrte mich hinter sich und schützte mich mit seinem Körper. Warum?

Der Knall der Pistole dröhnte in meinen Ohren und sorgte dafür, dass die Zeit wieder normal ablief. Die Hölle brach los, Stimmen wurden laut, Befehle wurden gerufen und Kugeln bohrten sich in den Beton des Gebäudes.

Ich sah das Durcheinander als Chance und rannte los. Mit den gefesselten Armen stellte ich mich zwar etwas ungeschickt an, dennoch schaffte ich es hinter die Rolltreppe und kauerte mich darunter. Umständlich zog ich mir den Knebel aus dem Mund und bearbeitete die Knoten mit den Zähnen. Nur im Unterbewusstsein nahm ich wahr, wie hinter mir ein Kampf ausgetragen wurde. Ich konnte einen Vampir fauchen hören, jemand schrie und Metall traf auf Metall. Aber das war mir alles egal. Ich musste mich befreien und dann Sophia suchen.

Nach quälenden Sekunden schaffte ich es endlich, mich von den Seilen loszumachen, und kroch zum Rand der Rolltreppe. Ich lugte hinter ihr hervor und begutachtete die Szene. Damian kämpfte mit Hilde, schlug sie nieder, sodass sie zu Boden stürzte. Anstatt sich zu ergeben, zog sie eine weitere Pistole aus ihrem Gürtel und zielte direkt auf Damians Kopf. Dieser zögerte, schlug dann aber blitzschnell zu.

Ein lauter Knall ließ die Wände erschüttern und der Hüter wurde zurückgeschleudert. Er fiel keine zwei Meter von mir entfernt zu Boden und Rauch drang aus seiner Brust. Ich starrte ihn perplex an, sah keine Regung in seinem Gesicht.

Blut quoll aus den dutzenden Wunden und etwas rollte klirrend auf die Fliesen. *Schrotkugeln,* schoss es mir durch den Kopf. Einen Augenblick später hustete Damian, spuckte etwas auf seine Hand, das rund war und rötlich glänzte.

»Miststück«, murmelte der Hüter und rappelte sich vorsichtig auf. Seine Selbstheilungskräfte waren ungewöhnlich aktiv, dafür, dass er eigentlich geschwächt sein müsste.

Ich ignorierte den Vampir und Hilde – hatte sie mir doch mit dieser Aktion gezeigt, dass sie auf sich selbst aufpassen konnte. Mein Blick wanderte über die Szene, blieb kurz an Grag und den drei Jägern hängen. Der Vampir schaffte es, ihren Hieben und Schlägen elegant auszuweichen und sie in Schach zu halten. Genau in diesem Moment holte der blonde Lockenkopf mit seinem Schwert aus und zielte auf den Kopf, doch Grag beugte sich darunter hinweg, machte einen gekonnten Ausfallschritt nach vorn und schlug mit der Faust zu. Sie landete im Gesicht des hübschen Jägers und ich konnte es bis hierher knacken hören. Er ließ die Waffe fallen, die Grag auffing, bevor sie auch nur den Boden hätte berühren können. Mit einer Umdrehung rammte er es dem Jäger mit den indigenen Zügen in den Bauch, der einen erstickten Laut von sich gab.

»Neein!«, schrie die Teenagerin, stürzte zu ihm und drückte eine Hand auf die Wunde. Grag ließ sie links liegen und stampfte nun auf das vierte und verbliebene Mitglied der Gruppe zu. Die Punkerin stand ganz am Rand, drückte Sophia mit ihrem Körper gegen die blanke Mauer und schien sie zu beschützen.

»Wir hatten einen Deal!«, kreischte diese und bekam es offensichtlich mit der Angst zu tun.

Mir stellten sich die Nackenhaare auf, ich konnte nicht länger liegen bleiben und tatenlos dabei zusehen, wie sie Sophia verletzten. Ich musste etwas tun, sofort!

Bevor ich am Ende doch kneifen konnte, kroch ich aus meiner Deckung hervor, rappelte mich auf und rannte los. Blind vor Wut und Angst stürmte ich auf den Berg aus Fleisch und tödlicher Gewalt zu, sprang und ein Schrei löste sich aus meinem Mund. Der Vampir drehte sich noch halb um, sah mich verwirrt an. Ich landete hart auf seinem Rücken, er stolperte zur Seite und ich krallte mich an ihm fest. Mit meinen Armen umschlang ich seinen dicken Hals und drückte fest zu. Wie eine Spinne hockte ich auf ihm und fühlte mich dennoch hilflos.

Ein Grunzen drang aus seiner Kehle, dann hob er den Arm, packte mich am Kragen und schleuderte mich von sich. Die Welt drehte sich, kurz erhaschte ich einen Blick auf die Irokesenfrau. Ihre Aufmerksamkeit galt Grag, dennoch bohrten sich ihre hasserfüllten Augen in meine Seele. Dann war sie fort, Schmerz durchzuckte meinen Körper und die Luft wurde aus meiner Lunge gepresst. Ich keuchte, starrte zur grauen Decke und Sterne tanzten in meinem Sichtfeld.

Sophias Gesicht tauchte über mir auf, voller Schreck und Angst sah sie auf mich hinab, doch wurde keine Sekunde später weggezogen.

»Sophia! Warte«, japste ich. Die Kraft hatte mich verlassen, ich lag wie ein hilfloser Käfer auf dem Rücken und wusste mir nicht zu helfen.

Hände packten mich an den Knöcheln, schleiften mich weiter in die Dunkelheit unter dem ersten Stockwerk. Kurz sah ich das Gesicht der Brünetten, doch dann verschwand es wieder.

»Lass ihn los!«, fauchte Sophia und ein dumpfer Schlag erklang. Jemand sackte neben mir zu Boden und ich ließ den Kopf zur Seite rollen. Ich starrte in das schlafende Gesicht der Brünetten. *Nein, sie schläft nicht, sie ist ohnmächtig*, wurde mir klar.

»Loan! Loan! Geht es dir gut?« Sophias Stimme drang an mein Ohr und ihre Hand ergriff meine. Ich sah zur anderen Seite und fand mich Sophias stechendem Blick gegenüber. Tränen sammelten sich in ihren Augen und liefen ihr über die Wange. »Oh, Loan. Ich habe mir solche Sorgen gemacht. In was für eine Scheiße hast du uns da bloß geritten?« Sie schluchzte und drückte mir einen Kuss auf die Fingerknöchel.

»Es tut mir leid, das wollte ich nicht«, wisperte ich. Auch mir kamen die Tränen und liefen heiß an meinen Schläfen hinab.

Sophia entfuhr ein tiefer Seufzer, dann strich sie sich die Haare zurück, die ihr aus dem Zopf entschlüpft waren, und zog an meiner Hand. »Los, steh auf. Wir müssen hier weg.«

Das ließ ich mir nicht zweimal sagen und kämpfte mich auf die Beine. Mein Rücken pochte und mein rechter Knöchel fühlte sich gebrochen an. Augenblicklich lief Sophia auf meine schwache Seite, legte sich meinen Arm über die Schulter und stützte mich. Wir ließen das Chaos hinter uns und liefen weiter ins Dunkle.

»Wir sollten ein Versteck finden. Etwas, wo wir uns verschanzen können. Vielleicht mit zwei Ausgängen, die man gut überwachen oder verbarrikadieren kann.« Sophia sprach mit sich selbst, schmiedete Pläne und ich sah sie bewundernd an. Sie hatte sich verändert. Schien stärker geworden zu sein, selbstsicherer.

»Wie geht es dir?« Die Worte kamen über meine Lippen, bevor ich darüber hätte nachdenken können.

Sie schnaubte. »Wie soll es mir schon gehen, ich bin entführt worden.«

»Ich weiß, das tut mir leid.« Ich sah zur Erde, humpelte vorwärts und ließ mich von ihr führen. »Waren sie gut zu dir?«

»Loan, spielt das jetzt eine Rolle?« Sie fuhr mir über den Mund und ich konnte die Wut in ihrer Stimme mitschwingen hören. »Jeder hier will uns töten. Wir müssen erst einmal weg, dann können wir gern darüber reden.«

Ich kaute auf meiner Unterlippe herum. Für mich war das Thema noch nicht beendet. Ich hatte noch so viel zu sagen, mich noch für so viele Dinge zu entschuldigen. Aber auch ich sah ein, dass jetzt nicht der richtige Moment dafür war. Daher schloss ich lieber den Mund und hielt Ausschau.

Vor uns tauchte eine Doppeltür auf, die wie der Hinterausgang des Einkaufszentrums wirkte. Licht drang durch das verschmutzte Glas und zeichnete Risse auf die weißen Fliesen.

»Wir sollten besser drinnen bleiben, draußen sind wir ihnen schutzlos ausgeliefert. Sie haben Waffen und sind schneller als wir.«

»Ich weiß.« Sophia knurrte. »Verdammt.«

Ich sah mich links und rechts um. Fensterfronten der Verkaufsflächen, ein paar Regale, noch weniger Schränke, hinter denen man sich verstecken oder verschanzen könnte. Eine Tür sprang mir ins Auge. *For employees only* stand darauf.

»Da!« Ich deutete mit dem freien Arm auf die Tür und Sophia wandte sich ihr zu.

»Hoffentlich ist sie offen.«

Das war sie natürlich nicht. Ich biss mir auf die Innenseite meiner Wange und warf mich mehrmals dagegen. Den Schmerz in meinem Knöchel und meiner Schulter ignorierte ich dabei. Hier ging es nicht länger um mich. Ich hatte Sophia gefunden und würde nun alles dafür tun, sie zu retten.

Als mich Phi dabei unterstützte, ging sie endlich auf. Wir stolperten hinein und schlossen schnell die Tür. Licht drang durch ein winziges Fenster auf der anderen Seite und erhellte ein wenig den Raum. Ich erkannte alte PCs, Bürostühle und Tische.

»Scheint fast so, als hätte man die hier einfach vergessen«, sprach ich meinen ersten Gedanken aus, der mir bei dem Anblick gekommen war.

Sophia atmete schwer, ließ meine Aussage unkommentiert und war bereits dabei, einen Schreibtisch freizuräumen. »Komm, hilf mir. Den stellen wir vor die Tür.«

Ich tat wie geheißen und zusammen schoben wir ihn vor den einzigen Eingang. Dann inspizierten wir den Raum, fanden bis auf ein paar Kabel und einer alten Diskette nichts Brauchbares. Am Ende setzten wir uns hin und lehnten uns mit dem Rücken an den Schreibtisch. Ich fixierte das kleine Fenster und ließ meine Gedanken schweifen.

»Du weißt, dass ich dir nicht helfen konnte, selbst wenn ich es gewollt hätte.«

»Mhm?«, brummte Sophia fragend, ohne mich dabei anzusehen.

»Du weißt schon, in der Toilette.«

»Ach so, ja. Kann sein.« Sie klang nicht überzeugt, eher verärgert. Und das konnte ich ihr nicht verübeln.

»Ich meine, die waren zu viert und ich allein. Ich hä…«

»Du warst nicht allein«, unterbrach sie mich und ich stockte.

»Doch! Ich hatte keine Verstärkung und bin allein gekommen«, fügte ich hinzu.

»Du warst nicht allein!«, beharrte sie weiterhin und sah mich endlich an. Ihre blauen Augen glühten von innen und ich hätte schwören können, dass sie Funken schlugen. »Du hattest mich! Wir wären zu zweit gewesen.«

»Aber selbst dann wären wir ihnen unterlegen gewesen«, argumentierte ich, was ihr nur ein weiteres Schnauben entlockte.

»Ich hätte deine Hilfe sowieso nicht gebraucht. Ich hatte sie fast so weit. Sie haben mir immer mehr vertraut und ließen mich manchmal allein, auch wenn es nur für einen Augenblick war. Irgendwann hätte ich es auch allein geschafft, zu entkommen.«

»Wann? Wie lange dachtest du, würde es dauern, bis sie dir voll und ganz vertrauen?«

»Keine Ahnung«, brummte sie, zog ihre Knie an den Körper und umklammerte sie mit den Armen. »Ich hätte es schon noch geschafft.«

»Das glaubst du doch selbst nicht!« Ich stupste ihr mit meinem Ellenbogen in die Seite. Leider hatte das nicht seinen gewünschten Effekt und sie schlug mir stattdessen hart auf den Brustkorb.

»Hör auf! Tu nicht so, als wäre ich ein hilfloses Kind! Außerdem ist alles deine Schuld! Wegen dir ist mir das alles passiert und ich wünschte …« Sie stockte, besann sich dann und schloss den Mund.

»Ja? Was wünscht du dir?« Auch in mir keimte Wut auf. Warum war sie so verdammt stur und konnte nicht dankbar sein, dass ich sie gerettet hatte? War es so schwer, einfach danke zu sagen? »Sprich es ruhig aus! Ich habe es doch eh schon einmal gehört.« Meine Worte klangen härter als beabsichtig.

»Ach, nichts!«, grummelte sie und schien das Thema damit beenden zu wollen. Nur war ich noch nicht fertig.

»Sophia! Wie hätte ich dir das denn erklären sollen? Wie hätte ich dir sagen sollen, dass ich einmal ein Vampir war und nun nicht mehr? Du hättest mir doch nie geglaubt und mich als verrückt abgetan!«

»Das bist du auch«, murmelte sie.

»Wie bitte?«

»Du bist verrückt, wenn du geglaubt hast, damit durchzukommen. Du bist diesem Zirkel aus Blutsaugern entkommen, wodurch? Was hat sie davon abgehalten, dich zu suchen und zu jagen? Hast du dir darüber mal Gedanken gemacht?«

»Ich hatte eine Absicherung.«

»Ha!«, stieß sie empört aus. »Das hat ja prima geklappt! Als ob die es nicht irgendwie geschafft hätten, die aufzuspüren und dich dann einfach zu töten. Und was ist mit diesen Jägern? Die wollen offensichtlich dich! Sie haben mir erzählt, dass sie sich irgendwie von deiner Ewigkeit ernähren.« Sie hielt kurz inne. »Ne, zehren war das Wort, aber keine Ahnung, was er damit ausdrücken wollte.«

»Was soll das heißen? Meine Ewigkeit?«, fragte ich nach. Ob sie mit *er* wohl diesen Mal meinte? Eifersucht keimte in mir auf und brandete wie eine Sturmflut an mein Herz.

»Keine Ahnung!« Sie warf die Arme in die Luft. »Ich weiß nur, dass sie es irgendwie schaffen, unsterblich zu sein. Samantha meinte zu mir, dass sie schon über hundert Jahre alt sei.«

»Wer ist …«

»Die Brünette«, antwortete mir Phi, ohne dass ich meine Frage ganz stellen brauchte.

»Oh.« Sie kannte also ihre Namen. Und nicht nur das, die Jäger schienen auch Geheimnisse mit ihr geteilt zu haben. Könnte es vielleicht doch sein, dass sich Sophia auf ihre Seite geschlagen hatte? Ach, Quatsch! So etwas würde sie nie tun.

Ich schüttelte die lächerlichen Gedanken ab und bereute es sogleich. Mein Kopf brummte und mir wurde schwindelig.

»Shit.« Wie aufs Stichwort knurrte mein Magen.

»Wann hast du das letzte Mal etwas gegessen? Du siehst furchtbar aus«, kommentierte Sophia.

»Weiß nicht genau«, nuschelte ich und schloss für einen kurzen Moment die Augen. Mein Blutzucker war im Keller und ich fühlte mich zittrig, als könnte ich keinen Schritt mehr gehen. »Ich war damit beschäftigt, vor den Vampiren zu fliehen, um am Ende wieder von ihnen eingefangen zu werden.«

»Du hättest es besser wissen müssen.« Vorwürfe schwangen in ihrer Stimme mit.

Ihre Worte ließen mich meine Lider wieder öffnen und ich starrte sie perplex an. »Wie hätte ich das denn alles vorher ahnen können? Mir war nicht bekannt, dass Vampire wieder zu Menschen werden können und diese dann gejagt werden würden, weil andere von ihnen *zehren*.« Ich spuckte das letzte Wort wie eine Beleidigung aus. Keine Ahnung, was damit gemeint war, aber mir war es auch gleich. Empörung machte sich in mir breit, glühte wie ein heißes Eisen in meinen Eingeweiden.

»Es ist nicht nur das.« Sophia senkte den Kopf und nestelte an ihrem Holzfällerhemd herum. Erst jetzt fiel mehr der Dreck und die Löcher darin auf. Sie trug immer noch dasselbe wie vor einer Woche, an dem Tag ihrer Entführung – ein Hemd und Shorts, die ihr bis zu den Knien reichte.

»Sie wollen dich töten.« Sophia verstummte und ließ die Worte in der Luft schweben. »Sie sagen, dass Wiedergeborene – so nennen sie Vampire wie dich – zu gefährlichen Monstern werden können.« Ihre Stimme war nur noch ein Flüstern.

»Wie?«

»Ihnen wird das Herz gebrochen.«

»Oh.« Das waren interessante und erschütternde Neuigkeiten zugleich. Wenn das wahr war, dann schlummerte in mir noch ein tödlicheres Wesen, als es die Vampire waren. »Ich denke … Ach, keine Ahnung was ich denke.«

Wir beide blieben stumm und hingen unseren Gedanken nach. Ich lauschte derweil, ob durch die Tür irgendwelche Geräusche bis zu uns herangetragen wurden, dem war nicht so, es blieb still. Einmal eilten Schritte an der Tür vorbei und ich hielt die Luft an. Doch sie verhallten und liefen in die andere Richtung davon.

»Wir können hier nicht ewig bleiben«, murmelte ich und zupfte an einem Faden, der sich aus meinem Mantel gelöst hatte. Auch der hatte bessere Tage erlebt.

»Ich weiß.« Ein tiefes Seufzen drang aus Sophias Brust und ihre Schultern sackten nach vorn. »Es ist nur so schön, einmal ein wenig Ruhe zu haben und für sich allein zu sein. Diese ständige Angst, dass sie ihre Meinung ändern und mir schlussendlich etwas antun, war kaum auszuhalten. Ich glaube, auch mich wollen sie haben. Sie nannten mich Erlöserin.«

»Erlöserin? So wie Jesus?« Ich runzelte die Stirn. Das waren viele neue Infos auf einmal.

»Nein. Ich glaube, das ist mehr auf dich bezogen, dass ich dich erlöst habe.«

»Mmh«, brummte ich. Das alles ergab schon lange keinen Sinn mehr. Weder dass ich von den Vampiren entführt worden war, denen ich so nutzlos wie ein Messer mit stumpfer Klinge war, noch dass die Vampirjäger gar keine Vampire jagten und schon hunderte von Jahren alt waren. Und nun sollte Phi eine Erlöserin sein? Wie konnte das alles sein?

»Es gibt wohl mehr zwischen Himmel und Erde, als wir uns vorstellen können«, sprach ich meinen nächsten Gedanken aus.

»Es scheint so.«

»Da wünsche ich mich fast wieder zurück in meine Zelle«, witzelte ich. »Selbst wenn ich da der Gefahr ausgesetzt wäre, ausgesaugt oder den Verlorenen zum Fraß vorgeworfen zu werden.«

»Wer sind die Verlorenen?«, fragte Sophia im Flüsterton.

Ich fuhr mir durch die Haare und suchte nach Worten. »Sie waren mal Vampire, nur hat der Hunger sie verrückt gemacht und sie sind nun mehr Tier als Mensch. Sie gehorchen den Vampiren, sind fast blind und können sich nur durch ihren Geruchssinn orientieren. Eigentlich sind es bemitleidenswerte Geschöpfe, wenn sie nicht so tödlich wären.«

»Ich verstehe. Und es tut mir leid, dass du so leiden musstest.«

»Nein, schon gut. Du hast recht.«

Sie sah mich aus ihren blauen Augen erstaunt an.

»Es ist meine Schuld. Ich habe alles zu sehr auf die leichte Schulter genommen. Du musst wissen, dass es dreihundert Jahre nichts anderes in meinem Leben gab außer Kälte und Einsamkeit. Ich bin verwandelt worden, da war ich gerade mal achtzehn Jahre alt. Die Frau, die mich erschaffen hat, nutzte mich für ihre Zwecke, ließ mich den Boten spielen und ihre Opfer verscharren. Als sie starb, war ich das erste Mal richtig frei. Aber was habe ich daraus gemacht? Habe mich in meinem Mitleid und meiner Verzweiflung gesuhlt. Als du dann kamst, hat sich alles verändert. *Ich* habe mich verändert. Du hast mir das geschenkt, wonach ich mich schon immer gesehnt habe. Zuneigung und Wärme.« Ich lächelte sie breit an, spürte die Wahrheit meiner Worte in meinem Herzen. Es schlug heftig gegen meine Brust, glühte und erhitzte mein Inneres auf eine angenehme Art.

»Du bist also schon über dreihundert Jahre alt?«, fragte Sophia atemlos und ich musste lachen.

»Das ist dir von meinen Worten hängengeblieben?«

Sie nickte und ich rieb mir über das Kinn. Darauf hatte sich bereits ein kleiner Bart gebildet, der leicht kitzelte. »Ja, ich bin im Winter 1688 geboren. Den genauen Tag kenne ich leider nicht, meine Mutter hat mich direkt in ein Waisenhaus gegeben und die haben sich nicht die Mühe gemacht, sich einen Geburtstag auszudenken.«

»Wow«, murmelte Sophia und starrte auf ihre Hände. »Ich weiß zwar schon etwas länger, dass du ein Vampir sein sollst. Nur so richtig klar ist mir das nie geworden, schätze ich.« Nervös nestelte sie nun an ihrer Shorts herum, die ebenfalls vor Dreck strotzte. »Und jetzt bist du wieder ein Mensch?«

»Ja, dank dir.« Ich nahm ihre Hand sanft in meine und legte sie auf meine Brust. Sie sollte mein Herz schlagen, die Wärme meiner Haut spüren und die Liebe in meinen Augen sehen. »Das habe ich alles dir zu verdanken.«

»Vermisst du es nicht?«

»Was? Das Vampirdasein?«, fragte ich mit einem Lachen in der Stimme. Sie nickte zögerlich. »Keine Sekunde. Wenn du glaubst, ein Vampir zu sein, wäre wie in deinen Büchern, dann täuschst du dich. Wir sind fast wie Menschen, nur das unsere Sinne und Stärke mit der Zeit zunehmen. Wie du an mir sehen kannst, sind nicht alle wunderschön oder glitzern.« Ich spuckte das Wort förmlich aus. »Wir sind auch nicht superschnell. Also wir sind schon schneller als die Menschen, aber halt nicht so schnell wie ein Auto oder sonst was. Das sind alles Hirngespinste, die sich Hollywood ausgedacht hat. Vielleicht sogar ein Vampir, um uns weniger gefährlich rüberkommen zu lassen.«

»Mhm.« Sophia schien ganz in Gedanken versunken. »Das sind sicher viele Informationen auf einmal.«

»Nein, ist schon okay. Ich bin nur froh, endlich die Wahrheit zu erfahren.« Sie grinste mich breit an und meine alte Sophia war wieder zurück. »Bitte verheimliche nie wieder etwas vor mir.«

»Versprochen.« Ich beugte mich zu ihr vor und endlich küsste sie mich. Der Kuss war kurz, dennoch innig. In ihm lag all die Sehnsucht und Verzweiflung, die ich in den letzten Tagen durchleben musste, und die Liebe zu ihr. Sie gehörte zu mir, wie der Mond zur Sonne.

»Ach, da gibt es noch etwas, das du wissen solltest«, brummte ich an ihren Lippen. Augenblicklich löste sie sich von mir und sah mich kritisch an. »Ich bin stinkreich.«

Ein Mundwinkel zuckte, ihr kritischer Blick ruhte weiterhin auf mir. »Und warum leben wir dann bei meinen Eltern und nicht in einer Villa?« Sie grinste und zog mich auf.

»Weil ich nicht so der extravagante Typ bin.« Ich zuckte mit den Schultern. »Ich mag es eher bodenständig, so wie deine Eltern eben leben.«

»Ich vergebe dir, dass du mir deinen Reichtum verschwiegen hast.«

»Danke.« Ihre Mundwinkel zogen sich weiter nach oben und auch in mir kitzelte ein Lachen. Es fühlte sich so leicht und locker an, mit Sophia hier zu sitzen und zu scherzen. Fast hätte ich vergessen, dass dort draußen bis vor kurzem noch ein Kampf getobt hatte und vielleicht bereits alle tot waren.

Es klopfte an der Tür. Leise, dennoch laut genug, um es zu hören. Mein Herz setzte einen Schlag aus, nur um dann das Tempo anzuziehen. Sophia versteifte sich an meiner Seite, sie schien es auch gehört zu haben.

»Macht auf, ich weiß, dass ihr da drin seid«, sprach eine kratzige Stimme und ich schluckte.

Kapitel 21 

Sophia und ich starrten uns panisch an und meine Hände wurden feucht. Meiner Liebsten schien es nicht anders zu gehen. Ihre Augen waren so groß, dass ich befürchtete, sie würden ihr aus den Höhlen springen, ihre Atmung ging stockend und sie zitterte.

Erneut erklang ein Klopfen, das in einem Kratzen endete. »Bitte, lasst mich nicht hier draußen allein sterben.«

Es war Hilde – oder Brünhild. Ich erkannte ihre Stimme. Sie klang atemlos, kraftlos.

»Wir müssen ihr helfen«, flüsterte Sophia mir zu und ich nickte stoisch. Ich hatte noch einige Fragen an sie, allen voran, ob sie wirklich die Frau von Asrath war oder es einfach nur ein riesiger Zufall war, dass sie denselben Namen wie sie trug.

Stöhnend erhob ich mich, mein Knöchel pochte noch immer von meinem Sturz. Gemeinsam schoben wir den Tisch zur Seite und öffneten die Tür. Sie gab augenblicklich nach und Hilde fiel regelrecht in den Raum. Sie hatte gegen das Metall gelehnt gesessen und lag nun mit dem Oberkörper im Zimmer. Aus grünen Augen sah sie zu mir hinauf und verzog ihren Mund zu einem traurigen Lächeln.

»Los, wir müssen sie reinziehen!« Sophia schien in der Rolle einer Anführerin aufzugehen und sprach einen Befehl nach dem anderen aus. Doch es war mir nicht unangenehm. Ganz im Gegenteil, ich war froh, dass wenigstens einer von uns die Lage noch unter Kontrolle hatte.

Jeder packte einen Arm von Hilde und gemeinsam bugsierten wir sie in den Kontrollraum. Die alte Frau keuchte und wimmerte. An ihrem Bauch fiel mir ein dunkler Fleck auf, der sich von ihrer sonst hellen Kleidung abhob. Wir brachten sie auf die andere Seite des Raumes und lehnten sie dort gegen die Wand. Während Sophia zum Tisch zurück hechtete und ich hören konnte, wie sie ihn wieder vor die Tür schob, kniete ich mich neben Hilde hin.

Hilflos starrte ich auf ihre Wunde, aus der bedrohlich viel Blut sickerte. Sie legte ihre Hände nur halbherzig darauf und öffnete den Mund. »Kümmere dich nicht darum, mein Kind. Ich habe lange gute Jahre gelebt. Es ist okay, wenn ich jetzt gehen muss.«

»Kind?«, tönte Sophia hinter mir, doch ich ignorierte sie.

»Sie werden nicht sterben. Sophia und ich werden Sie retten.« Meine Stimme und auch meine Hände zitterten. Verzweifelt zog ich mir meinen Mantel aus, den ich immer noch trug, und wollte einen Ärmel abreißen. Nur war der Stoff so strapazierbar, dass es mir nicht gelang. Verzweifelt fuhr ich mir durch die Haare und sah von Hilde zu dem Mantel in meiner Hand. Dann fiel mir etwas ein – der Wurfstern! Schnell fischte ich in meiner Jackentasche herum und stach mir direkt in den Finger. Der Schmerz war mir in diesem Moment egal, ich umklammerte das kalte Stück Metall und zog es heraus. Ungeschickt ritzte ich den Stoff an und als ich es noch einmal versuchte, erklang ein reißendes Geräusch, plötzlich hatte ich den Ärmel in der Hand. Augenblicklich drückte ich ihn auf die Wunde. Hilde verzog das Gesicht vor Schmerz und zischte leise.

»Wir brauchen irgendetwas, um die Blutung zu stoppen. Liegen hier irgendwelche Kabel rum?«, stammelte ich und sah mich suchend um. Sophia begann wie eine Verrückte durch den Raum zu hetzen, warf leere Kartons zu Boden, riss den Bürostuhl unter einem der Tische hervor, krabbelte darunter und kam mit Spinnenweben im Haar wieder heraus. Ich konnte die Verzweiflung in ihren Augen ablesen und sie schüttelte leicht den Kopf.

»Hier muss es irgendetwas geben. Sonst … sonst.« Hilflosigkeit durchflutete mich, spülte meine Gedanken davon, die Angst um mein eigenes Leben, und hinterließ gähnende Leere. Da war nichts mehr, das mir hätte helfen können.

Eine kalte Hand legte sich auf meine, erregte meine Aufmerksamkeit. Mein Kopf ruckte zu Hilde und ich traute mich endlich, sie anzusehen.

»Es ist schon gut, mein Kind. Ich hatte ein langes, erfülltes Leben. Doch bevor ich gehe, musst du etwas wissen. Komm auch du her, Sophia.«

Ehrfürchtig trat sie an meine Seite und kniete sich neben mich. Sie nahm die nach ihr ausgestreckte Hand und hielt sie in ihren.

»Es ist schön, zu sehen, dass ihr wohlbehalten seid. Ihr müsst euch vor den Vanatoren hüten, sie wollen dich, Loan.« Sie stupste dabei gegen meine Brust und ich sah verwirrt an mir hinunter.

»Vanatoren?«

»So nennen sich die Jäger«, erklärte mir Sophia wie selbstverständlich.

»Ja, ein alter, rumänischer Name für Vampirjäger. Aber sie sind zum Teil auch älter als ich.« Hilde murmelte vor sich hin und ihre Augen wurden glasig. Ich fürchtete, dass sie nicht mehr lange hatte. Daher rüttelte ich sanft an ihrer Schulter und fragte: »Wissen Sie, warum die Jäger mich wollen?«

Augenblicklich klärte sich ihr Blick und sie richtete sich leicht auf, verzog dabei das Gesicht. »Sie kennen die Prophezeiung.«

»Prophezeiung?« Nun war es an Sophia, verwirrt dreinzublicken.

Als hätte Hilde nur auf ihren Einsatz gewartet, öffnete sie den Mund und rezitierte das Gedicht: »*Wenn die Flamme der Nacht erwacht, durch Kuss aus Leidenschaft entfacht, wird dem Ewigkeit vergolten sein, der das Herz des Todes nennt sein.*«

Ich verstand noch immer nicht, was sie mir damit sagen wollte, und starrte sie einfach nur verzweifelt an.

»Wird dem Ewigkeit vergolten sein, der das Herz des Todes nennt sein«, murmelte Sophia und schien ganz in sich gekehrt. Dann richtete sich ihr Blick auf mich und Erkenntnis huschte über ihre Augen. Dann schoss ihr Kopf zu Hilde. »Seid ihr Brünhild, die Geliebte von Asrath?«

Die Frage überraschte mich. Nicht, weil ich nicht selbst daran gedacht hätte, sondern das Sophia sie aussprach.

Auch ich starrte nun die alte Frau an. Mit jeder Sekunde, die wir hier saßen und verweilten, wich ihr mehr und mehr Farbe aus dem Gesicht. Ihre Atmung wurde flacher und mein Herz schwerer.

»Wie lange ich diesen Namen schon nicht mehr gehört habe«, wisperte sie und eine Träne rann ihr aus dem Augenwinkel. »Es ist sechzig Jahre her, dass er mir genommen worden ist. Kein Tag vergeht, an dem ich nicht an ihn denke und die Vanatoren dafür verfluche.«

»Also kennen sie sich?«, platzte es aus mir heraus und ich fing mir dafür einen tadelnden Blick von Sophia ein.

»Ja, sie waren es, die mir meinen Asrath genommen haben. Quinton, er hat ihnen verraten, wo wir uns versteckt hielten.«

Ich riss die Augen weit auf. Quinton steckte dahinter? Das war mir neu. Er war schuld an Asraths Tod? Je länger ich darüber nachdachte, desto mehr Sinn ergab es. Schließlich war Quinton sehr bedacht darauf, das Geheimnis der Heilung nicht zu lüften. Nur würde er wirklich so weit gehen und ihren Schöpfer ermorden lassen?

»Aber wie kann das alles sein?«, fragte ich sie. Das Tagebuch war über siebenhundert Jahre alt, sie konnte einfach nicht die Hilde aus dem Buch sein. »Wo kommt diese Prophezeiung überhaupt her?«

Es gab so viele Fragen, die ich ihr noch stellen wollte, nur lief uns die Zeit davon.

»Asraths Vater hat sie ausgesprochen, als er ihn auf die Erde verbannt hat.«

»Asraths Vater?« Ich kam nicht mehr mit, das waren zu viele Infos auf einmal und dieses Gedicht bereitete mir miese Kopfschmerzen.

»Das ist eine lange Geschichte.« Sie lächelte mich selig an und tätschelte meine Hand, die ich immer noch auf ihre Wunde presste. »Aber dafür haben wir keine Zeit. Wichtig ist nur, dass ihr euch in Sicherheit bringt.«

»Zuallererst müssen Sie in ein Krankenhaus«, mischte sich nun Sophia ein.

Hilde winkte ab und funkelte sie leicht verärgert an. »Mach dir keine Sorgen um mich, Kind. Ich sterbe hier. Und das ist gut so. Dann sehe ich endlich meinen geliebten Asrath wieder.« Sie stieß die Luft angestrengt aus. »Da ist noch etwas, das ihr wissen müsst.« Hilde drückte sich leicht vom Boden ab und rutschte in eine angenehmere Position. Dabei stöhnte sie und der Rest Farbe wich aus ihrem Gesicht. »Die Jäger, sie werden nicht aufhören, bis sie dich haben. Quinton …«, allein bei der Erwähnung des Namens lief mir ein Schauer über den Rücken, »hat einen Pakt mit ihnen. Schon seit Jahrhunderten arbeiten sie zusammen. Ich weiß nicht, ob er es war, der ihnen die Prophezeiung offenbart hat. Sie ist so alt wie Asrath selbst, kann sein, dass es davon Abschriften gibt.« Ein Stöhnen unterbrach ihren Redefluss und mein Herz wurde schwer. Diese Frau war Brünhild und ich konnte nichts anderes machen, als ihr beim Sterben zuzusehen. Ein Kloß bildete sich in meinem Hals und Tränen brannten in meinen Augen. »Es ist auch egal, woher sie es wissen. Immer, wenn ein Vampir seine wahre Liebe trifft, liefert

Quinton den Wiedergeborenen an die Vanatoren aus. So erfährt niemand, dass es eine Heilung gibt, und die Jäger können sich ein halbes Jahrhundert Zeit erschleichen. So hat er meinen Geliebten aus dem Weg geräumt. Wir lebten für viele Jahre in Frieden und Abgeschiedenheit. Dann beging ich einen Fehler und —« Sie holte zitternd Atem und eine Träne rann ihr die Schläfe hinab. »Ich habe ihn verloren. Es war meine Schuld. Seitdem helfe ich Menschen wie dir, Loan Ryder. Halte das Erbe deines Schöpfers in Ehren. Wirf es nicht weg und nutze es!« Sie sprach eindringlich und zerdrückte meine Hand, die sie immer noch hielt. »Du musst sie besiegen, sonst werden sie weiter morden. Vollende mein Werk und rette deine Spezies.«

»Ich weiß nicht wie. Ich kann das nicht allein«, stammelte ich und senkte den Blick. Ich konnte ihr nicht in die Augen sehen, zu groß war meine Angst, dort Ablehnung und Mitleid zu sehen. Ich war nie stark gewesen, hatte mich immer irgendwie durch das Leben geschlängelt. Was sollte ich da gegen einen Zirkel voller Vampire und eine Gruppe tödlicher Vampirjäger ausrichten, wenn ich es nicht einmal schaffte, meine Sophia zu schützen?

»Loan! Du bist nicht allein.« Ein kleiner Vorwurf schwang in Sophias Stimme mit und als ich aufsah, zierte ein Lächeln ihre Lippen. »Du hast doch mich.«

Wärme durchflutete mich und vertrieb die Leere. Plötzlich war ich erfüllt von Liebe und mein Herz schlug wieder etwas leichter. Ich ließ Hildes Hand los, legte sie an Sophias Wange und erwiderte ihr Lächeln. »Du hast recht!« Vorsichtig beugte ich mich zu ihr vor und küsste sie. Ich hatte meine Sophia wieder. Auch wenn sie eher mich als ich sie gerettet hatte, waren wir nun endlich wieder zusammen. In den letzten Tagen hatte ich sie so sehr vermisst, dass es mich fast zerrissen hätte. Sie war meine große Liebe, nein, meine wahre Liebe. Sie war alles, was ich brauchte.

Ihre Lippen schmeckten salzig, ob es von meinen Tränen oder ihren kam, konnte ich nicht sagen. Für einen kurzen Moment genoss ich das Gefühl von Zugehörigkeit, von Vertrauen. Von dieser Sekunde an musste ich sie nicht mehr belügen, konnte ihr alles sagen. Nichts musste mehr zwischen uns stehen.

Als wir uns voneinander lösten, seufzte sie leise und wischte sich die Tränen von den Wangen. Mein Blick ruhte noch eine Sekunde auf ihren leicht geschwollenen Lippen, dann wandte ich mich wieder Hilde zu.

»Ihr müsst zusammenhalten, nur als Team seid ihr stark.« Hildes Stimme war nur noch ein Flüstern. »Rettet die Vampire aus Quintons Hand. Sucht Asraths Tagebücher, sie werden euch Antworten geben.«

»Es gibt noch mehr?« Sophia sah von Hilde zu mir.

»Es gibt hunderte.« Hildes Lachen ging in ein Husten über. Sie hielt sich eine Hand vor den Mund und als sie sie wieder wegnahm, waren dunkle Spritzer darauf zu sehen. »Er hat sie im Herrenhaus versteckt.«

»Aber wie sollen wir an die rankommen? Im Haus wimmelt es nur vor Vampiren und Quinton verlässt es nie. Ungesehen kommen wir da nie rein!«

»Ihr schafft das schon.« Ein Lächeln breitete sich auf ihrem Gesicht aus. »Schließlich habt ihr euch auch gefunden, wie wahrscheinlich war das?«

Mein Blick huschte zu Sophia, die mich ebenfalls ansah. Sie verzog ihren Mund zu einem Lächeln und das Grübchen, das ich so sehr liebte, tauchte auf ihrer rechten Wange auf.

»Wir sind schon ein komisches Paar. Wiedergeborener und Erlöserin.« Sie kicherte schüchtern und hielt sich eine Hand vor den Mund.

Augenblicklich musste ich grinsen. Sie sah so süß aus mit den Spinnweben im Haar, den Spuren auf ihrem Gesicht, die ihre Tränen gezogen haben, und dem Pferdeschwanz, aus dem sich zahlreiche Strähnen gelöst haben. Dennoch war sie perfekt! Ich liebte sie mehr als alles andere. Mehr als mein eigenes Leben und für sie würde ich alles tun. Würde mich selbst aufgeben, nur um sie zu retten.

»Okay, wie stellen wir es an?« Ich schlug mir auf die Oberschenkel und sah wieder zu Hilde. Viel zu motiviert erwartete ich eine Antwort, sodass mir ihr Gesichtsausdruck in der ersten Sekunde entging. Sophia sog scharf die Luft ein und schlug die Hände vor den Mund. Ich schluckte, konnte nicht fassen, was meine Augen da sahen und mein Gehirn bereits wusste.

Hilde lehnte zusammengesackt an der Wand, ihr Blick ging ins Leere, ihre Hände lagen regungslos neben ihr. Ich fixierte ihren Brustkorb, wollte es einfach nicht glauben, doch er regte sich nicht mehr. Sie war tot.

Ein Schluchzen drang aus Sophias Kehle und sie warf sich in meine Arme. Ich fing sie auf, hielt sie und vergrub mein Gesicht in ihrem Haar. Hildes Kampf war vorbei, sie hatte ihr Leben gegeben, um uns zu schützen. Sie hatte uns kaum gekannt, wenig über uns gewusst, und dennoch hatte sie sich für uns geopfert. Mein Gewissen wog schwer und ich wusste nicht, wie ich dem jeweils gerecht werden könnte.

Mehrere Minuten saßen wir stumm da, wiegten uns hin und her und weinten, bis unsere Augen brannten. Ihr Verlust schmerzte, so viele Fragen waren noch unbeantwortet und würden es für immer bleiben. Als wir uns voneinander lösten, strich sich Sophia die Haare aus dem Gesicht und ich tat es ihr gleich. Ihr klebten meine schwarzen Haare an der Stirn, die ich ihr sanft zur Seite strich.

»Du bist unsterblich, Loan. Ist dir das bewusst?«

»Wie meinst du das?«

»Na, das Gedicht. Sie sagte doch, es wäre eine Art Prophezeiung. Sobald sich ein Vampir verliebt, wird er wieder zu einem Menschen und schenkt beiden ewiges Leben. Brünhild. Sie musste über siebenhundert Jahre alt gewesen sein, sah aber nicht älter als achtzig aus. Asraths Liebe muss sie jung gehalten haben, bis er gestorben ist. Das war es auch, was Mal zu mir meinte.«

Dieser Name verpasste mir einen Stich ins Herz und ich verzog das Gesicht. Sophia schien es nicht zu bemerken und sprach weiter: »Er sagte zu mir, er zehre von deiner Ewigkeit. Jetzt ergibt es Sinn. Durch deine Heilung bist du ewig jung und irgendwie haben sie es geschafft, das auf sich zu übertragen.«

Ihre Worte sickerten wie Sirup in mein Gehirn und blieben dort kleben. Ich war unsterblich? Siebenhundert Jahre? Und durch meine Liebe würde auch Sophia ewig leben?

»Und wie stellen sie das an?«

»Na, überleg mal. *Dem Ewigkeit vergolten sein, der das Herz des Todes nennt sein.*« Sie sprach die letzten beiden Verse aus, als müssten sie mir etwas sagen. Nur war Gedichtinterpretation nie meine Stärke gewesen. Schon zu meinen Lebzeiten im siebzehnten Jahrhundert hatte ich mit der Dichtkunst nichts anfangen können. Daher zuckte ich nur mit den Schultern und erntete dafür ein Augenrollen.

»Sie wollen dein Herz.«

»Mein Herz?«, quietschte ich und fasste mir an die Brust, genau dort, wo es seit ein paar Monaten wieder schlug. »Und was machen sie dann damit? Wollen sie es …« Ich traute mich nicht, den Satz zu Ende zu sprechen.

Sophias Augen wurden groß, sie schien verstanden zu haben. »O Gott«, flüsterte sie und Schock spiegelte sich in ihrem Gesicht wider. »Deshalb die ganzen Werkzeuge.« Sie wurde noch blasser und schluckte. Plötzlich würgte sie und wandte sich von mir ab.

»Sophia! Was ist los? Was meinst du?« Ich eilte an ihre Seite und stützte sie. Jedoch schob sie mich zur Seite, atmete einmal tief durch und richtete sich dann wieder auf.

Mit Tränen in den Augen sagte sie: »Sie haben medizinische Instrumente. Darunter auch einen … Rippenspreizer.«

»Rippen…« Erkenntnis durchflutete mich und mir wurde ebenfalls schlecht. Ruckartig drehte ich mich um und übergab mich. Da ich aber seit mindestens vierundzwanzig Stunden nichts gegessen hatte, spuckte ich nur Galle auf die Erde. »Bei Asrath«, flüsterte ich. Sie wollten mir das Herz aus der Brust schneiden.

»Ich wusste ja schon vorher, dass sie Mörder sind, nur hätte ich sie nie als Psychopathen eingeschätzt.« Unruhig lief Phi auf und ab und fuhr sich dabei über den Pferdeschwanz.

Mir war langsam alles zu viel, nur lag das Ende des Schreckens noch in weiter Ferne. Wir hatten einiges zu tun. Allen voran mussten wir die Jäger ausschalten und uns dann auf die Suche nach den verschollenen Tagebüchern machen. Was wohl so wichtig an ihnen war?

Kurz warf ich einen Blick auf Hilde. Sie lag noch immer zusammengesackt an der Wand, ihre Augen blickten ins Leere und eine Gänsehaut packte mich. Schnell kniete ich mich hin und schloss ihre Lider. Ihre Haut fühlte sich warm auf meiner an, was den Gruselfaktor um zehn Prozent erhöhte. »Was machen wir mit ihr?«

Sophia trat an meine Seite und ich erhob mich. Sie schluckte hörbar.

»Wir sollten sie begraben. Das ist das Mindeste, was wir für sie tun können.«

»Ja. Gleich nachdem wir die Jäger besiegt haben. Sonst kommen wir hier nicht lebend raus.« Ich holte tief Luft, sammelte meine Kräfte. »Wir sollten einen Plan entwickeln. Wir sind nur zu zweit und die zu viert.«

»Zu dritt«, korrigierte mich Sophia und ich sah sie einen Moment verwirrt an. Dann fiel mir der verletzte Jäger ein, der seine Wunde unmöglich überlebt haben konnte.

»Stimmt. Das macht es nur nicht unbedingt leichter, da hier auch zwei blutrünstige Vampire herumlaufen, die ebenfalls meinen Tod wünschen.«

Sophia fuhr sich über das Haar und zog ihren Pferdeschwanz fester. Wie ich diese Geste vermisst hatte.

»Ich weiß, wo wir Waffen herbekommen. Aber dafür müssen wir in den zweiten Stock. Und vermutlich auch an den Jägern vorbei. Außer die verstecken sich nicht in dem alten Laden, wo sie mich festgehalten haben. Vielleicht könnten wir auch die Vampire überzeugen, uns zu helfen?« Sophia hob fragend die Augenbraue und ich schüttelte vehement den Kopf.

»Damian hasst mich und ich weiß nicht einmal warum. Er will mich tot sehen und Quinton hat ihm versprochen, dass er es ist, der mich töten wird.«

»Mhm«, brummte Sophia und sah kurz zu Hilde. »Verzeih mir«, murmelte sie und beugte sich leicht über sie.

»Was machst du da?« Meine Stimme schoss eine Oktave höher.

»Sie hatte Waffen bei sich. Wenn wir wenigstens eine Pistole hätten, wären wir nicht so hilflos. Ah, da ist sie.« Sie zog einen silberglänzenden Gegenstand aus dem Halfter und öffnete das Magazin. »Mist, nur noch eine Kugel.« Sophia schob es wieder hinein und steckte sich die Pistole in den Gürtel.

Ich musste ihr recht geben, ohne Waffen hätten wir keine Chance. Aus diesem Grund bückte ich mich und steckte den Wurfstern wieder ein. Ich hoffte bloß, dass ich mir nicht selbst wehtat, wenn er so locker in meiner Hosentasche steckte.

»Wie wollen wir es machen?«, fragte ich sie und ein Mundwinkel zuckte.

»Wir machen es so …«

Damian 

Seine verfluchte Schulter brannte und mit jedem Schritt fühlte er sich schwächer. Doch es war noch nicht vorbei. Drei von diesen Jägern lebten noch und die verdammte Hexe ebenfalls. Sie musste sterben, das hatte ihm Quinton eingetrichtert. Sie war daran schuld, dass ihr Schöpfer geheilt und wieder ein Mensch geworden war. Nur wegen ihr lag er nun unter der Erde und war von Würmern zerfressen. Sie war eine Plage, eine Krankheit, ein Geschwür, das es zu entfernen galt.

Und dann war da noch Loan Ryder. Sein persönlicher Feind. Er verkörperte alles, was er nicht sein wollte – schwach, ungeliebt, ungewollt. Zu sehr erinnerte ihn der Wurm an sein früheres Leben, an seinen Vater, der ihn verstoßen und im brennenden Haus zurückgelassen hatte. Nur weil er schwach war, weil er nicht den Wünschen seines Vaters entsprach.

Er schüttelte den Gedanken ab, wollte jetzt nicht an das verzerrte und enttäuschte Gesicht seines Erzeugers denken. Doch die Wut behielt er sich, den Hass auf ihn. Er gab ihm Kraft und er schlurfte auf die Rolltreppe zu. Davor lag der tote Körper des älteren Jägers. Sein helles Shirt war rot gefärbt und ihn umgab eine Pfütze aus Blut. Der Hüter konnte den Geruch auf der Zunge schmecken und sein Magen rumorte. Obwohl er sich dafür hassen würde, kniete er nieder, packte den Leichnam an den Schultern, beugte sich über ihn und verbiss sich in seinem Hals.

Der erste Tropfen schmeckte bitter, faul. Das Herz des Jägers schlug nicht mehr, das Blut war schon fast kalt. Aber das war ihm egal. Er musste zu Kräften kommen, er brauchte sie, um seine Mission zu erfüllen. Daher trank er weiter, Schluck um Schluck, und mit der Zeit veränderte sich der Geschmack. Etwas Liebliches, aber dennoch Metallisches mischte sich unter das faulige Aroma. Verwundert runzelte er die Stirn, fragte sich, was das sein könnte. Einen Wimpernschlag später versiegte das Blut und er ließ den Körper blass und leer auf den Boden fallen. Er wischte sich das Blut vom Kinn und spürte Hitze in ihm aufflammen. Seine Kräfte kehrten zurück, er fühlte sich mit einem Mal stärker und seine verletzte Schulter prickelte. Damian zog sein Hemd etwas zur Seite und schielte hinab. Die schwarzen Linien der Bleiamalgamvergiftung zogen sich kriechend zurück, mit ihnen verschwand das Brennen.

Als sie komplett verschwunden waren, bewegte er seine Schultern und stellte überrascht fest, dass er nichts mehr spürte. Kein Schmerz, keine Hitze, nicht einmal ein Piksen. Er war geheilt.

Er warf dem Verstorbenen, dessen Blut er diesen Umstand zu verdanken hatte, einen kurzen Blick zu. Egal, was hier gerade passiert war, er hätte später Zeit dafür, sich darum einen Kopf zu machen. Daher beachtete er ihn nicht weiter und stieg die Rolltreppe hinauf. Während er Stufe um Stufe erklomm, horchte er, sah sich in den oberen Stockwerken um. Er erkannte im zweiten eine Bewegung, ein Schatten, der hin und her huschte und ein Grinsen breitete sich auf seinem Gesicht aus. Er hatte seine Opfer gefunden.

Im ersten Stock angelangt, erlaubte er sich, einen Blick nach unten zu werfen. Zwei Körper lagen dort auf dem Boden. Der Jäger mit den indigenen Zügen, kreidebleich und blutleer. Grag, bewegungslos und vermutlich tot. Aber das konnte er erst sagen, wenn er ihn näher untersucht hätte. Nur müsste das bis später warten. Jetzt hatte er andere Prioritäten.

Kurz sah er sich um, entdeckte am Ende der Galerie eine Tür, die ins Treppenhaus führte, und stieg in absoluter Finsternis hinauf. Oben angekommen, öffnete er die Tür einen Spaltbreit und schielte hinaus. Es war niemand zu erkennen, auch Stimmen waren nicht zu hören. Er musste nun vorsichtig vorgehen, er hatte zwar seine alten Kräfte zurück, dennoch waren sie in der Überzahl. Und sie besaßen Waffen. Er würde sie voneinander trennen müssen, sie einzeln bekämpfen. Dann wäre er ihnen überlegen und könnte jeden Einzelnen leicht töten.

Gerade, als er aus dem Schatten des Treppenhauses hinaustreten wollte, sah er eine Bewegung. Er hielt inne und starrte auf die Rolltreppe. Ein schwarzer Haarschopf tauchte auf und er erkannte ihn sofort – Ryder. Er hatte es anscheinend heil aus dem Gemetzel geschafft, ohne auch nur einen Kratzer abzubekommen. Sein Gesicht war blass und stellte einen starken Kontrast zu seinem schwarzen Bart dar. Fast würde er ihn attraktiv nennen, wenn da nicht der brodelnde Hass gegen ihn wäre.

Hinter ihm tauchte ein roter Pferdeschwanz auf. Sophia hatte es zustande gebracht, sich der Jäger zu entledigen. Damit hatte er nicht gerechnet. Sie hatte auf ihn schwach und hilfsbedürftig gewirkt — vielleicht aufgrund ihrer Körperproportionen. Jedoch war davon kaum noch etwas zu sehen, die Gefangenschaft schien ihr gut getan zu haben. Sie hatte einige Pfunde verloren und besaß an den richtigen Stellen Kurven. Nun verstand er, warum Ryder sich sie ausgesucht hatte.

Beide drückten sich an die Wand, gingen in die Knie und sahen sich ängstlich um. Sie krochen langsam vorwärts, immer darauf bedacht, keinen Laut zu machen. Sie schlichen sich an. Nur warum? Lag er am Ende doch falsch und Ryder steckte mit den Jägern nicht unter einer Decke? Wieso sonst sollte er sich versteckt halten, als direkt die Konfrontation zu suchen?

Er beobachtete sie noch einen Moment, dann fand er, dass er lange genug gewartet hatte, und trat aus dem Treppenhaus. Augenblicklich schaute Ryder auf und ihre Blicke trafen sich. Damian hob einen Mundwinkel, packte die Krempe seines Hutes und warf ihn zur Seite. Dann zog er seine Handschuhe aus, an denen immer noch das Blut des Jägers klebte, und pfefferte sie ebenfalls von sich. Er war bereit, er wollte es hinter sich bringen.

Während er seine Hemdsärmel hochkrempelte, wurde Ryder nur noch blasser und sprach leise, aber eindringlich auf seine Geliebte ein. Sobald er sich Ryder entledigt hatte, würde er das Mädchen am Leben lassen und als seine Mätresse halten, das entschied der Hüter in diesem Moment. Sie würde mit ihm ins Herrenhaus kommen und er könnte dann zu jeder Zeit von ihr kosten können.

Der Vampir trat auf die beiden Menschen zu. Ryder erhob sich und tat zögerliche Schritte. Dabei fiel dem Hüter ein Humpeln auf, das ihn schief grinsen ließ. Es wäre zwar ein unfairer Kampf, aber was war schon fair? Das Leben sicher nicht.

Auf der Hälfte des Weges trafen sie aufeinander und blieben in gebührendem Abstand voneinander stehen.

»Du lebst ja noch. Habe erwartet, dass dich die Jäger schon längst seziert hätten.«

Ryder schluckte und sein Kiefer mahlte. »Und wie ich sehe, bist du die Vergiftung los.« Er nickte dabei in Richtung seines Hemdes.

Der Hüter warf einen flüchten Blick auf seine immer noch nackte Haut. Er hatte wohl vergessen, sich den Kragen wieder zurechtzurücken. Beiläufig zupfte er an dem Stoff und tat dabei so, als würde er sich Staub von der Schulter klopfen.

»Tja, was soll ich sagen? Ich bin einfach unzerstörbar.«

Ein Schnauben drang zu ihm hinüber, das ihn wütend werden ließ.

»Was fällt dir ein, Wurm?«, fuhr er ihn an. Sein Blick war voller Zorn auf den Menschen gerichtet, der fast gleichgültig dreinblickte. Wären da nicht seine Hände, die zitterten. »Es wird mir eine Freude sein, dich zu töten.«

Ein Schritt. Dann noch einen. Ryder war nur noch eine Armlänge von ihm entfernt und Angst flammte in seinen grünen Augen auf. Der Hüter war bereit, seine Muskeln angespannt. Der Kampf würde nicht lange dauern, ihm aber Vergnügen bringen. Er ballte seine Hand zur Faust, erhob sie und machte den letzten Schritt nach vorn.

Ryders Blick huschte zur Seite, Angst spiegelte sich auf seinen Zügen wider und dann tat er etwas, das Damian so nicht erwartet hatte. Er sprang auf ihn zu und warf ihn von den Füßen. Seine Faust landete im Leeren und er samt Anhang auf der Erde.

Hart schlug er auf, Schmerz zuckte von seinem Kreuz hinauf bis in den Nacken und sein Hinterkopf dröhnte. »Was zum …?«, grollte er. Ryder rollte sich von ihm, war schon fast wieder auf den Beinen und … ignorierte ihn? Warum griff er nicht an?

Wütend kämpfte sich der Hüter auf die Beine, schubste den Menschen und fuhr ihn an. »Was ist los mit dir? Kämpfe wie ein Mann!«

Doch Ryder schüttelte ihn nur ab, trat einen Schritt zurück und sah an ihm vorbei. Seine Aufmerksamkeit lag auf etwas hinter ihm und endlich dämmerte es dem Hüter.

Viel zu langsam drehte er sich um, konnte wie in Zeitlupe beobachten, wie die Großmutter aus dem Laden kam, vor den die beiden Kontrahenten noch vor wenigen Sekunden gestanden hatten. Sie hielt ihre Armbrust erhoben, ein Bolzen war darin eingespannt und ihr Finger lag am Abzug.

»Scheiße«, fluchte er, bevor sich Ryder erneut auf ihn warf und das Klicken des Abzugs ertönte. Etwas zischte haarscharf an Damians Ohr vorbei und eine Sekunde später landete er ein weiteres Mal hart auf dem Fußboden. Wut packte ihn, aber nicht auf Ryder, sondern auf sich selbst. Der Wurm hatte ihn gerettet – ihn! Den Hüter und mächtigen Vampir! Was für eine Schmach.

»Fuck!«, brüllte die Großmutter.

Damian riss der Geduldsfaden. Er lag zu Füßen eines elenden Menschenweibs, war bereits zweimal von dem Wurm gerettet worden und hatte bisher nichts dagegen unternommen. Seine Ehre, sein Stolz waren verletzt.

Er schubste den Menschen von sich, sprang blitzschnell auf und griff die Jägerin an. Doch sie war schneller, hatte ihre Armbrust erneut gespannt und zielte auf ihn. Als das Klicken des Abzugs an seine Ohren drang, durchbohrte ihn bereits der Bolzen. Von der Wucht des Geschosses wurde er von den Füßen gerissen und stürzte ein drittes Mal. Ein erneutes Brennen flutete seinen Brustkorb. Da, wo sich vor kurzem noch die Schrotkugeln in sein Fleisch gegraben hatten, ragte nun ein Bolzen heraus. Die Welt drehte sich. Das Gift griff um sich, lähmte ihn.

»Drecks Arschloch!«, fluchte das Großmütterchen und er hätte ihr am liebsten den Hals umgedreht.

Schwindel packte ihn und er wusste nicht mehr, wo oben und wo unten ist. Damian stützte sich mit den Armen vom Fußboden ab und richtete sich so auf. Sein Blick fiel auf das alte Weib, das mit erhobener Armbrust vor Loan und Sophia stand. Sie hatte ihm den Rücken zugekehrt und eigentlich müsste es ihm ein Leichtes sein, sie zu überwältigen.

Jede Bewegung erzeugte ein kribbeliges Gefühl und feuerte das Brennen in seinem Oberkörper nur noch weiter an. Dennoch schaffte er es irgendwie auf die Füße und stand nun schwankend hinter dem Großmütterchen.

Diese bellte gerade irgendetwas, von wegen: »Steck das weg.« Aber sicher war er sich nicht, zu sehr schwächte ihn das Quecksilber. Der Bolzen war nahe seinem Herz in die Brust eingedrungen und das Gift griff viel zu schnell um sich.

Ein Schuss erklang und Damian erstarrte verdutzt. Die Jäger trugen gar keine Schusswaffen. War Brünhild wieder aufgetaucht?

Die Jägerin taumelte rückwärts, ihre Armbrust sackte ihr aus der Hand und fiel polternd zu Boden. Sie stolperte, drehte sich zu ihm um, bis er ihr in die weit aufgerissenen Augen sehen konnte. Auf ihrem schwarzen Shirt breitete sich ein dunkler Fleck aus und plötzlich roch er Metall in der Luft. Blut! Sie war getroffen.

Neugierig warf er einen Blick hinter das Mütterchen und entdeckte Sophia, die auf dem Fußboden kniete und in ihren ausgestreckten Händen eine Pistole hielt. Aus dem Lauf drang noch immer Rauch und ihre Arme zitterten. Der Wurm kroch gerade neben sie und nahm sie in den Arm. Augenblicklich begann sie zu schluchzen.

Fassungslos starrte er die beiden an. Sie waren nur Menschen! Dennoch hatte es Ryder geschafft, ihn zweimal zu retten, damit schlussendlich sein Weibchen sie von dieser Plage befreite. Was war er bloß für ein Vampir?

Einmal atmete er tief durch, kanalisierte seine Wut auf sich und die Welt und trat dann vor. Genau in dem Moment, in dem die Beine des Großmütterchens nachgaben, kam er bei ihr an und fing sie auf. Mit geweiteten Augen sah sie zu ihm auf, ein Flehen auf den Lippen. Nur nützte ihr das nichts mehr. Er bleckte die Zähne, spürte, wie sie länger wurden und vergrub seine Zähne in ihrem Hals. Sie schmeckte herb, süß und sauer zugleich. Eine Geschmacksexplosion spielte sich auf seiner Zunge ab und das warme Gold floss seine Kehle hinab. Er spürte erneut, wie seine Kraft sich verstärkte und regelrecht in ihm glühte. Der Bolzen wurde durch seine einsetzende Selbstheilung aus seinem Körper gedrückt, das Brennen war fort und verschwand fast augenblicklich. Ihr Atem kitzelte ihn am Nacken und mit einem letzten Zug kam ihr Herz zum Stillstand. Augenblicklich änderte sich ihr Geschmack und er zog sich zurück. Ohne ihn sackte sie zur Seite und fiel mit einem dumpfen Geräusch zur Erde.

»Nein!«, kreischte eine weibliche Stimme und sein Kopf ruckte zur Seite. Im Eingang zum Geschäft stand die Teenagerin und starrte den Vampir mit vor Schock geweiteten Augen an. Sie hielt sich den Arm, der notdürftig mit einem Tuch versorgt worden war. Dennoch konnte er eine kleine rote Spur entdecken, sie sich über den gesamten Oberarm zog. »Du Mörder! Das wirst du bereuen!« Voller Wut spie sie ihm die Worte ins Gesicht, sammelte etwas Glänzendes von ihrem Gürtel und im nächsten Moment flogen ihm Wurfsterne um die Ohren. Hinter ihm stöhnte jemand, doch er ignorierte es.

Dank seiner zurückerlangten und nun auch verstärkten Kräfte war es ihm ein Leichtes, den Geschossen auszuweichen und eins sogar zu fangen. Energie, die er noch nie zuvor gekannt hatte, brannte in ihm, befeuerte ihn und verstärkte seine Sinne. War es das, das Quinton so sehr zu schützen versuchte? Diese … Macht?

»Das war ein Fehler«, wisperte er mit bedrohlichem Unterton. Mit einem halben Lächeln sah er die Teenagerin an, musterte sie und nahm jede Reaktion ihres Körpers wahr. Konnte ihren Schweiß riechen, ihr pochendes Herz hören und ihre Angst schmecken. »Es wird dein letzter sein.«

Mit langen Schritten ging er auf sie zu, wollte jede Sekunde auskosten, in der er diese Macht besaß, in der er ihr Leben in der Hand hielt. Sie fischte einen Dolch aus ihrem Stiefel, warf ihn Damian zu, doch der fing ihn mit zwei Fingern und warf ihn zur Seite. Rückwärtsstolpernd zog sie immer mehr kleine Messer und Dolche aus versteckten Scheiden und feuerte sie auf ihn. Aber keiner erreichte sein Ziel und fiel schlussendlich zur Erde.

Ein Tresen stoppte ihre Flucht und schnell schloss der Hüter zu ihr auf. Er presste seinen Körper gegen ihren, spürte ihre Hitze durch seine Hose und ihren Atem auf seinem Gesicht. Die Pupillen ihrer Augen waren so geweitet, dass sie fast schwarz wirkten.

Damian beugte sich zu ihr vor, bis sein Mund auf Höhe ihres Ohrs schwebte. »Deine letzten Worte?«

»Leck mich!«, keuchte sie und trat ihm mit dem Knie in seine Weichteile.

Überraschenderweise tat es nicht weh, er spürte ihre Berührung kaum. Amüsiert grinste er darüber und flüsterte: »Ich passe.« Dann bleckte er die Zähne, spürte sie wachsen und versenkte sie in der Göre. Diese keuchte kurz auf, dann packte sie ein Zittern und ein Wimmern drang aus ihrem Mund.

Sie schmeckte genauso berauschend wie die anderen Jäger zuvor, was den Verdacht in ihm weckte, dass sie alle etwas gemein hatten, dass sie alle etwas verbargen, das es zu entschlüsseln galt. Als auch sie blutleer war, zog er sich zurück und sie brach auf dem Tresen zusammen. Ihre Augen starrten leer gen Decke und ihr Gesicht wurde von sanftem Licht angestrahlt. Wenn er es nicht besser wüsste, hätte er sie für einen Engel gehalten.

Langsam trat er von ihr zurück, starrte dabei weiterhin auf ihr liebliches Antlitz. *Was für eine Verschwendung.*

Ein Keuchen drang an sein Ohr und er drehte sich um. Überrascht hob er seine Augenbrauen. Am Geländer der Galerie lehnte Sophia und atmete hektisch. Ryder kniete vor ihr, Tränen liefen ihm über die Wange und er presste seine Hände auf Sophias Bauch. Blut quoll daraus hervor und Damian erkannte einen Wurfstern, der sich tief in ihr Fleisch gebohrt hatte.

Sophia

Kalter Schmerz lähmte mich, machte mir das Atmen schwer. Eine Taubheit breitete sich in meinem Bauch aus und verschlang meinen Körper.

Ein Wimmern drang an mein Ohr und ich drehte leicht den Kopf. Mein Blickfeld war eingeschränkt und schwarze Schatten tanzten am Rand. Dennoch konnte ich Loans Gesicht klar vor mir erkennen. Er weinte, Schluchzer schüttelten seinen Körper und seine Lippen bebten.

»Sophia! Nein, ich kann dich nicht verlieren«, flüsterte er unter Tränen.

Ich musste schlucken, alles in mir zog sich zusammen, stemmte sich gegen die Leere, die nach mir griff. Aber ich konnte es kaum verhindern.

Zitternd holte ich Luft, sie tat mir in der Lunge weh, dennoch war ich froh, diesen Schmerz zu spüren. Denn er bedeutete, ich war noch nicht tot.

»Schon gut, Loan. Es ist nicht deine Schuld«, murmelte ich, meine Stimme nicht mehr als ein Flüstern.

Jemand trat an uns heran, doch ich konnte ihn nicht erkennen. Loan hob den Kopf und sah zu der Person hinauf. »Sie stirbt«, sagte er und sah mich dann wieder an. Eine Hand legte sich auf meine

Wange, seine Wärme drang bis zu mir durch und für einen Moment fühlte ich mich an unseren ersten Kuss erinnert. Wir waren damals beide so unsicher gewesen, er wohl mehr als ich. Er hatte mit seinen inneren Dämonen kämpfen müssen. Hatte er doch ganz allein die Verwandlung durchgemacht, die so erschreckend für ihn gewesen sein musste. Dennoch lag etwas Wunderbares in diesem einem Moment. Ich hatte es gespürt und er sicher auch. *Der wahre Liebe erster Kuss*, geisterte mir der Satz im Kopf herum. Er klang wie aus einem Märchen, aber selbst Brünhild hatte etwas Derartiges erwähnt.

»Loan, ich …« Weiter kam ich nicht. Die Stimme versagte mir, meine Kraft war fast vollständig aufgebraucht.

»Was ist mit ihr?«, fragte der Schatten, der sich mir immer noch nicht offenbaren wollte.

»Ein Wurfstern hat sie im Bauch getroffen und eine Arterie erwischt.« Ein Schniefen erklang. »Ich habe ihn herausgezogen und versucht, die Blutung zu stillen, doch die Verletzung ist zu tief. Ich kann ihr nicht helfen.« Jedes Wort war von einem Schluchzen geschüttelt. Loan ging es nicht gut und ich wollte ihn trösten. Ihm sagen, dass er sich keine Sorgen um mich machen musste, dass ich keine Schmerzen mehr empfand, dass es mir gut ging, aber dazu fehlte mir die Kraft. Das Einzige, was mir blieb, war mein Gehör. Also lauschte ich ihren tiefen Stimmen. Die vom Vampir so ruhig und gefasst, als würde er so etwas alle Tage erleben, und Loans so zittrig und voller Trauer.

»Hast du kein Handy? Warum rufst du nicht den Krankenwagen?«

»Du weißt genau, dass ich es nicht bei mir habe«, zischte Loan.

»Richtig.« Kurz schwiegen beide Männer. Ich konnte nur Loan wimmern hören.

Ich suchte mit meiner Hand seine und fand sie auf meinem Bauch. Ich verflocht meine kalten Finger mit seinen, die Wärme sickerte leicht zu mir durch, kam jedoch nicht weit. Die Leere bahnte sich immer weiter einen Weg in meinen Körper. Erreichte bereits meine Füße, die zu kribbeln begannen. Das Gefühl verschwand aus ihnen und ich konnte nicht mehr sagen, ob ich noch Schuhe trug.

»Ich könnte sie beißen.«

»Was?«, fuhr Loan ihn an.

»Na ja, das würde sie retten.«

»Aber zu welchem Preis.«

Beißen? Was meinte er damit? »Loan«, flüsterte ich und augenblicklich drückte er meine Hand. Ich sah ihn an, sah nur ihn. In seinen grünen Augen spiegelte sich Angst, sie waren gerötet und Tränen liefen ihm über die Wange. Ich wollte sie fortwischen, sie von seiner Wange küssen und ihm sagen, dass er nicht traurig sein sollte. Jedoch schaffte ich es gerade Mal, meinen Arm leicht zu heben, danach sank er schlaff zurück.

»Schon gut, mein Cookie. Das lasse ich nicht zu. Die Jahre als Vampir waren meine schlimmsten. Dieser Durst, das tue ich dir nicht an.« Er sprach mit fester Stimme und ich lauschte ihm gebannt. Blieb mir doch gar nichts anderes übrig.

»Es ist deine einzige Chance, außer du willst sie höchstpersönlich bis ins nächste Krankenhaus tragen, das etwa dreißig Meilen entfernt liegt. Und bei dem typischen New Yorker Verkehr würdest du in jedem Fall zu spät kommen. Du hast nur diese eine Möglichkeit und ich biete sie dir nur noch einmal an. Sonst bin ich weg.«

»Warum hilfst du mir? Und warum sollte ich dir vertrauen?«

Kurz herrschte Stille und ich drehte leicht den Kopf. Alles verschwamm vor meinen Augen und ich konnte gerade noch so die Konturen eines weißen Hemdes mit Blutflecken darauf und einen blonden Haarschopf erkennen. *Der Vampir*, schoss es mir durch den Kopf. Das meinte er also mit *beißen*. Er wollte mich zu einem von ihnen machen, zu einem Untoten, einem Blutsauger.

Ein Schauer lief mir über den Rücken und plötzlich wurde mir heiß und kalt zugleich. Meine Atmung beschleunigte sich und ich bekam kaum noch genug Luft.

»Es geht zu Ende mit ihr, sieh es ein, Ryder.«

»Warum! Warum hilfst du mir?« In Loans Stimme lag Wut, Verzweiflung und … Angst.

»Du hast mir zweimal das Leben gerettet und dein Mädchen hat das Großmütterchen erwischt.« Er stockte kurz. »Ich schulde dir nun zwei Leben. Da ich dich verschone, bleibt nur noch eins und ich mag keine Schulden. Daher fordere sie ein!« Der Vampir sprach eindringlich, aber ruhig. Ihn schien die ganze Situation nicht zu belasten. Was wunderte mich das auch? Er war sicher über hunderte Jahre alt und hatte bereits Dutzende Menschen oder Vampire sterben sehen.

»Aber … wird sie dann zu einem?«

»Vermutlich.« Kurzes Schweigen. »Genau kann ich das nicht sagen. So einen Fall wie euren hatte ich noch nie. Es gibt keine Vergleiche.«

Mein Sichtfeld schrumpfte in sich zusammen, am Ende konnte ich nur noch einen kleinen Lichtfleck erkennen. Das Gesicht des Vampirs. Er starrte mit hartem Blick auf mich hinunter, in seinen rotglühenden Augen erkannte ich nichts, keine Wut, keine Gnade, keine Gefühlsregung. Schnell wandte ich meinen Blick ab, wollte Loan noch einmal sehen, bevor mich die Leere mitnahm. Ich konnte sie spüren, wie sie nach mir griff, mich hinab in den Abgrund zog.

Loans Blick fesselte mich, das Grün in seinen Iriden wirkte trüb, fast grau. Sein Gesicht war gerötet und noch immer bebte seine Unterlippe. Ich wollte ihn trösten, er sollte nicht traurig sein. Er sollte nicht um mich weinen.

»Okay. Tu es.« Sein Gesicht verschwand, der Lichtpunkt fand ein anderes – das des Vampirs. Er mahlte mit den Kiefern und sah mich ernst an. Dann schrumpfte alles in sich zusammen und übrig blieb Schwärze. Gähnende und sich ausbreitende Schwärze. Wo einst Farben waren, herrschte nun Leere.

»Das könnte nun etwas wehtun«, murmelte mir jemand in mein Ohr, doch es war so leise und fern, dass ich es kaum wahrnahm.

Immer tiefer fiel ich in das Loch, wurde immer weiter mitgezogen. Atmen brauchte ich hier nicht mehr, daher ließ ich los. Hauchte meinen letzten Zug aus und mit einem Mal verschwand die Kälte. Hitze trat an ihre Stelle. Brennende, lodernde Hitze.

Fühlt sich so sterben an?, fragte ich mich.

Das Feuer breitete sich in meinem Körper aus, erreichte meine Füße, die Zehen und setzte sie in Brand. Es tat so schrecklich weh, alles in mir verzehrte sich nach Heilung, nach Linderung.

Ein Schrei wollte sich aus meiner Kehle bahnen, doch nichts geschah. Die Welt blieb weiterhin stumm. Und dann passierte es. Die Flammen erreichten mein Herz, umschlangen es und zehrten daran. Es schlug nicht mehr, konnte sich nicht gegen die Hitze erwehren und ... plötzlich war alles vorbei. Das Feuer verschwand, ließ Eis zurück und ein erstarrtes Herz. Die Hitze zog sich so weit zurück, dass ich meine Zehen, die Finger wieder spüren konnte. Flatternd öffneten sich meine Lider und Licht blendete mich. Es war so viel stärker als vorher, reizte meine Augen und machte mir das Sehen schwer. Mit einem Mal fühlte ich mich müde und ausgelaugt. Hatte keine Kraft mehr und mir war schwindelig.

»Sie lebt«, hauchte jemand und dann griff erneut Leere nach mir.

Kapitel 24

Ihre Augen zuckten, kurz öffneten sie sich und schlossen sich dann wieder. Ihr Körper erschlaffte. Nichts rührte sich, weder ihr Brustkorb hob und senkte sich, noch konnte ich einen Puls an ihrem Handgelenk ertasten.

»Was hast du getan?«, fragte ich atemlos und griff mir in die Haare. Die anfängliche Freude über ihr Erwachen hatte sich in Rauch aufgelöst. Meine Phi lag tot vor mir und ich hatte nichts getan, als zuzusehen, wie Damian sie einfach ermordete. Ich hätte ihm nicht trauen dürfen! Niemals! Sein plötzlicher Sinneswandel hätte mich stutzig machen müssen, stattdessen hatte ich mich daran geklammert.

»Sie gerettet«, knurrte Damian und erhob sich. An seinem Mund glänzte noch Sophias Blut und mit einem Mal kochte Wut in mir hoch.

»Sie rührt sich nicht!«, brüllte ich ihm zu und stand ebenfalls auf. Ich ballte meine Hände zu Fäusten und war bereit, ihm eine reinzuhauen. Damian warf mir nur einen abschätzigen Blick zu.

»Ich kann ihr Herz schlagen hören. Zwar nur schwach, aber es ist da. Sie braucht nur Zeit, sich zu erholen.«

»Du kannst *was*?«, tönte ich und erst jetzt nahm ich seine glühenden Augen wahr. Wie konnte das sein? Vor kurzem waren sie noch braun und er seiner Macht beraubt gewesen.

»Ryder, strapaziere meinen Geduldsfaden nicht weiter. Am Ende bereue ich meine Entscheidung und töte euch doch noch.«

Seine harten Worte ließen mich zurückschrecken.

»Ich habe meine Blutschuld geleistet. Damit bin ich fertig mit dir. Zumindest für den Moment.« Er lief auf mich zu, stieß mir beim Vorbeilaufen gegen die Schulter und drehte sich noch einmal zu mir um. »Nur weil du heute mit dem Leben davonkommst, heißt das nicht, dass ich dich nicht dennoch töten werde. Quinton hat mir eindeutig zu verstehen gegeben, dass du sterben sollst. Also lass dich zu unser beider Willen niemals wieder in New York City blicken! Und hast du die alte Frau gesehen? Ich habe noch etwas zu erledigen.«

»Sie ist tot«, schoss es aus mir heraus.

Damian sah mich kurz forschend an und sagte dann: »Glück für sie, sonst hätte ich ihr den Rest geben müssen.« Mit diesen Worten drehte er sich um und schlenderte gelassen zur Rolltreppe, als würde er hier nicht ein Schlachtfeld zurücklassen.

»Warum tust du das alles?«, rief ich ihm nach und er blieb am Treppenabsatz stehen. »Ich meine, Quinton hat uns alle belogen. Asrath hat noch Jahrhunderte mit seiner Brünhild gelebt, bevor die Jäger ihn erwischt haben. Stört dich das nicht? Fühlst du dich nicht verraten?«

Darüber schien er nachdenken zu müssen und zögerte kurz. »Das ist egal. Es ist alles egal.«

Seine Worte überraschten mich. Ich hatte ihn nie so eingeschätzt. Er war zwar immer der loyale Hund gewesen, der seinem Herrchen hinterhergelaufen war. Dennoch hatte ich ihn immer für sehr klug und berechnend gehalten.

»Das Einzige, was zählt, ist, ob es dem höheren Zweck dient.«

»Und der wäre?«

Damian grinste breit. »Macht.« Er wandte sein Gesicht ab und stieg die Treppen hinunter. Irgendwann sah ich ihn nicht mehr, konnte nur noch das metallische Dröhnen seiner Schritte auf der Rolltreppe hören.

Langsam drehte ich mich um, fürchtete mich vor Sophias Anblick. Wie magisch wurden meine Augen von ihrem leblosen Körper angezogen und ich hielt die Luft an, starrte auf ihren Brustkorb. Als er sich langsam hob, stieß ich die Luft aus und Tränen der Freude schossen mir in die Augen. Ich stürzte auf sie zu, kniete mich hin und packte ihre Hand. Sie fühlte sich noch immer kalt an, doch ich konnte ihren Puls spüren — zwar nur schwach, aber er war da. Damian hatte also nicht gelogen. Er hatte sie gerettet.

»Sophia, mein Liebling. Wach auf.« Ich strich ihr durch das Haar, wollte sie spüren, berühren. Sie war nicht verloren, sie war noch immer da. Eine Last fiel von meinem Herzen und ich konnte endlich aufatmen. Die letzten Minuten, ach was, Tage waren die schlimmsten in meinem Leben gewesen und Sophias Fast-Tod war die Krönung des Ganzen.

Ihre Lider flatterten erneut und langsam öffnete sie die Augen. Ihr blauer Blick traf auf meinen und ich war so erleichtert, sie lebend zu sehen, dass ein Schluchzen aus meiner Kehle hervorbrach.

»O Gott, ich habe mir solche Sorgen gemacht. Du … du warst so blass und kalt. Ich meine …« Ich stockte. »Phi, ich hätte das nicht ertragen, wenn du von mir gegangen wärst.« Ich beugte mich vor, bettete meine Stirn an ihrer Schulter und ließ der Trauer freien Raum. Krämpfe beutelten meinen Körper, aber das war mir egal. Es war vorbei, die Vampire hatten mich gehen lassen und die Jäger waren dank Damian tot. Wir waren frei und konnten endlich unser Leben leben – ohne Geheimnisse und ohne Lügen.

»Was ist passiert?« Ihre Stimme war ein Krächzen, das mich zusammenfahren ließ. Ich richtete mich wieder auf und sah ihr ins Gesicht.

»Du warst schwerverletzt und Damian hat dich geheilt.«

»Bin ich jetzt ein Vampir?«, fragte sie zögerlich, fast ängstlich.

Ich lachte auf. »Nein, ich denke nicht.«

»Gut«, murmelte sie. Dann richtete sich ihr Blick auf etwas vor ihr und ich folgte ihm.

Mit dem Rücken zu uns stand der blonde Jäger, hatte seine Hände in seinem Haar vergraben und starrte auf den Leichnam seiner Kollegin. Sophia machte Anstalten, sich auf die Beine zu kämpfen. Augenblicklich sprang ich auf und unterstützte sie dabei.

»Mal.« Der Jäger drehte sich zu uns herum. Sein Gesicht war verzerrt, Tränen schimmerten auf seinen Wangen und ich konnte Verzweiflung darin lesen. »Es ist vorbei.«

»Ja, ich weiß«, hauchte er. »Sie sind alle tot. Ich bin der Letzte.«

Sophia nickte. »Vielleicht ist das ein Zeichen, aufzuhören?«, fragte sie vorsichtig und tat einen Schritt vorwärts. Ich stützte sie, weil sie immer noch wackelig auf den Beinen war.

»Ich kann nicht«, erklärte er und hob die Arme, ließ sie dann hilflos am Körper hinabhängen. »Ich stecke da schon zu lange drin, um einfach aufzuhören.«

»Dann lass uns wenigstens in Frieden getrennte Wege gehen. Ich habe kein Problem mit dir, du warst immer gut zu mir. Zumindest die meiste Zeit.«

Ich versteifte mich. Was wollte sie damit sagen? War sie verliebt in ihn? Was lief da zwischen den beiden?

Mal verzog das Gesicht. »Das ist es nicht, Sophia. Ich lebe davon, verstehst du? Was dir einfach geschenkt worden ist, muss ich mir hart erkämpfen. Schon immer.«

»Gibt es keinen Weg zurück?«

Die Schultern des letzten Jägers sackten in sich zusammen und er warf einen Blick auf seine Kameradin. »Wenn man sich einmal für dieses Leben entscheidet, gibt es kein Zurück. Wir leben dann nur noch für die Jagd, denn wenn wir es nicht tun, vergehen wir einfach. Ich habe mir immer eingeredet, dass das alles einem höheren Zweck dient, dass wir die Menschen beschützen. Aber war es das alles wert?« Er wandte sich wieder uns zu und eine Träne rollte über seine Wange. »Samantha.« Er hob die

Hand und deutete auf sie. »Sie wünschte sich nichts sehnlicher als Kinder mit Kai. Aber dieses Leben verlangt einen hohen Preis. Von jedem von uns.«

»Wirst du …« Sie stockte und setzte noch einmal neu an. »Werden wir sicher sein? Oder wirst du uns jagen?«

»Ich weiß es nicht.« Er trat einen Schritt zurück und nun verkrampfte auch ich mich. Wir waren zwar zu zweit, jedoch war Sophia geschwächt und ich nicht gerade der beste Kämpfer. »Ich habe noch ein paar Jahre, bevor ich eine neue Dosis brauche. Vielleicht finde ich in der Zwischenzeit jemand anderes.« Er zuckte mit den Schultern und wischte sich dann über das Gesicht.

»Was passiert, wenn du aufhörst?« In Sophias Stimme schwang Sorge mit und erneut stach etwas in meiner Brust.

»Ich altere. Schnell. Dann bleiben mir vielleicht noch zehn Jahre.« Mal kehrte uns den Rücken zu und stützte seine Hände auf der freien Fläche des Tresens ab.

»Lass uns Frieden schließen! Wir lassen dich ziehen und dafür jagst du uns nicht mehr.«

Ich schnaubte, als ob er darauf eingehen würde.

»Ihr seid schuld an dem Tod meiner Familie.« Seine Stimmfarbe hatte sich mit einem Mal verändert, nun klang er nicht mehr geschwächt und ängstlich, eher aggressiv und wütend.

»Sie sind nicht durch unsere Hand gestorben«, erklärte Sophia, reckte ihr Kinn und richtete sich auf.

»Nein, das vielleicht nicht. Aber auch ihr tragt Schuld daran. Daher werde ich zuerst ihren Mörder suchen und ihn erledigen. Dann werde ich mich vielleicht euch zuwenden.«

»Womöglich können wir uns zusammenschließen? Auch Loan und ich wollen gegen die Vampire vorgehen. Es gibt Tagebücher von Asrath …«, bei dem Namen drehte sich Mal wieder zu uns um, », die wir suchen sollen. Brünhild hat uns kurz vor ihrem Tod aufgetragen, die Vampire aus Quintons Vorherrschaft zu befreien. Wir könnten als Team arbeiten.«

Ich hob die Augenbrauen, war das ihr Ernst? »Sophia, ich weiß nicht, ob das …«

»Nein«, unterbrach mich Mal. »Dein Freund hat recht, das ist keine gute Idee. Ich bin nicht wie ihr, mir wurde die Ewigkeit nicht geschenkt.«

Laut schnaubte ich auf. Was sollte das denn heißen? Als wäre es mein Wunsch gewesen, gebissen, um dann am Ende vom Vampirismus geheilt zu werden.

»Dann werden wir jetzt wohl getrennte Wege gehen.« Ich zuckte mit den Schultern und wollte mich bereits abwenden, wurde aber von Sophia zurückgehalten.

»Was ist mit den Leichnamen?« Sie deutete auf das Mädchen, das leblos auf dem Tresen lag und blind an die Decke starrte. Mal sah über die Schulter zu ihr und dann schnell wieder zu uns.

»Ich werde sie beerdigen.«

»Unten liegt noch Brünhild. Wir würden sie auch gern beerdigen. Vielleicht helfen wir uns gegenseitig, das Chaos zu beseitigen, und gehen dann in Frieden auseinander?«

Sophia war eine verdammte Diplomatin. Sie sprach ruhig und direkt, aber nicht angreifend. Wann war sie so taff geworden? Oder war sie es schon immer gewesen, nur diese Extremsituation hatte es zum Vorschein gebracht?

»Das klingt fair.« Mit einem Nicken bestätigte er ihre Worte und drückte den Rücken durch.

Was danach kam, war genauso skurril wie herzzerreißend. Wir drei arbeiteten Hand in Hand, sammelten die leblosen Körper auf, richteten sie her, so gut es eben ging, und deckten ihre Gesichter mit Tüchern zu. Verwundert stellte ich fest, dass Grag nicht unter ihnen war, hatte ich ihn doch vor weniger als einer halben Stunde noch tot auf dem Boden liegen sehen. Vermutlich hatte Damian ihn mitgenommen und würde ihn ins Herrenhaus bringen.

Die Jäger besaßen einen Pick-up Truck, den sie hinter dem Kaufhaus geparkt hatten. Dorthin brachten wir die Leichname und legten sie vorsichtig vor dem Wagen ab.

»Sollen wir dir helfen, sie zu begraben?«, fragte Sophia leise und brach damit die Stille, die seither zwischen uns geherrscht hatte.

»Nein, schon gut. Ich mache das allein.«

Ich schloss die Klappe des Pick-ups und klopfte dann zweimal darauf. »Ich habe schon für jeden einen guten Platz im Kopf.«

»Was ist mit Brün…« Sophias Stimme brach und sie musste schlucken.

»Ich werde sie in Asraths Gruft bringen«, antwortete er ihr.

»Also ist er wirklich tot?«, hakte ich vorsichtig nach und wollte doch nicht die Wahrheit hören.

»Er ist dort begraben, also ja.«

Seine Antwort war irgendwie seltsam. Ich schüttelte das ungute Gefühl ab und richtete mich an Sophia.

»Vielleicht wird es Zeit, nach Hause zurückzukehren?«

Sie nickte zögerlich, wandte jedoch den Blick nicht von Mal ab. Etwas stach in mein Herz, das sich schwer nach Eifersucht anfühlte. Ich würde sie danach fragen müssen, was in der Zeit, in der ich nicht da gewesen war, passiert war. Nur nicht jetzt, nicht heute.

»Pass auf dich auf, Mal. Vielleicht sehen wir uns mal wieder.«

»Besser nicht!« Ich schnaubte. Hatte sie vergessen, dass er mich töten, mein Herz aus der Brust schneiden und damit sonst was anstellen wollte? Es schien mir, als hätte der Lockenkopf meine Phi um den Finger gewickelt. Darüber müssten wir definitiv noch einmal sprechen.

»Leb wohl, Rotkäppchen.« Mal überging meinen Kommentar, neigte leicht den Kopf, verabschiedete sich auch von mir und stieg dann in den Wagen.

»Rotkäppchen?«, tönte ich, was Sophia beflissentlich ignorierte.

Der Motor heulte auf und Mal fuhr los. Wir blieben noch so lange stehen, bis der Pick-up um die

Ecke des Einkaufszentrums herum verschwunden und nicht mehr zu sehen war. Erst dann schaute mich auch endlich Sophia an und ein sanftes Lächeln stahl sich auf ihre Lippen, das ihr Grübchen hervorzauberte.

»Lass uns endlich nach Hause gehen. Wir haben viel nachzuholen und zu besprechen. Schließlich liegt eine ungewisse Zukunft vor uns und eine Aufgabe.«

Ich nickte, hielt ihr meinen Arm hin und sie hakte sich unter. Gemeinsam ließen wir das leerstehende Gebäude hinter uns. Wir liefen daran vorbei und auf die Straße zu.

In den letzten Tagen war so viel passiert, das ich mir nicht erklären konnte. Aber was war schon logisch? Ich war ein Vampir gewesen und nun nicht mehr. Wer konnte mir das bitte logisch erklären? Genauso wenig verstand ich, warum mir dennoch die Ewigkeit bevorstand, obwohl ich jetzt ein Mensch war. Und je mehr ich über die Vergangenheit erfuhr, desto mehr Fragen stellten sich mir.

Müdigkeit und Hunger zerrten an meinem Körper, machten meine Schritte unsicher und mein Sichtfeld schummrig. Es war lange her, dass ich etwas zu essen gehabt hatte, und Sophia ging es sicher ähnlich. Wir sollten schleunigst hier weg und wieder auf die Farm. Vielleicht sollten wir einfach alles hinter uns lassen und Brünhilds Bitte vergessen. Wir würden dabei nur unnötig unser Leben riskieren. Es lag nicht in unserer Macht, die Vampire zu befreien. Ob das Sophia wohl auch so sah?

Ich schaute auf sie hinab und ein Lächeln schlich sich auf mein Gesicht. So wie ich sie heute kennengelernt hatte, würde sie sicher weiterkämpfen. Sie hatte nun nichts mehr, worum sie sich Sorgen machen musste. Mit mir würde sie ewig leben, ich hatte einen Haufen Kohle, der uns alle Türen öffnen würde und Luxus versprach. Dennoch würde sie nicht aufgeben, immer für das Gute kämpfen.

»Und was machen wir jetzt?«, fragte ich, schlang meinen Arm um ihre Schulter und zog sie an mich. Sie war warm, atmete und lebte. Was für ein Geschenk.

»Ich wüsste, wo wir kurzfristig unterkommen könnten. Nur um etwas zu essen, zu duschen und die Kleidung zu wechseln. Dann können wir uns auch in Ruhe einen Plan machen, wie es weitergehen soll.«

»Klingt gut.« Ich drückte ihr einen Kuss auf den Scheitel und rote Strähnen verfingen sich in meinem Bart. Ich sollte ihn dringend mal stutzen, genau wie meine Haare, die einfach zu lang wurden. Ich strich sie mir hinters Ohr. »Dann lass uns schnell von hier verschwinden.«

Kapitel 25 

»Es ist so schön, euch wiederzusehen!«, trällerte Chantal und umarmte uns nacheinander. Kurz darauf kam Cheyenne auf uns zugestürmt und tat es ihr gleich. Sie presste mir die Luft aus der Lunge und ich keuchte auf.

»Wie lange ist es her, dass wir uns gesehen haben?«, fragte sie atemlos und blieb dann vor Sophia stehen. »O mein Gott, du bist verletzt.«

Verwundert sahen Sophia und ich auf ihr Shirt, das blutdurchtränkt war.

»Heilige Scheiße!«, tönte Chantal, flitzte ins Bad und kam im nächsten Moment schon mit Pflastern und Verbandszeugs zurück. »Das ist so viel Blut, verdammt, Phi.« Panisch kramte sie in der kleinen Tasche herum, dabei zitterten ihre Finger so sehr, dass ihr einzelne Pflaster und Verbandsmaterial zur Erde fiel.

Bevor Phi auch nur reagieren konnte, zerrte Cheyenne schon an ihrem Shirt und zog es hoch. Überraschte Laute entkamen Sissi und auch ich starrte perplex auf Sophias Bauchnabel.

Es hätte mich eigentlich nicht wundern sollen, schließlich hatte Damian sie gebissen. Dennoch war es seltsam zu sehen, dass nicht einmal eine Narbe zurückgeblieben war. Allein etwas getrocknetes Blut ließ erahnen, dass dort früher einmal eine Wunde gewesen war.

»Oh«, entkam es Cheyenne und Sophia zog schnell ihr Shirt wieder hinunter.

»Es ist alles gut. Das ist nicht mein Blut.«

»Wessen dann?«, riefen beide im Chor und ich erinnerte mich wieder daran, warum ich sie gruselig fand – sie wirkten manchmal einfach wie siamesische Zwillinge, obwohl sie es nicht waren.

»Das ist von …«, setzte ich an, wurde aber durch einen Schlag in die Rippen vom Weitersprechen abgehalten. Meine Liebste warf mir einen warnenden Blick zu und lächelte dann wieder ihre Freundinnen an.

»Hey, es war ein wirklich verdammt langer Tag und wir haben unglaublichen Hunger. Wäre es okay, wenn Loan und ich hier duschen und dann essen wir etwas zusammen? Wir haben auch nicht so viel Zeit, müssten danach direkt weiter.«

»Oh, natürlich.« Cheyenne zog Sophia und mich den Flur hinab. Hinter uns schloss Chantal die Tür und endlich umfing uns etwas Wärme und der Duft nach Rosen. »Du weißt ja, wo das Bad ist. Chantal und ich machen euch dann einfach solange etwas zu essen.« Die beiden Blondinen drückten mir und Phi noch schnell Handtücher in die Arme und verschwanden dann in Richtung Küche.

»Es ist schön, sie mal wiederzusehen. Meinst du nicht?« Sophia strahlte und ich nickte zustimmend.

Auch wenn es in mir anders aussah. Nervosität nagte an meinen Nerven und in meinen Fingern juckte es. Am liebsten würde ich sofort mit Sophia über all das sprechen, was in den letzten Tagen passiert war. Allen voran die Sache mit Mal ließ mich einfach nicht los.

»Ich habe ganz vergessen, wie ansteckend ihre Energie ist. Bei ihnen fühle ich mich nie müde oder abgeschlagen. Ja, manchmal sind sie mir auch peinlich. Aber dennoch genieße ich ihre Gegenwart.« Sie grinste mich breit an und schien eine Antwort zu erwarten. Daher brummte ich bloß zustimmend und wir verschwanden gemeinsam im Bad.

Sissi besaß eine bodengleiche Regendusche mit genug Platz für zwei Personen. Daher entledigten wir uns unserer Kleidung und stiegen unter die Brause. Heiß schoss das Wasser hervor und prasselte auf unsere nackten Körper. Ich kam nicht drum herum, Phi zu mustern. Sie wirkte irgendwie schlanker, zäher. Als hätten sie die letzten Tage härter werden lassen. Es stand ihr, auch wenn ich die etwas molligere Sophia genauso attraktiv gefunden hatte, musste ich zugeben, dass sie mich nun regelrecht umhaute. Automatisch richtete sich mein Gemächt auf und Hitze stieg mir nicht nur in die Wangen. Ich wandte mich leicht von ihr ab, damit sie meine Erregung nicht sehen konnte, doch es war zu spät. Sie grinste breit und stellte sich auf die Zehenspitzen, um mir einen Kuss auf die Lippen zu hauchen.

»Ich habe dich auch vermisst«, murmelte sie.

Das war der Auslöser und ich packte sie, drückte sie gegen die Wand und presste meinen Mund auf ihren. Sie schmeckte heiß und süß, keuchte im ersten Moment vor Überraschung auf und gab sich mir im nächsten hin. Sie legte ihre Arme um meinen Nacken und zog mich noch tiefer zu sich hinunter.

Mit den Händen packte ich ihren Po und hob sie hoch. Unser beider Gewicht lastete nun auf meinen Füßen und einer davon pochte protestierend. Da ich aber mittlerweile wusste, dass er nur geprellt und nicht gebrochen war, ignorierte ich ihn.

Die harte Arbeit auf der Farm zahlte sich aus, ich war stark genug, sie zu halten. Eng umschlungen vereinigten wir uns, kosteten voneinander und zerwühlten das Haar des jeweils anderen. Es war fantastisch. Der Stress der letzten Tage fiel einfach von mir ab und floss mit dem Wasser zusammen in den Abfluss.

Als Sophia an meinem Mund aufstöhnte, konnte ich auch nicht mehr an mir halten und kam mit ihr zusammen. Keuchend schwebten meine Lippen kurz vor ihrem Mund und ich lehnte meine Stirn gegen ihre. Ihr Atem kitzelte mein Gesicht und das Wasser prasselte unnachgiebig auf uns hinab. Es war einfach perfekt.

»Ich liebe dich«, murmelte ich ihr zu und sie erwiderte es mit einem Lachen in der Stimme.

Wir ließen voneinander ab und machten uns daran, uns zu waschen. Nachdem ich das Wasser abgestellt hatte, schnappten wir uns die Handtücher und trockneten uns grob ab. Dabei warf ich einen Blick in den Spiegel und stellte erstaunt fest, dass auch ich mich verändert hatte. Meine Schultern waren breiter, meine Arme muskulöser. Verwundert starrte ich auf meinen Bauch, auf dem sich vereinzelte Muskeln abzeichneten. Doch das Überraschendste war mein Gesicht, das ich kaum wiedererkannte. Der Bart uferte so langsam aus, war mehr als nur ein Zehntagebart, meine Haare reichten mir nun mittlerweile bis zum Kinn und ich sah aus wie eine andere Person. Ich sollte dringend mal recherchieren, wer dieser *Keanu Reeves* war, mit dem mich Phi immer verglich. Womöglich sahen wir uns wirklich ähnlich.

Ich wickelte mir das Tuch um die Hüften und Sophia sich selbst um die Brüste. Sie sah süß aus, wie sie mit den nassen Haaren und dem weißen Kleid um ihren Körper vor mir stand. Ich zog sie erneut an mich und küsste sie leidenschaftlich. Ein Teil von mir konnte es immer noch nicht glauben, dass wir es geschafft hatten. Das wir entkommen waren, erneut. Alles wirkte so surreal.

»Unsere alten Sachen können wir wohl vergessen.«

Ich warf einen Blick auf den traurigen Haufen Stoff und Jeans auf der Erde. Auch meine Sachen waren durchtränkt von Schweiß, Blut und anderen Dingen, die ich lieber nicht genauer definierte. Ich biss mir auf die Unterlippe und erwiderte dann: »Glaubst du, deine Freundinnen leihen uns etwas?«

»Bestimmt, wir müssen nur höflich fragen.« Daraufhin traten wir nacheinander aus dem Bad und liefen barfuß hinüber in die Küche.

»Hey, Sissi. Habt ihr Kleidung, die ihr uns leihen könnt?«

Chantal und Cheyenne drehten sich simultan zu uns um und ihre Augen weiteten sich. Für einen kurzen Moment blieben sie an Phi hängen, doch schnell huschten sie zu mir und ihre Wangen wurden rot. Ich rieb mir verlegen über die Brust, war das Starren nicht gewohnt und fühlte mich auf einmal unwohl.

»Holla, Loan. Was ist denn aus dir geworden?« Chantal zog eine Augenbraue hoch und biss sich kokett auf die Unterlippe. Als Phi mit der Hand in der Luft herum wedelte, galt die Aufmerksamkeit endlich wieder ihr.

»Hey! Nur gucken, nicht anfassen! Der gehört mir!«

Ich grunzte und fasste Phi an den Hüften. Ich liebte es, wie selbstsicher sie war – jetzt sogar noch mehr denn je.

Chantal und Cheyenne schüttelten die Köpfe und sahen fragend zu Phi, aber ihre Blicke zuckten immer wieder zu meiner nackten Brust.

»Habt ihr nun etwas zum Anziehen, oder sollen wir nackt herumlaufen?« Ihre Worte waren streng formuliert, dennoch schwang ein Lachen in ihrer Stimme mit.

»Äh, ja klar. Ich hole dir was.« Cheyenne kam auf uns zugeeilt und quetschte sich vorbei. Als sie bei mir ankam, zögerte sie kurz und ihre Finger schwebten einen Zentimeter von meiner Haut entfernt in der Luft. Dann besann sie sich eines Besseren, schüttelte den Kopf und stürzte in den Flur. Ich musste grinsen und sah ihr hinterher. So hatte noch nie eine Frau auf mich reagiert und ich erinnerte mich nur zu gut daran, dass Sissi am Anfang nicht von mir überzeugt gewesen war und mich mit Skepsis beobachtet hatte.

Kurze Zeit später kam sie wieder und drückte jedem ein Bündel Kleidung an die Brust. »Die sind von Adam, ich hoffe, sie passen.«

»Adam?« Phi hob eine Braue. Chantal wurde daraufhin erneut rot und strich sich eine blonde Strähne hinters Ohr.

»Jaah, wir sind zusammen.«

»Oh, wow! Das freut mich! Glückwunsch, Chantal. Wie lange schon?«

Während sich die Frauen unterhielten, verschwand ich im Bad und zog die Sachen an. Das Shirt war grau und darauf stand geschrieben: *May the 4th be with you.*

Seltsamer Satz, dachte ich. An den Ärmel spannte es etwas, aber zumindest reichte es mir bis über den Bauch und schloss zusammen mit der Jeans gut ab. Zum Glück passte diese wie angegossen und am Ende schlüpfte ich in die Socken. Danach kehrte ich zu den Frauen zurück, die nun alle angezogen und damit beschäftigt waren, das Essen zuzubereiten. Ich stellte mich neben Phi und wollte ihr helfen, doch sie schob mich schnell hinter die Kochinsel auf einen Barhocker. Dort blieb ich sitzen, bis das Essen angerichtet war. Die Kartoffeln dufteten herrlich, dazu gab es Pfannengemüse und eine dunkle Soße.

»Wie geht es ihm eigentlich?«, fragte Phi und wärmte damit das Adam-Thema wieder auf.

»Oh, es geht ihm fantastisch. Er hat seinen Job als Taxifahrer noch immer, aber hat den Arbeitgeber gewechselt. Da verdient er etwas mehr und kann sich seine Zeit besser einteilen. Denn bei ihm wird es gerade ernst, er schreibt bald seinen Bachelor.«

»Das klingt anstrengend. Ich hoffe, er hat noch Zeit für dich.«

»Keine Sorge. Er legt mir die Welt zu Füßen.« Chantal zwinkerte ihr zu und schob sich dann eine Gabel mit Gemüse in den Mund.

Es war schön zu sehen, wie locker Phi mit ihren Freundinnen sprach und wie einfach die Welt sein konnte. Seit diesem einem Tag war mein Leben die reine Katastrophe gewesen und erst Sophia hatte wieder Ordnung hineingebracht. Nur wegen mir stand ihr Leben nun ebenfalls kopf. Sie hätte es einfach haben können, ein Leben ohne Lügen und Gefahren, nur war es dafür jetzt zu spät. Wir steckten beide bis zum Hals in diesem Chaos und würden da auch nicht mehr so rauskommen. Schließlich wartete die Ewigkeit auf uns und ich hatte keine Ahnung, was das für uns bedeuten würde.

Ein schlechtes Gewissen nagte an mir und ich fragte mich, ob Sophia sich bewusst für mich entschieden hätte, wenn sie alles von Anfang an gewusst hätte. Wäre sie mit mir gekommen, hätte sie sich in mich verliebt?

Cheyenne räusperte sich. »Jetzt mal ehrlich, Phi, ihr saht schrecklich aus, als ihr hergekommen seid. Was ist passiert?«

Sophia atmete tief durch und legte ihr Besteck beiseite, ich tat es ihr nach, obwohl ich mir zu gern noch etwas von den Kartoffeln in den Mund geschaufelt hätte.

»Ich will ehrlich zu euch sein und kann dennoch nicht die Wahrheit sagen. Glaubt mir bitte einfach, wenn ich euch sage, dass wir in Schwierigkeiten geraten sind, aber jetzt alles wieder gut ist.«

Cheyenne und Chantal tauschten einen Blick aus und dann fixierten beide mich.

»Wir wussten, dass an dir irgendetwas stinkt. Wo hast du unsere Freundin mit hineingezogen? Drogengeschäfte? Menschenhandel?« Cheyenne wurde mit jedem Wort wütender und umklammerte ihr Besteck so fest, dass ich befürchtete, sie würde mir gleich mein Auge mit der Gabel ausstechen.

»Nein! So ist das nicht.« Schlichtend hob Phi die Arme. »Loan hat damit nichts zu tun. Es ist …«

»Kompliziert«, beendete ich Sophias Satz.

»Genau!«, bestärkte sie mich. »Wir können euch nicht so viel darüber sagen, da wir euch sonst unnötig in Gefahr bringen. Es ist besser, wenn ihr es nicht wisst. Und ich glaube«, sie warf mir einen Seitenblick zu, »ihr würdet uns sowieso nicht glauben.«

Ich musste grinsen und sie erwiderte das Lächeln.

Schweigen breitete sich zwischen uns aus, bis Cheyenne wieder das Wort ergriff. »Nun gut. Wenn du uns nichts darüber sagen kannst, akzeptieren wir das. Aber beantworte mir eine Frage ehrlich: Geht es dir *wirklich* gut?«

Sophia lachte kurz auf, dann wurde ihr Lächeln breiter und sie suchte mit ihrer Hand unter dem Tisch nach meiner. Sogleich ergriff ich sie und unsere Finger verflochten sich ineinander.

»Mir geht es super. Ich bin endlich da, wo ich hingehöre. Nämlich an Loans Seite. Unsere Beziehung mag auf andere vielleicht merkwürdig erscheinen, aber sie ist genau das, was ich immer gesucht habe.«

Ihr Blick fand meinen und ich musste schlucken. Ihre Worte bedeuteten mir so viel und wischten all meine Zweifel fort. Wie hatte ich auch nur eine Sekunde annehmen können, dass mich dieses wunderbare menschliche Wesen hintergehen könnte? Sie liebte mich mit jeder Faser ihres Herzens und ich konnte es nur erwidern. Meine Gefühle für sie waren so stark, dass es mich innerlich fast zerriss.

»Gut, dann ist das alles, was wir zu wissen brauchen.« Mit diesen Worten lockerte Cheyenne den Griff um ihr Besteck und widmete sich wieder ihrem Essen. Auch Chantal schien zufrieden zu sein, auch wenn sie mir noch einen letzten skeptischen Blick zuwarf.

Neben mir atmete Sophia erleichtert aus und auch ich entspannte mich. »Danke, ihr seid einfach die besten Freundinnen.«

»Ja, das sind wir. Und deshalb warne ich dich«, Chantal funkelte mich an, hob ihr Messer und deutete dabei auf mich, »sollte ich herausfinden, dass sie *doch* wegen dir in Schwierigkeiten geraten ist, werde ich dir die Hölle heißmachen.«

Ich schluckte und nickte. Kurz sah ich zu Phi, die grinsend den Kopf schüttelte. Sie schien nicht im mindesten verunsichert zu sein. Warum sollte sie auch, sie wurde ja gerade nicht mit einem Messer bedroht.

»Keine Sorge, ich werde alles dafür tun, dass ihr nichts passiert.«

»Das meinte sie nicht«, mischte sich nun Cheyenne ein und ich sah in ihre blauen Augen. Doch anstatt es weiter zu erklären, blieb sie stumm und sah mich ausdrucklos an. Neben mir klapperte Phi mit der Gabel auf dem Teller und löste die unangenehme Situation auf. Wir aßen schweigend weiter und Sophia und ich halfen am Ende beim Aufräumen.

Als die Sonne bereits gen Horizont kletterte, verabschiedeten wir uns von den beiden. Sie umarmten uns herzlich – mich etwas fester als nötig – und wünschten uns noch einen schönen Abend. Im Hausflur musste ich lachen, war die Situation mit den beiden doch mehr als normal und damit irgendwie merkwürdig gewesen, aber auf die gute Art.

»Das haben wir geschafft. Und jetzt lass uns von hier verschwinden.«

»Sehr gern.« Phi reichte mir ihre Hand und ich ergriff sie. Zusammen liefen wir die Treppen hinunter und traten auf die Straße. Wir schlenderten den Fußweg entlang, schoben uns an Menschen vorbei und sogen die Abgasgerüche der Stadt in unsere Lungen. Wir beide wussten, dass es vermutlich das letzte Mal war, dass wir New York City sahen.

»Und du bist reich?«, platzte es aus Phi heraus und unterbrach damit meine Gedanken. Ich wandte mich ihr zu und ein sanfter Luftzug wehte mir meine Haare ins Gesicht. Ich ärgerte mich darüber, ihre Freundinnen nicht um ein Zopfgummi gebeten zu haben. »Also so richtig reich?«

Ich lachte kurz auf und drückte ihre Hand. »Jap«, erwiderte ich knapp.

»Wie reich denn? Also in Zahlen ausgedrückt?«

Ein Grinsen zupfte an meinen Mundwinkeln. »So etwa zwanzig Millionen.«

»Was?«, stieß sie perplex aus. »So viel? Das ist krass.« Ihre Augen wurden groß und sie atmete hörbar die Luft aus.

Ich zuckte bloß mit den Schultern. »Ich hatte über dreihundert Jahre Zeit, mir das Geld anzusammeln, und habe bescheiden gelebt. Ich meine, wofür sollte ich auch Geld ausgeben, wenn ich bis auf Blut nichts getrunken und wie ein Einsiedler abgeschieden gelebt habe?«

»Wow«, hauchte Sophia und starrte in die Ferne. »Ich komme immer noch nicht darauf klar, dass du über dreihundert Jahre alt bist.«

»Tja, meine Liebste, und so unserer aller Schöpfer will, wirst du das auch werden.«

Sophia

Der Duft von Mamas Braten hing in der Luft und mischte sich unter den trockenen, heißen Geruch des Sommers. Mama wuselte in der Küche hin und her, während meine Brüder nur Ärger machten. Sie jagten sich, warfen einen Ball hin und her und lachten. Draußen hörte ich Alec aufgeregt bellen, so als freute er sich auch, dass Loan und ich wieder da waren. Ich liebte die warme Atmosphäre.

Loan saß neben mir und streckte mir seine Hand unter dem Tisch entgegen. Ich ergriff sie und lächelte ihn an. In seinen grünen Augen glitzerte es und sein Gesicht strahlte. Auch er schien es hier zu lieben.

Ein Stich in meinem Herz erinnerte mich daran, dass diese Idylle nicht von langer Dauer sein würde. Loan und ich hatten eine Aufgabe zu erfüllen, die uns die sterbende Brünhild auferlegt hatte. Wir sollten die Vampire aus der Tyrannei Quintons retten. Ein Mann – oder wohl eher Vampir – der zu allem fähig schien. Nicht nur, dass er seinen Schöpfer und Erschaffer Asrath an die Vanatoren verraten hatte, er hatte auch diesen Vampir auf mich und Loan gehetzt, der uns überraschenderweise verschont hatte. Obwohl verschont vielleicht ein zu weit hergeholtes Wort war.

Schließlich hatte er mich gebissen! Noch immer konnte ich die brennende Kälte an meinem Hals spüren, genau dort, wo seine Male noch zu sehen waren, die ich notdürftig mit etwas Make-up abgedeckt hatte. Wenn ich nur an diesen schrecklichen Moment zurückdachte, wurde mir heiß und kalt zugleich. Ein Schauer packte mich und Loan warf mir einen besorgten Blick zu.

Ich schüttelte den Kopf und lächelte ihn beruhigend an. Er machte sich nur noch Sorgen, konnte dem Frieden in mir nicht trauen. Dabei ging es mir gut. Wirklich gut! Ich fühlte mich besser als jemals zuvor. Diese Nahtoderfahrung hatte mir gezeigt, wie vergänglich das Leben war. Aus diesem Grund hatte ich mich dazu entschieden, mein ewiges Leben zu nutzen. Nicht nur, um die Vampire zu retten, sondern auch, um das Leben zu genießen. Ich war noch nie in Paris, hatte noch nie die Wüste von Los Angeles gesehen und war noch nie in Hollywood gewesen. Das waren Dinge, die auf meiner Wunschliste ganz weit oben standen. Und sobald wir unsere Mission erfüllt hatten, würde ich sie abarbeiten. Jeden Punkt nach dem anderen, bis nichts mehr übrig war, was es noch zu erleben galt. Aber die Liste war lang, das konnte sicher ein paar Jahrzehnte dauern. Zum Glück hatten wir Zeit.

»Ach, Kinder. Ich habe mir solche Sorgen gemacht, als ihr einfach verschwunden seid. Das hast du ja noch nie gemacht.« Meine Mama drehte sich mit dem Braten zu uns um. Die Haut des Vogels brutzelte noch von der Hitze des Ofens und mir lief das Wasser im Mund zusammen. »Tony und ich waren bei den Cops und haben dich als vermisst gemeldet. Da müssen wir morgen unbedingt hingehen, um die Meldung zurückzuziehen.«

Mama wirkte ganz durcheinander. Ihre Gefühle versuchte sie hinter einem breiten Grinsen zu verstecken, ich sah es trotzdem. Ihre Hände zitterten und manchmal verrutschte ihre Maske. Sie sah ganz überfordert aus, als könnte sie sich nicht entscheiden, ob sie vor Freude lachen oder weinen sollte. Wir hatten sie auch wirklich überrumpelt. Nach etwas über einer Woche waren wir einfach auf die Farm spaziert, als wäre nie etwas gewesen. Gestresst und übermüdet von der langen Busfahrt und dem Weg bis zum Haus waren wir bei meinen Eltern angekommen und die hatten ihren Augen kaum trauen können.

»Habt ihr im Bus etwas schlafen können? Die Fahrt muss ja Stunden gedauert haben.« Meine Mutter unterbrach meine Gedanken und ich sah auf.

»Oh, ja. Es war ein langer Weg von New York hierher.«

»New York also«, brummte es hinter mir und Papa kam in die Küche gestiefelt. Er trug ein Holzfällerhemd und auf seiner Leinenhose waren Strohhalme zu sehen. Augenblicklich hörten meine Brüder mit dem Toben auf, benahmen sich endlich wie die Erwachsenen, die sie waren, und setzten sich nach einem warnenden Blick seitens meines Vaters an den Tisch. »Was wolltet ihr eigentlich dort?«

Loan und ich sahen uns kurz an. Wir hatte die Geschichte bereits abgesprochen, jetzt musste ich sie nur noch glaubwürdig rüberbringen.

»Loans entfernte Cousine Eugenia, Mama, du hast sie kurz kennengelernt.« Sie nickte und ich fuhr mit meiner Geschichte fort. »Also, seine Cousine steckte in einer Art Sekte fest und kam da nicht mehr raus. Diese beiden gruseligen Kerle bei ihr waren zur Kontrolle da. Damit sie nicht einfach abhaut.«

Mamas Augen weiteten sich und das Blau in den Iriden war so tief wie der Ozean. Ich hatte gewusst, dass meine Mutter darauf reagieren würde. Eine Freundin von ihr war vor Jahren einmal in einer Sekte gewesen und Mama hatte ihr geholfen, da rauszukommen.

»Loan hat bemerkt, dass etwas nicht stimmt und hat so getan, als würde er seine Cousine besuchen wollen. Er durfte sie begleiten, aber nur unter strengsten Sicherheitsmaßnahmen. Deshalb durften wir keine Handys mitnehmen.«

»Diese scheiß Amischen!«, fluchte mein Vater.

Ein triumphierendes Grinsen machte sich auf meinem Gesicht breit. Es war auch einfach zu leicht, meine Eltern an der Nase herumzuführen. Kein Wunder, dass es meine Brüder all die Jahre geschafft hatten, wenn sie zum *Lernen* zu einer Klassenkameradin gegangen und erst spät abends wieder nach Hause gekommen waren. Ich hatte ihre Gutgläubigkeit noch nie ausgenutzt, bis heute. Nur hatte ich leider keine andere Wahl.

»Tut mir leid, dass wir nicht erreichbar waren. Alles ging so schnell und wir hatten keine Zeit, irgendetwas zu packen. Die Mitglieder der Sekte waren ungeduldig und haben auch nur sehr widerwillig zugestimmt, dass wir mitkommen.« Ich zog die Augenbrauen zusammen und sah flehend zu meiner Mutter hinauf. Sie biss sich auf die Unterlippe und setzte sich erschöpft auf den Stuhl vor sich.

»Und? Habt ihr es geschafft?«, hauchte sie, als könnten wir belauscht werden.

Ich nickte.

Mama atmete erleichtert auf und strich sich einzelne Strähnen aus dem Gesicht. »Gott sei Dank. Mit diesen Sekten ist nicht zu spaßen. Wo ist Eugenia jetzt?«, hakte Mama weiter nach. Auch darauf hatte ich die perfekte Antwort.

»Das können wir nicht sagen. Nur sei dir sicher, dass wir sie zu einem geschützten Ort gebracht haben. Die kennen sich dort mit Sektenaussteigern aus und werden auf sie aufpassen, bis sie sich in der realen Welt genug zurechtfindet, um allein leben zu können.«

»Wahnsinn! Meine kleine Schwester eine Superheldin«, witzelte Bill, mein ältester Bruder, und grinste mich breit an. Dabei zeigte er seine schneeweißen Zähne und ich tat so, als würde er mich damit blenden. Er lachte schallend und schlug Haron auf die Schulter. »Immer noch unsere alte Sophia.« Mein anderer Bruder verzog leicht das Gesicht unter Bills Schlag, er wusste einfach immer noch nicht, wie stark er war.

»Wie lange bleibst du, kleine Schwester?«, wollte nun Haron wissen. Neugierig lehnte er sich vor und stützte sich mit dem Ellenbogen auf dem Tisch ab. Seine blauen Augen huschten von mir zu Loan und wieder zurück.

Mist! Wie immer konnte er am besten in mir lesen.

»Ähm, also …«

»Was? Ihr wollt schon wieder gehen?«, unterbrach Mamas entsetzte Stimme meinen kläglichen Erklärversuch. »Aber ihr seid gerade erst angekommen. Warum wollt ihr schon wieder los? Geht es um Eugenia?« Sie klang panisch, gestikulierte wild und schien den Tränen nahe.

Mein Herz wurde schwer. Ich hatte gerade bei ihr gehofft, dass sie mich gehen lassen würde. Schließlich hatte sie mich auch darin bestärkt, nach New York City zu gehen. Papa war es gewesen, der mich hatte davon abhalten wollen.

»Also, wir …«

»Es gibt da noch ein Mitglied, das aussteigen will.« Loan rettete mich und drückte beruhigend meine Hand. Ich warf ihm ein dankbares Lächeln zu und sah dann wieder meine Mutter an. »Wir konnten mit ein paar Leuten sprechen und sie konnte es nicht direkt sagen, weil die Sekte ihre Augen und Ohren fast überall hat. Eines Tages hat Phi einen Zettel unter ihrem Kissen gefunden und darauf stand die Bitte, sie ebenfalls zu retten. Wir haben ihr versprochen, nachdem Eugenia sicher ist, zurückzukommen, um auch sie zu befreien.«

Stille kehrte in die Küche ein und nur der Wassertopf auf dem Herd blubberte vor sich hin. Als das Wasser überkochte und es laut zischte, wachte meine Mutter aus ihrer Starre auf und sprang hektisch auf. »Die Kartoffeln!« Sie hechtete zum Topf, griff sich ein Handtuch und nahm ihn vom Herd. Während sie die übrige Flüssigkeit abgoss, ergriff mein Vater das Wort: »Ist das nicht zu gefährlich?« Papa kratzte sich an seinem Bart. Er war länger geworden und es wirkte, als wären ein paar graue Strähnen dazugekommen. Hatte ich ihm solch große Sorgen bereitet?

»Vermutlich schon. Aber es geht hierbei nicht um uns, sondern um das Mitglied, das aussteigen will. Ihr wisst selbst, wie schwer es ist, da wieder rauszukommen.«

»O ja.« Mama drehte sich wieder zu uns um und tischte die Kartoffeln auf. »Hol mal das Gemüse vom Herd«, forderte sie Bill auf und schlug mit dem Handtuch nach seinen Händen. Augenblicklich sprang dieser auf, grummelte dabei etwas Unverständliches.

Erschöpft setzte sich Mama an den Tisch und wischte sich Schweiß von der Stirn. »Meine Freundin Doris kam da auch nicht so leicht raus. Es brauchte schon fast kriminelle Energie, um das zu bewerkstelligen.«

»Und wir können euch nicht davon überzeugen, dass das eine dumme Idee ist, egal wie nobel eure Beweggründe sind?« Papas Augen wirkten trüb und seine Mundwinkel zeigten nach unten.

Ich schüttelte den Kopf. »Nein, wir haben das angefangen und müssen es jetzt zu Ende bringen. Wenn wir es nicht tun, tut es womöglich keiner.«

»Soll ich dir noch ein paar Kickbox-Tricks zeigen?« Haron grinste mich breit an und rutschte auf seinem Stuhl hin und her. Er war so voller Energie, dass er fast übersprühte vor Übermut.

»Nein, ich denke nicht, dass das nötig ist.« Ich kicherte, als er mit seinen Händen vor meinem Gesicht herumfuchtelte. Mama beugte sich weit zur

Seite, packte eins seiner Handgelenke und brachte ihn so dazu, endlich stillzusitzen. Verschämt kratzte er sich am Kopf und verwuschelte dabei seine blonden Haare. Es war schon lustig zu sehen, dass Bill und Haron die blonden Haare meines Vaters geerbt hatten und ich die roten von meiner Mama. Ich hatte zwar etwas nachgeholfen, damit die ein richtig kräftiges Rot besaßen, aber dennoch war das meine natürliche Haarfarbe.

Bill kam wie aufs Stichwort mit den Bohnen zurück und stellte sie neben die Kartoffeln auf den Tisch. Zum Schluss erhob sich Mama noch einmal, holte die Soße und nun stand endlich alles bereit. Sie reichte meinem Papa ein langes Messer, das er sogleich ergriff.

»Wie schön, dass unsere Familie mal wieder zu einem gemeinsamen Essen zusammengekommen ist. Und wie das duftet. Du hast dich selbst übertroffen, Abigail.«

Es wurden liebevolle Blicke zwischen meinen Eltern ausgetauscht, die mich zum Schmelzen brachten. So schön zu sehen, dass sie sich nach all den Jahren immer noch von ganzem Herzen liebten.

»Gott, wir danken dir für deine Gaben, dass du uns an diesem Tisch zusammengebracht hast ...«

Während mein Vater das Tischgebet aufsagte, drehte ich den Kopf herum zu Loan. Sein Blick lag auf mir und er lächelte mich warm an. Auch meine Mundwinkel zuckten nach oben und etwas flatterte in meinem Bauch.

Wir hatten einen seltsamen Start gehabt. Es hatte zu viele Geheimnisse und Lügen zwischen uns gegeben. Damit war jetzt aber Schluss. Loan musste mich nun nicht mehr belügen, weil ich alles wusste. Er war ein Vampir gewesen, nun ein Wiedergeborener und ich damit seine Erlöserin. Dieses Wort klang in meinen Ohren zwar falsch, aber das war auch nicht wichtig. Wichtig war nur, dass Loan wohlauf war, die Vampire vorerst in weiter Ferne und die Vanatoren aus dem Weg geschafft. Wäre da nicht diese Mission, die über unseren Köpfen schwebte wie ein Damoklesschwert, wäre unser Leben perfekt. Die Ewigkeit wartete auf uns und er besaß genug Geld, damit wir sie genießen konnten. Was natürlich nicht bedeutete, dass ich mich darauf ausruhen würde. Dennoch würde das Leben um einiges leichter werden, wenn man ein gewisses finanzielles Polster hatte.

»Amen.«

»Amen«, stimmte der Rest der Familie ein und Loan und ich erwiderten es etwas zeitversetzt. Dann stürzten sich Bill und Haron direkt auf die Kartoffeln und fingen eine Art Gabelduell an, wer sich zuerst auftun durfte. Währenddessen schnitt mein Vater den Braten an und ich reichte ihm meinen Teller.

Wir lachten, wir aßen, wir schwelgten in Erinnerungen. Alles fühlte sich mit einem Mal so normal an. Als würde die Welt hinter der Haustür einfach verschwinden. Als würde sich das Leben nur hier abspielen. An dem Tisch mit meiner Familie. Ich prägte mir jedes Gesicht ganz genau ein. Harons wuscheliges blondes Haar, Bills strahlende weißen Zähne, Mamas freundliches Gesicht und Papas grauen Bart. Jede Falte, jedes Muttermal scannte ich, um ja nichts zu vergessen. Denn ich hatte im Gefühl, dass ich lange Zeit nicht zurückkehren würde. Vielleicht sogar nie wieder.

Am Ende wurden Hosenknöpfe geöffnet und sich der Bauch gerieben. Vom Braten war kaum noch etwas übrig, er hatte einfach zu gut geschmeckt.

»Bleibt ihr noch über Nacht?«, wollte Mama wissen. Sie schien das Thema nicht loszulassen und hätte uns sicher gern noch länger bei sich.

Ich wechselte einen Blick mit Loan und ein kurzes Nicken zeigte mir, dass ich entscheiden dürfte. Daher lächelte ich und erwiderte: »Ich denke, eine Nacht werden wir erübrigen können.«

Mamas Mundwinkel hoben sich und sie lächelte mich breit an. In ihren Augen glänzte Freude, aber auch Trauer. Ahnte sie, dass es ein Abschied auf unbestimmte Zeit werden würde?

Nach dem Essen räumten meine Brüder die Spülmaschine ein und Loan und ich nutzten die Zeit, ein letztes Mal die Farm abzulaufen. Ich wollte noch einmal den Geruch von trockenem Gras in der Nase haben, das Fell eines Rindes unter den Fingern spüren und den Sand unter den Füßen. Hier war ich aufgewachsen, hier hatte ich meine Kindheit und Jugend verbracht. Nicht zu wissen, ob ich die Farm jemals wiedersehen würde, verpasste mir einen Stich in den Magen.

»Was glaubst du, wie uns Hilde – ich meine Brünhild – gefunden hat?« Loans Stimme ließ mich zusammenzucken. Wir waren bisher schweigend um die Weide herumgelaufen und hatten der Natur gelauscht.

»Ich weiß nicht genau.« Ich zuckte mit den Schultern. »Wie findet man denn normalerweise einen Vampir?«

»Unsere Verlorenen haben einen ausgeprägten Geruchssinn. Vampire riechen anders als Menschen, ihr Hormonhaushalt ist so gut wie lahmgelegt und nur noch ein Pheromon wird vom Körper ausgestoßen. Aber genau kenne ich mich da auch nicht aus.«

Das waren interessante Infos, die mir Loan da preisgab. »Also heißt das, man könnte einen Vampir nur aufgrund seines Geruchs aufspüren?«

»Ja.« Er ergriff meine Hand und zog mich zu sich heran. »So haben das die Jäger früher gemacht. Sie besaßen Hunde, die auf den Geruch von Vampiren abgerichtet waren.«

»Vielleicht läuft das dann auch so bei Wiedergeborenen?«

»Wie meinst du das?«

»Na.« Ich überlegte genauer. »Vielleicht riechen Wiedergeborene wie du auch anders. Vielleicht gibt es jetzt auch ein Pheromon, das nur du produzierst und ausstößt.«

»Mhm, das könnte sein«, überlegte er laut.

»Und wenn wir schon bei ungeklärten Rätseln sind, was glaubst du, warum dieser Vampir den Bolzen überlebt hat? Ich meine, hast du gesehen, wie der einfach aus seinem Brustkorb gedrückt worden ist?« Mit hochgezogenen Augenbrauen starrte ich zu ihm auf. Dieser Moment hatte sich in meine Netzhaut gebrannt. Bisher hatte ich so etwas nur in Filmen gesehen, weshalb sich mein Gehirn immer noch weigerte, es zu glauben.

Loan schob sich eine Strähne hinters Ohr, die augenblicklich wieder entschlüpfte. Hoffentlich schnitt er sie nicht aus Frust irgendwann ab. Ich mochte es, wie er aktuell aussah. Ein bisschen wie *John Wick*.

»Ich denke, das hat alles mit den Jägern zu tun. Sie schienen schon Jahrhunderte alt zu sein und sich von Wiedergeborenen zu … ernähren.« Er schüttelte sich und das konnte ich ihm nicht verübeln. Bisher war es nur eine Theorie, dass sie die Herzen der Wiedergeborenen aßen, und ich hatte kein Interesse daran, dass sich diese Theorie irgendwann als wahr herausstellte.

»Das kann wirklich sein. Er hat ihnen ja das Blut ausgesaugt. Wer weiß, was das jetzt für eine Macht ist.« Gedankenverloren kickte ich einen Stein vor mir her. Dieser Damian machte mir Sorgen. Er schien meinen Loan aus tiefstem Herzen zu hassen, die Frage war nur warum. Aber einen so mächtigen Feind gegen sich zu haben, könnte ein Problem werden.

»Lass uns lieber über etwas anderes sprechen. Wir haben eine Gnadenfrist von zwölf Stunden. Heute sollten wir einfach alles vergessen und die Probleme und Fragen morgen angehen.« Er drückte meine Hand und ich löste den Blick vom Boden.

»Ich denke, das ist eine gute Idee.« Breit grinste ich ihn an.

Den Rest des Tages wanderten wir über die angrenzenden Felder und am Rande des Waldes entlang. Noch waren meine Erinnerungen an meine Entführung zu klar, daher traute ich mich nicht in den Wald. Allein der Gedanke schnürte mir die Kehle zu.

Als die Sonne sich dem Horizont näherte und ihre letzten Strahlen gen Boden schickte, liefen wir zum Haus zurück. Aufgrund des Schlafmangels und der stressigen Woche gingen Loan und ich ohne Abendbrot zu Bett – wir waren beide sowieso noch gesättigt vom ausgiebigen Mittagessen.

Im Bett starrte ich an die Decke, weil ich nicht sofort einschlafen konnte. Zu viele Gedanken schwirrten mir durch den Kopf, es gab einfach zu viel zu tun und zu bedenken. Loan neben mir schnarchte schon seit ein paar Minuten und war im Land der Träume. Ich hingegen konnte nicht loslassen. Mir ging das Bild des Vampirs nicht aus dem Kopf, dessen Zähne sich in meinen Hals bohrten. Immer wieder lauschte ich in mein Innerstes und war froh, dass mein Herz in der Brust schlug. Vielleicht etwas langsamer als sonst, aber das konnte auch daran liegen, dass ich mich nicht bewegte. Ruhepuls nannte man das.

Irgendwann drehte ich mich auf die Seite und starrte zur Toilettentür. Sie stand offen und gab den Blick auf das Waschbecken preis. Der Mond schien in das Zimmer und legte alles in silbriges Licht. Mit jedem Blinzeln wurden meine Lider schwerer. *Morgen ist ein neuer Tag*, redete ich mir ein und endlich konnte ich loslassen. Die Dunkelheit umfing mich und Kälte legte sich um mich wie eine Decke. So dämmerte ich weg und fand endlich in den Schlaf.

327

Epilog 

Der Raum war voll mit Vampiren, alle warteten andächtig darauf, dass die Ältesten auftraten. In den letzten Stunden hatten sich Gerüchte wic Gift verbreitet. Sie wurden in die Ohren jedes Willigen geflüstert, trafen auf Entsetzen, und nisteten sich in den Gehörgängen ein, wurden weitergegeben. Nun warteten alle begierig darauf, zu erfahren, ob sie stimmten.

Er wusste es natürlich schon. Er wusste alles, gehörte er doch jetzt zu ihnen, hatte sich seinen Platz in ihrer Mitte mit seinem Leben erkämpft, mit Geheimnissen erkauft.

Gemurmel setzte ein, als sich eine Tür öffnete und die Ältesten eintraten. Vorn an lief Quinton in seiner prächtigen schwarzen Robe, dicht gefolgt von Sage in seiner grauen Kluft, Odessa in ihrer weißen und Maxwell bildete den Schluss. Ein Name wurde geflüstert: *Eugenia*. Sie fehlte. Die Ältesten setzten sich auf ihre Stühle, Quinton nahm in der Mitte auf dem schwarzen Thron Platz und legte seine Arme auf den Lehnen ab. Damian stand am Rand, beobachtete alles mit einem Hochgefühl in der Brust. Er konnte es kaum erwarten.

Die Stimmen wurden lauter, hallten in der Höhle wider und schwollen zu einem Getöse an. Für eine Sekunde duldete Quinton diesen Aufruhr, dann hob er den Arm und alle verstummten augenblicklich.

»Wir haben euch gerufen, um euch eine traurige Nachricht zu überbringen. Wie ihr bereits festgestellt habt, fehlt eine in unserem Kreis. Die Älteste Eugenia ist von uns gegangen.«

Laute Rufe erklangen, die Vampire gestikulierten wütend, verlangten Antworten. Einige sahen sich verängstigt um, vermuteten einen Verräter und entdeckten ihn doch nicht – obwohl er direkt unter ihnen war, obwohl er sich direkt vor ihren Augen befand.

»Beruhigt euch, meine Brüder und Schwestern!«, brüllte Quinton regelrecht und die Proteste verstummten nur schleichend. »Wir alle sind zutiefst erschüttert über dieses Ereignis. Wir haben alle Hebel in Bewegung gesetzt, um herauszufinden, was passiert ist. Nach unserem jetzigen Kenntnisstand ist sie von einem ehemaligen Mitglied unseres Zirkels getäuscht und verraten worden. Der Name des Individuums lautet Loan Ryder. Sicher erinnert ihr euch an ihn.«

Erneut brach Unruhe aus, doch dieses Mal flachte sie schneller ab. »Er täuschte der Ältesten eine Heilung vor, die es nicht gibt. Lockte sie in ein verlassenes Gebäude, in dem Vampirjäger auf sie warteten. Sie hatte keine Chance.«

Neben Damian atmete eine Frau heftig ein und presste eine Hand auf ihre Brust. Sie schien sichtlich bestürzt und flüsterte: »Sie sind wieder da.«

»Bevor ihr in Panik geratet, lasst euch sagen, dass wir alles unter Kontrolle haben. Ich habe meinem besten Hüter die Aufgabe übertragen, Eugenias Leben zu rächen und sowohl die Jäger als auch der verräterische Wicht Ryder sind tot. Sie werden unsere Gemeinschaft nie wieder bedrohen.« Quinton streckte die Hand aus und ein Diener trat an ihn heran, übergab ihm eine rote Robe. »Aufgrund seiner unerschütterlichen Loyalität und Hingabe für unseren Zirkel erteile ich ihm die Ehre, den Platz der ältesten Eugenia in unserem Rat einzunehmen. Damian McSullan, tritt bitte vor und nehme dein Geschenk an.«

Die Masse teilte sich vor ihm und rote Blicke bohrten sich in ihn. Er straffte seine Schulter, legte eine demütige Miene auf und schritt durch die Gasse bis hinauf zum Podest. Die zwei Stufen nahm er bedächtig, wollte keine Hektik vermitteln, obwohl alles in ihm danach schrie, dem Ältesten die Robe aus der Hand zu reißen und ihn von seinem Thron zu stoßen. Stattdessen kam er kurz vor Quinton zum Stehen, ließ sich auf ein Knie nieder und senkte sein Haupt. »Ich danke dem Rat der Ältesten für diese Ehre. Ich habe geschworen, diesem Zirkel mein Leben zu widmen und werde alles dafür tun, meinen Brüdern und Schwestern zu dienen.«

»Erhebe dich, Damian McSullan, Ältester der Vampire.«

Er kam der Aufforderung langsam nach und reckte das Kinn, als er wieder aufrecht stand. Auch Quinton erhob sich und legte ihm die Robe an. Zum Schluss stellte er sich vor ihn, umfasste seine Schultern mit den Händen und zog ihn an seine Brust.

»Denk dran, was wir besprochen haben«, raunte der Älteste ihm zu, bevor er ihm einen Kuss links und rechts auf die Wange gab.

Oh, und wie er daran denken würde. Er hatte ihn in der Hand, er hatte den gesamten Zirkel in der Hand und es fehlte nicht mehr viel, bis er ihm gehörte.

Quinton löste sich von dem ehemaligen Hüter und beide drehten sich um. Tosender Applaus schallte ihm entgegen. Die Wände und der Boden vibrierten von den Pfiffen und Rufen. Es war so ein herrliches Gefühl, dass er am liebsten die Arme gehoben und gelacht hätte. Aber dafür war es noch zu früh, der Triumph war noch nicht sein.

Nun standen auch die anderen Ältesten auf, drehten sich um und sahen hinauf in das Antlitz ihres Schöpfers. Die Statue Asraths ragte über ihnen auf und seine Präsenz füllte den ganzen Saal. Die Ältesten legten eine Hand auf ihre Brust und begannen zu summen. Nach und nach stimmten die anderen Vampire mit ein, bis die Höhle mit dem tiefen Brummen erfüllt war.

Das erste Mal in seinem Leben fühlte er sich wirklich verbunden. Er war nun nicht mehr der Handlanger oder der Bote für Quinton. Ab heute gehörte er zu den Ältesten, hatte eine Stimme im Rat und konnte etwas verändern – zumindest so weit ihm das gefiel. Er hatte große Pläne, jedoch stand ihm Quinton im Weg.

Das Summen verstummte und die Ältesten ließen sich auf ihren Stühlen nieder. Damian machte es sich auf dem roten Thron bequem und legte seine Arme auf den Lehnen ab. Er umfasste den harten Stein, spürte die Kraft in ihm, die zu ihm hinüberzufließen schien. Dank der drei Jäger war er nun der stärkste und mächtigste Vampir in diesen Hallen, sogar noch stärker als Quinton. Eines Tages würde er diesem Umstand auf den Grund gehen, nur nicht heute. Denn noch durfte niemand etwas von dieser Macht wissen. Eine Revolution beginnt immer im Verborgenen, im Geheimen. Niemand würde jemals davon erfahren, wie es begonnen hatte – außer die Eingeweihten, so wie er einer war. Kein niederer Vampir würde jemals erfahren, dass Eugenia den Rat hintergangen hatte und dafür hatte sterben müssen. Keiner von ihnen würde jemals herausfinden, dass Quinton sie in die Kerker zu den Verlorenen geworfen hatte. Zu gern hätte er ihre Schreie gehört und sich daran gelabt. Sie war ihm schon immer ein Dorn im Auge gewesen, zu schwach und naiv war sie gewesen, nicht geeignet für den Posten als Älteste.

Wenn er darüber nachdachte, wie blind er selbst früher gewesen war, von Pflichtbewusstsein getrieben, konnte er nur den Kopf schütteln. Dafür war er nicht gemacht, das hatte ihm schon sein Vater gezeigt. Er hatte immer der unterwürfige, brave Sohn sein müssen, der alles getan hatte, um zu gefallen. Was hatte es ihm am Ende gebracht? Ein brennendes Haus und ein Leben in Verdammnis. Aber genau wie ein Phönix war auch er aus der Asche emporgestiegen und stärker zurückgekehrt.

Quinton hatte den Zirkel verraten, hatte den Schöpfer hintergangen und Damian selbst. Das würde er bereuen, eines Tages.

Loyalität.

Nun war es nur noch ein Wort und keine Pflicht mehr.

ENDE

BAND 2

Halt Stopp!
Hast du nicht etwas
vergessen? Richtig, die
Rezension! Also los! Hau
in die Tasten!

Danksagung

Ohne meine Blogger wäre dieses Buch nie entstanden. Denn eigentlich war Dead Hearts Can't Love als Einzelband gedacht. Aber einige haben mich davon überzeugen können, dass die Geschichte um Loan und Sophia noch nicht beendet ist, nur aus diesem Grund gibt es Dead Hearts Can't Die. Also danke euch Verrückten da draußen, dass ihr mich quasi dazu gedrängt habt. (Bitte mit sarkastischem Unterton lesen.)

Danke an meine Lektorin, die wirklich großartige Arbeit geleistet hat. Es war mir ein besonderes Vergnügen und ich hoffe bei einem eventuellen dritten Teil kommen wir wieder zusammen.

Danke an meine Coverdesignerin für dieses atemberaubende Cover! Ich finde es noch eine Spur besser als das vom ersten Band.

Dann muss ich noch meine Illustration danken, die mal wieder wundervolle Charakterkarten gezeichnet hat! Ich liebe ihren Zeichenstil.

Meinen Bloggern will ich natürlich auch für ihre Hilfe danken.

Und zum Schluss danke ich dir, lieber Leser, liebe Leserin, dass du dieses Buch gelesen und mich damit unterstützt hast. Das bedeutet mir sehr viel und ich hoffe, du hattest Freude dabei.

In diesem Sinne, pass auf dein Herz auf. Vielleicht will man es dir eines Tages auch stehlen.

Asrath sei mit dir,

Julia

Über die Autorin

Julia Weimer ist in Kiel/Deutschland geboren, aber in einer Kleinstadt nahe Hamburg aufgewachsen. Schon in Kindertagen zeigte sie eine blühende Fantasie und brachte einige Kurzgeschichten zu Papier. Ihr erstes Buch schreib sie in ihrem Elternhaus, in dem sie mit ihrem Vater, ihrem Freund und ihrer Katze wohnte. Sie liebt das Selfpublishing und träumt davon, als Lektorin später ihr Geld zu verdienen. Aktuell wohnt sie in Hamburg und studiert dort Germanistik.

Besuch mich gern auf Instagram:
j.m.weimer_autorin

Oder auf meiner Website:
www.lesefieber-1.jimdosite.com/